KB104175

주머니 속의 작은 추억들

이 시대의 아버지가 전하는
가슴 따뜻한 이야기

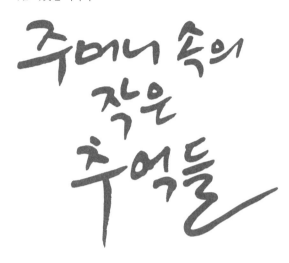

주머니 속의 작은 추억들

안영해 지음

우리글

책을 펴내며…

나이가 60을 슬슬 넘보기 시작하며, 학생들을 가르친 경력이 30년이 다 되어가던 어느 날, 기억속의 모든 것들이 희미해질까 봐 걱정이 되기 시작했다. 문득 나 자신을 돌아보게 되었다. 그리고 갑자기 글을 써봐야겠다는 생각을 하게 되었다.

'글을 써 본 적은 없지만, 잘 쓰지 못하면 어떠랴. 읽어서 내가 전하고 싶어 하는 뜻만 제대로 전달되면 되는 거지.'순전히 배짱으로 시작한 글이라 다 쓴 다음에 내가 읽어봐도 그리 곱지 않다. 그러나 어쩌겠는가. 글을 잘 다듬을 능력이 없으니 이대로 책으로 묶을 수밖에.

내가 좋아하던 가수, 배인숙 씨가 부른 '누구라도 그러하듯이' 라는 노래가 생각난다. '어린 시절 오고 가던 골목길의 추억들이 동그랗게 맴돌아 간다' 하는……. 이 가사처럼 내 주변을 맴도는 추억이 너무나 많다. 남들보다 몇 십 배 될 것 같다.

브레이크 없이, 가속페달은 더구나 없이 살아온 지난 세월, 그 시간을 지나 지금 거울 앞에 서서 나를 비춰 본다. 나를 싣고 흘러온 세월의 강, 그 강물에 앞서거니 뒤서거니 함께 흘러온 친구들의 모습이 보이고, 부모님의 모습도 보이고, 우리 가족의 모습도 보인다. 그런데 난 여전히 그 속에서 물장구치는 개구쟁이의 모습으로 남아 있다.

그러고 보니 세월이 많이도 흘렀다. 봄이면 친구들과 산으로 들로 뛰어다니고, 눈이 내리면 눈사람을 만들어 눈싸움을 하던 때가 엊그제 같은데……. 그때는 왜 그리 발이 시리고 손이 텄을까. 나는 지금도 그 어릴 적 꿈을 꾼다.

　내일은 또 날씨가 어쩌려나. 작년 여름은 날씨가 유달리 더워 난리였는데, 지난겨울 추위다운 추위도 제대로 못 느낀 채 봄이 가까이 다가오고 있다. 이제 곧 봄이겠지. 육십여 년을 살아오면서 겪은 일들과 이런 저런 생각들을 한 권의 책에 싣기에는 지면이 부족했지만, 모아놓고 보니 꽤 도톰한 책이 될 것 같다.

　여보, 고맙소! '내가 살면서 가장 잘 한 일은 당신을 선택한 것이었다.'는 누군가의 말에 나도 공감한다오.

　김소양 사장님과 우리글 출판사 직원들, 수고 많이 하셨소! 부족한 글을 책으로 엮느라 얼마나 고생이 많았습니까? 그러나 이것도 다 인연 아니겠습니까?

　이 글을 읽는 모든 분들, 고맙습니다. 진심으로 감사드립니다.

2016년 정월에
오수 안영해 드림

책을 펴내며… · 4

1부 오른손이 하는 일을 왼손이 모르게

고약한 버릇 · 12

괴물이 나타났다 · 15

기브스 나와! · 18

오른손이 하는 일을 왼손이 모르게 · 22

순리順理와 역리逆理 · 24

달과 더불어 이박삼일 · 27

소인배 · 30

우와악! 귀신이다, 귀신! · 33

늙은 과부 진정제 먹은 사건 · 35

어떤 악연惡緣 · 38

인연因緣 · 44

수박 사건 · 48

전국구 망신 · 55

존경하는 사람 · 57

한글 사랑 · 60

이게 무슨 소리요? · 62

'바'와 '보' · 64

사라지는 말들 · 67

2부 내 사랑, 집게벌레

그 많던 잠자리는 어디로 갔을까 · 78

가위눌림 · 82

내 사랑, 집게벌레 · 84

가재 키우기 · 87

쑥떡에 관한 아픈 이야기 · 90

두꺼비와 쥐똥이 · 94

거짓말쟁이 · 97

햇때와 묵은 때 · 100

참빗과 이 · 103

헌데 · 106

왕가시에 관한 기억 · 110

참외 서리 · 113

탱구에 관한 기억 · 117

엽기 미끼와 물고기잡이 · 120

회충 · 122

눈 뜬 소경 · 124

어떤 배따라기 · 127

옛날에 한 옛날에! · 132

3부 어떤 사부곡

어떤 사부곡 1 · 136

어떤 사부곡 2 · 139

애증사모곡愛憎思母曲 · 142

이쁜이 가마 타고 시집가던 날 · 153

매형과 6·25 · 157

자식 교육 · 165

큰일 날 소리 · 167

자아의 발견 · 169

4부 기쁜 우리 젊은 날

크리스마스 선물 · 172

너는 너, 나는 나 · 175

기쁜 우리 젊은 날 · 178

추억의 오두막집 · 182

관산 장날 풍경 · 185

개꿈 · 188

신혼 · 190

결혼 · 192

돼지고기 한 근 · 194

한밤중에 개 짖는 소리 · 196

귀에 아름다운 소리 · 199

가는 날이 장날 · 201

수세식화장실의 추억 · 204

우리들의 일그러진 영웅 · 209

5부 복되어라, 짜장면 집

사람 살려! · 214

뱀 알 · 216

개구리와 뇌진탕 · 220

복되어라, 짜장면 집 · 223

부조扶助 유감 · 227

겸손은 아름다워 · 230

똥개와 보신탕 · 233

쥐가 삼겹살을 훔쳐 먹는 방법 · 235

지극한 사랑 · 238

꿈 이야기 · 242

펄 벅 여사와 밀짚모자 · 246

산산이 부서진 이름이여 · 248

중풍 · 253

아, 가을이여! · 255

신비로운 인체 · 257

하나님! 우리 하나님! · 261

나의 종교관 · 265

'주머니속의 작은 추억들'을 읽고 / 한용태(백학중학교 교장) · 274

1부 오른손이 하는 것을 왼손이 모르게

·
·
·

고약한 버릇

괴물이 나타났다

기브스 나와!

오른손이 하는 일을 왼손이 모르게

순리順理와 역리逆理

달과 더불어 이박삼일

소인배

우와악! 귀신이다, 귀신!

늙은 과부 진정제 먹은 사건

어떤 악연惡緣

인연因緣

수박 사건

전국구 망신

존경하는 사람

한글 사랑

이게 무슨 소리요?

'바'와 '보'

사라지는 말들

고약한 버릇

나에게는 좋지 않은 버릇이 있다.

여름방학 때였다. 저녁을 먹고 책을 보다가 슬쩍 밖에 나갔는데, 아마 밤 12시 반쯤 된 것 같았다. 자전거가 눈에 띄어 아무 생각 없이 자전거를 탔다. 그래, 자전거를 탄 김에 어디로 갈까, 하다가 철원이나 한번 다녀오자 하며 자전거를 몰았다.

집에서는 12시가 넘어 나가기에 무슨 일인가 싶었지만, 곧 들어오려니 하고 기다렸단다. 그런데 나는 그 시간에 불도 들어오지 않는 자전거를 타고, 포천 쪽을 지나 철원으로 달려가고 있었다.

밤길이 아주 캄캄했다. 옆에서 누가 다가와도 모를 정도로 칠흑 같았고, 가끔씩 불빛이 다가왔다가 나를 보고 흠칫 도망가는 차들만 있었다.

원래 밤길의 자전거는 빨리 달리는 게 아니라 천천히, 공기를 폐 깊숙이 마시면서 느긋이 밟아야 한다. 특히 이런 꼬부랑 산길에서는……. 그리고 나는 그 정석을 잘 따르는 사이클 맨이었다.

그래서 철원 동송에 갔는데, 어느 슈퍼마켓 앞에 평상이 있기에 거기서 잠깐 쉬었다가, 계속해서 느긋하게 동송의 끝이며 최북단인 대마리를 빠져 나와 새벽안개 속에서 노동당 당사를 지나, 여명 속에서 백마고지를 봤다. 아! 새벽안개에 쌓여 자연 속에 혼자 있을 때의 신비함이란……. 말로 표현할 수가 없다.

새벽에 연천을 지나오다가 초입에 있는, 구석기 공원에서 잠깐 눈을 붙였는데 집에 들어오니, 아침 여덟시 반이다. 집으로 들어오려는데 아파트 앞에 웬 여자가 쪼그리고 앉아 있다. 가만히 보니 아내가 아닌가? 가까이 다가갔더니, "아이구! 당신, 이게 어찌 된 일이에요?" 하며 나를 붙잡고 우는 거다. 밤새도록 기다려도 안 오기에 무슨 사고가 났나, 혹시 저녁 때 고향집에서 걸려온 전화를 받고 무슨 속상한 일이 생겨 자살하려고 나간 건 아닌가, 별 흉측하고 망측한 생각이 다 들더라는 것이다.

그래서 뜬 눈으로 밤을 새우고, 이제 막 파출소에 실종신고를 하려고, 주위 사람들에게 마지막으로 확인을 한 뒤라는 것이었다. 그러고 있는데 그때 내가 나타났으니…….

한번은 한밤중에 약수를 뜨러 갔는데, 외딴 곳에 혼자 사는 지인의 집이 약수터 쪽과 반대쪽에 있어서, '오래간만에 약수를 뜨러 왔으니 그 사람이나 만나보고 술이나 한 잔 해야겠다.' 하고, 지인을 만나 술을 실컷 마시고 그 집에서 잠이 들었다.

그 사이 집에서는 난리가 났다. 전화도 안 해주지, 핸드폰도 놓고 나갔지, 혹시 차를 타고 나갔으니 사고가 난 건 아닐까, 이 밤중에 사고가 나서 어디 묻힌 건 아닌가 하고……. 다음날 아침까지 얻어먹고 느긋하게 집에 들어갔더니, 죽어서 지옥에 갔다가 부처님을 만난 듯이 아내가 나를 반겼다.

그때 그러는 아내의 모습이 보기 좋았던 건지 그게 버릇이 되어 버렸는데, 그 후로도 가끔 그런 짓을 벌이곤 한다. 안 하면 나도 편하고 좋을 텐데, 나도 모르게 일을 벌이니 이걸 도대체 어쩌면 좋단 말인가.

괴물이 나타났다

처음 전라남도 교육청에서 교사 발령이 났다고 연락이 왔을 때를 잊을 수가 없다. 전라남도와 광주시가 분리되기 전이었는데, 호남 선으로 가는 차를 그때 난생처음 타 봤다. 창피한 얘기이지만, 난 그때 광주가 부산처럼 바닷가에서 가까운 도시인 줄 알았다.

그리고 진도라고 하면, 진돗개만 알고 있었다. 그래서 진도까지 가는 동안 섬에서 공을 차다가 공이 바다로 빠지면 어쩌나 혼자 걱정을 할 정도였다. 진도가 그리 큰 섬인 줄은 그때 가보고 처음 알았으니, 광주에서 진도까지 택시를 타고 가려다가 거절당한 것은 당연한 일이었다.

광주에서 진도까지 네 시간 걸리던 시절이었으니, 그 먼 거리 또한 나에게는 소리 없는 형벌처럼 느껴졌다. 가는 도중에, '그래! 섬마을 선생이라는 노래도 있지 않은가. 열심히 가르치자!'며 각오를 다졌다.

그렇게 해서 찾아간 그 학교 신발장에서 여선생 슬리퍼를 봤을 때, '여자도 근무하는데 내가 못할 이유가 뭐냐'며 전의戰意(?)에 불을 지피던 내 꼴이란……. 정말 누가 봤으면 가관이었을 것이다.

요즘은 전국이 일일생활권이어서 그렇지 않겠지만, 광주 지역 선생들은 '웬 촌놈이 오는고?' 했었단다.

그리고 내게, "원주라면 강원도 아니요? 거기는 학교의 운동장이 얼마만합니까? 거기도 쌀농사를 지어요?"라던가, 심지어는 "거기서 이북 땅이 보여요?"라고 묻는 것이었다. 그건 내가 광주가 어디 있는지, 진도가 얼마나 큰 섬인지 모르는 것과 정확히 좌우대칭으로 일치하는 것이었고…….

어느 날인가. 퇴근을 해서 옷도 갈아입기 전이었는데 학교 아래 술집에서 동료들이 전화를 했다. 그래서 고무신을 신은 채 반갑게 술집으로 달려갔는데, 술을 마시다 보니 한 잔이 더 생각나, 2차는 택시를 불러 읍으로 가서 마셨다.

얼추 열두 시가 되었을까? 술도 많이 먹었겠다, 자리도 마감을 해야겠다, 하는 마음에 "이제 그만 하고 집에 들어갑시다." 하니, 일행 서너 명이 동시에 눈을 크게 뜨고, "아니, 여기서 집이 어딘데 갈려고 하시오? 그냥 오늘은 여기서 자고 내일 일찍 갑시다." 한다.

이건 나를 강원도 촌놈 취급을 하는 눈치가 아닌가. 한 20분 움직인 거리인데 거기가 어디라니! 그래서 속으로, '그래, 나는 촌놈이니까 갈 거다.' 하면서 술집을 나와 대충 아까 택시가 오던 방향을 눈길로 가늠해 집을 향해 출발했다.

그런데 가도 가도 집이 안 나오는 것이다. 그럴 수밖에, 차도 막히지 않는 시골에서 택시로 20분이 걸렸으니……. 가는 길이 얼마나 힘들었는지……. 나중에는 산을 가로질러 가기도 하고, 옷은 찢

겨나가고, 얼굴에는 거미줄이 쳐지고…….

그렇게 한참을 가다 보니 어느 불 켜진 집이 나오기에 군내중학교를 물었더니, 이들이 '어디서 왔느냐, 뭐하는 사람이냐' 다 묻고 난 다음에 길을 가르쳐줬다. 그러고도 두 시간이 더 걸려 간신히 집에 들어올 수 있었다.

그 다음사실은 그 날 아침 학교에 갔더니 교감 선생이 나를 불러, '어제 어디 갔었어?' 하고 꼬치꼬치 묻더니 나를 간첩으로 알고, 신고가 들어왔었다고 말해줬다.

열두 시도 넘은 한밤중에 양복을 입고, 맨발에다 고무신을 신은 채 낯선 사투리를 쓰니 그들이 의심을 한 것은 어찌 보면 너무나 당연한 것이었다. 그때 우리나라가 반공교육을 정말 잘 시켜놓았으며, 특히 신고정신이 투철하다는 사실을 처음 알았다.

그 날 이후 '괴물'이라는 별명이 나를 따라다니게 되었다.

기브스 나와!

　요즘 신문을 보면, 전교조 교사들이 연일 여론에 얻어맞고 있다. 그들이 처음 전교조 운동을 할 때가 1980년도 후반기였는데, 그때만 해도 그리 시끄럽지 않았을 뿐만 아니라 말없이 전교조에 동조하는 교사들이 많았다. 전교조를 하지 않는 교사는 교장과 교감, 나이 많은 보직 교사들, 그 밖에 정말 오직 열심히 가르치는 것 외에는 관심이 전혀 없는 몇몇 선생들뿐이었다.

　그런데 선생들 거의가 다 전교조에 동의를 한 데에는, 나름대로 필연적인 이유가 있었다는 생각이 든다.

　교사로서 초년일 때였다. 여름밤 아홉시 무렵이었는데, 교장이 나를 찾는다는 것이다. 그래서 교장에게 갔더니 다짜고짜,

　"안 선생! 저 사람들 쫓아내! 지금이 몇 시인데 남의 학교에 와서 노래를 부르는 거야?" 한다.

　가보니, 학교 뒷자락 나무 울타리 근처에서 두 사람이 콧노래를 부르고 있었다. 유심히 귀를 기울여 듣지 않으면 알지 못할 정도였고, 큰소리로 고성방가를 하는 것도 아니었다. 학교가 뚝 떨어진 시

골에 있는데다 울타리가 민가에 접해 있고 사람들이 낮에 쉬었다 가는, 굳이 학교 울타리라고 볼 수도 없는 그런 곳이었다.

난감했다. 교장 선생 말씀대로 쫓아내긴 해야 할 것 같은데, 쫓아내자니 또 그럴만한 상황이 아닌 것 같고……. 결국 내보내기는 했지만, 나중에 가만히 생각해보니, 그건 순전히 교장 선생이 권위의식 때문에 나를 불러 이용한 것이 아니었나 싶었다.

예전에는 그렇게 교장과 교감의 권위의식이 대단했다. 이런 일도 있었다. 어느 가을 일요일이었는데 하늘이 맑고 푸르러 그냥 보내기에는 좀이 쑤시는 날이었다. 그래서 몇몇 동료들이 술과 안주를 사들고, 금골산이라는 곳에 놀러갔었는데, 그 다음날 난리가 났다.

우리는 전부 다 교장선생한테 불려 들어가 된통 혼이 났다. 술을 먹고 떠든 것도 아니고, 바둑을 둘 사람은 바둑을 두고, 얘기할 사람은 얘기하고, 가을날 도도한 흥에 취해 노래를 부를 사람은 노래 부르며 놀았을 뿐이었는데 말이다.

교장만 그런 것이 아니었다. 한 여교사가 꼭 집에 갈 일이 있어서 연가를 신청했다. 그런데 교감이 연가를 내주기는커녕 그 여선생을 기어이 울리고 만 것이다.

여선생이 울자, '자, 어때 내 실력이! 너희들도 내 말 안 들으면 어떻게 되는지 알겠지?' 하는 식으로 우리를 둘러보며 의기양양해서 씨익 웃는데, 그 모습을 보며 소름이 돋았다. 정말 산 넘어 산이라는 말이 딱 들어맞았다.

다른 학교 교감과, 우리 학교 교감을 함께 모시는 자리가 있었다. 어쩌다 보니 그 자리에서 무슨 얘기를 나누는지 나도 듣게 되었는데, '어떻게 하면 선생들이 꼼짝 못 하더라. 연가를 내려고 할 때는 이렇게 말하고 이렇게 표정을 지어서 입도 못 떼게 하라.' 하는 내용이었다.

교장과 교감이 해야 할 일이 뭔가! 선생들이 잘 가르칠 수 있도록, 선생들의 가려운 곳을 긁어 주기 위해 그런 직책을 준 것 아닌가. 그런데 순전히 반대로만 가고 있었으니, 글자 그대로 그때의 교육은 형편무인지경이었다. 그리고 그런 교장 교감에 맞서 싸우지 않은 교사가 없었다.

한번은 체육대회 계획을 세웠는데, 여섯 번 만에 허락이 떨어졌다. 대부분 커다란 결격 사유가 없는 틀 안에서, 단번에 통과되는데, 사사건건 트집을 잡으니 당해낼 재간이 없었다.

그래도 그런 건 빙산의 일각이었다. 내 친구 중 하나는 어느 섬에 근무했는데, 교장이 출장을 가거나 올 때면 전 직원이 선창에 도열해 기다렸다고 한다. 이런 일이 정말 숱하게 많았다.

또 어느 교장은 교무회의를 하는 석상에서 소리를 지르는 일이 습관이었다. 그러다가 전교조가 출범을 하니 꼬랑지를 내리며 다른 곳으로 떠나게 되었다. 그 교장이 떠나는 날 마지막 회식을 하며 인사하는 자리에서,

"자! 선생님들! 그동안 고생이 많으셨습니다. 안녕히 계십시오." 하고 인사를 했는데, 선생들이 한 사람도 거들떠보지 않고 하던 식사를 계속해 무언의 항변을 하였다.

그 교장은 형이 어릴 때 죽었는데, 자신을 형이라고 속여 나이를 올리는 바람에 6 · 25때 전쟁에 나가지 않았다고 한다. 그런데 나이

가 들자 이번에는 그동안 잘못 기재되어 있던 자신의 나이를 되찾아, 5년이나 더 현직에 있다가 정년을 맞았다.

이건 최근에 같이 근무하던 교감에게 들은 이야기이다. "옛날에 회식을 하면서 한번은 삼겹살을 많이 먹었다고 구박을 하는데 어찌 서럽던지……. 줄줄이 불려가서 꾸중을 들었다니까요. 그때는 그런 게 흔한 일이었어요."

어느 교장이 내 이야기를 듣더니,

"나는 초임 시절에 군대에서 하는 식으로 교장에게 신고를 한 적도 있어요."라고 얘기해 함께 쓴웃음을 지었다.

요즈음에는 이념을 놓고 다투거나, 가르치는 방법을 놓고 언쟁을 벌이지만, 전교조 초창기에는 교장과 교감이 전교조가 있게 한 일등 공신(?) 중에도 공신이었다. 그렇게 종횡무진 큰소리를 치던 그때 교장과 교감에게, 교육부는 전교조 창설자에게 주는 공로 훈장이라도 줘야 하는 것 아닌가 싶다.

그리고 나를 불러 노래 부르던 주민을 쫓아내게 했던 교장은 평소에도 목에 어찌나 힘을 주는지, '기브스'라는 별명을 붙여 부르곤 했었다. 그리고 우리끼리 술 마시는 자리에서는, '기브스, 나와!' 하면서 흉내를 내곤 했다. 부글부글 끓어오르는 마음을 풀 수 있는 길이 그 방법뿐이었기 때문이다.

오른손이 하는 일을 왼손이 모르게

결혼하기 전에는 빨아 놓은 양말을 신을 때 짝이 맞지 않아도, 발만 시리지 않으면 된다며 그냥 신었다. 어쩌다 넥타이를 매고 학교에 가야 될 때면, 경험이 없어서 그런지 앞의 넓은 면이 짧고 뒤의 가느다란 면이 길게 되는데, 그래도 나는 그냥 출근했다. 구두를 사면, 그 구두가 다 헤질 때까지 한번도 닦지 않고 신는다. 슬리퍼도 떨어지면 떨어진 대로 끌고 다닌다.

한동안 신은 지 2년 된 슬리퍼를 끌고 다녔는데, 드디어 옆구리가 터지고 말았다. 그래서 할 수 없이 끈으로 터진 신을 잘 묶어 신고 다녔다.

그것까지는 좋았는데, 얼마 지나니 이번에는 양쪽 밑창이 동시에 벌어졌다. 이걸 어떻게 하나. 새로 사는 것은 더 귀찮고, 그렇다고 맨발로 다닐 수도 없으니……. 그냥 신고 다녔다. 옷이나 신발 같은 것은 쉽게 버려지지도 않는다.

그렇게 며칠 다녔는데 어느 날 출근해서 책상 위를 보니 신문으로 싸놓은 무언가가 놓여 있었다. 풀어보니 슬리퍼였다. 틀림없이 누군가 내가 하고 다니는 꼴을 보고 사준 슬리퍼가 틀림없었다.

'고맙긴 한데 누가 사왔는지 알아야 고맙다고 인사를 하고 신지……. 기다려보자. 아마 학생인 것 같은데…….' 하며 기다렸는데 도통 누군지 알 수가 없었다. 그러니 나도 오기가 있지 그냥 신을 수 있나, 며칠을 더 기다렸다.

어느 날 아침에 학교에 갔더니, 이번에는 내 낡은 슬리퍼가 보이지 않는 거다. 새로 사다준 슬리퍼를 신지 않으니, 낡은 슬리퍼를 나 몰래 훔쳐가 버린 것이다. 꼼짝 없이 그 도둑놈(?)의 술수에 넘어 갈 수밖에…….

그래서 새 슬리퍼를 신게 되었는데, 그 다음부터는 모두가 다 그 도둑놈(?)처럼 보이는 것이었다. 아직 고맙다고 인사도 못했는데……. 그리고 전부가 다 사랑스러워 보였다.

그 후 슬리퍼가 떨어져 새로 사서 신을 때마다 그 고마운 도둑 생각이 절로 난다. 지금까지도 나는 그 도둑놈이 누군지 모른다.

'오른손이 하는 일을 왼손이 모르게 하라.' 나도 성경에 있는 이 말을 좋아해서 가끔 쓰곤 하는데, 그날 이후 이 구절이 더 좋아졌다.

순리順理와 역리逆理

전라남도 장흥군에 가면 관산이라는 조그만 읍이 있다. 거기 관산고등학교라는 조그만 학교가 있는데, 그 학교 앞으로 난 길을 따라가면, 해발이 600미터나 되는 천관산 정상에 이르게 된다.

그 산의 정상에는 겨울이면 갈대가 많이 자라 등산객들을 유혹하고, 영암의 월출산처럼 기암괴석이 줄줄이 널려 있어 그 기묘함이 예사롭지 않다. 산세가 수려하고 산 정상까지 가는데 크게 어려움이 없는데도 등산객들이 그다지 많지 않고 주로 가을이나 되어야 산을 타는 이들이 눈에 띄는 까닭은 한적한 시골, 그 중에서도 국토의 최남단에 있는 산이기 때문일 것이다.

그 산의 정상에서 보면 소설가 한승원씨의 소설에 자주 등장하는 삼산면의 앞바다라던가, 회진 앞바다가 한눈에 들어올뿐만 아니라, '자랏골의 비가'를 쓴 소설가 송기숙씨의 고향인 장흥군은 물론 완도에, 날씨만 좋으면 저 멀리 제주도도 시야에 들어오는 행운을 누리게 된다.

1983년도 선생으로서의 초급 시절에, 나는 그 곳 관산고등학교에 근무하는 행운을 맞았는데 원래 사람들은 그렇다. 한참 시간이 지나가서야 그것이 행운이었다는 사실을 알게 된다. 나는 그 곳에서 평생에 남들은 경험하지 못한 일들을 몇 번 경험하게 되었는데, 그 이야기는 추후에 기회가 닿으면 하기로 하겠다.

관산고등학교 쪽에서 정상 쪽으로 올라가다 보면, 산허리 부분에서 장천제라는 장흥 위 씨의 제각을 만나게 되며, 그 제각 밑에는 당동이라는 마을이 하나 있어서 고색이 창연함을 자랑하고 있다. 그 마을에서 고려시대인가 조선시대인가 잘은 모르지만 왕비가 하나 나왔다고 당동 사람들은 자부심이 대단하다.

1983년도 무렵, 동료들과 당동마을을 지나 장천제 쪽으로 올라가는데, 이상하게 어른 정강이 정도 굵기의 소나무들이 봉긋한 무덤같이 생긴 위에 하나씩 자라고 있는 게 아닌가? 그건 누가 무덤에 일부러 말뚝 박아 놓은 것처럼 보였는데, 암만 봐도 이상하기에 혼자 소리로, '그거 참 이상하네. 왜 저렇게 소나무가 무덤처럼 생긴 곳에 있는 거지?' 하고 찬찬히 들여다보며 올라갔다.

그때 앞에 가던 그 곳 출신의 선배 동료 교사가, '안 선생! 저게 뭔지 아시오?' 하면서 다음과 같이 설명을 해 주는 것이었다.

원래 그 곳은 신 씨들이 많이 살던 동네였다. 신 씨들의 자손이 번창하고 재물도 많이 모이자, 그 곳 주위에서 제법 떵떵거리고 살게 되었다. 그런데 그 마을 앞 즉, 건너편에 있는 절 쪽으로 나있는 물길을 자기 마을 쪽으로 억지로 끌어오면서부터, 그 절은 사람들이 찾지 않아 폐사廢寺가 되어버렸다고 한다. 급기야 그 위세 좋던 신 씨들도 다 망하거나 뿔뿔이 흩어졌다. 그래서 지금 내가 보고 있는 그 봉긋한 것이 다 신 씨들의 무덤이고, 이상하게 그 곳에 소나무가 잘 자란다는 것이다.

그 신 씨들이 어거지로 물을 끌어온 것이 망하는 길이었고, 절이 폐사 되면서부터 신 씨들의 무덤에 그리도 비참하게 나무로 말뚝이 박힌 게 아닌가 하고 생각을 해 보았다.

생각해 보라. 모든 자연에는 흐름이 있다. 자연의 순리, 그 도도히 흐르는 자연의 순리를 거역하면서부터 곧, 역리로 돌리면서부터 신 씨들의 비극은 시작이 되었던 것이다.

남을 망하게 하면서 자기네도 망한, 곧 그렇게 하여 우리에게 타산지석의 교훈을 주는 것이 아닐까 하고 결론을 내려 보는 것이다.

달과 더불어 이박삼일

전라남도 장흥군에 가면 천관산이라는 명산이 우뚝 솟아 있다. 그산에 장천제라는 제각이 하나 있는데, 조용한 풍광이 좋아 가끔씩 한가로운 사람들이 찾아들곤 한다.

그 장천제 골짜기에는 언제 가도 맑은 물이 흘러넘친다. 그 곳에 사는 사람들은 축복을 받은 셈인데, 여름이 되어도 붐비지 않는 걸 보면, 아마도 그곳 사람들이 사는 게 바빠서가 아닌가 싶다.

장천제 뒤로 산허리를 돌아 몇 십 미터만 가면 산등성이에 육각정이 하나 있다. 멀리서 보아도 잘 보이는데 거기 앉아있으면 주변의 풍광과 어울려 특히 가을 해질녘이 얼마나 멋들어지는지 모른다.

7월 초쯤이었던 것 같다. 퇴근 후 동료들과 술을 한잔 한 후, 혼자하숙집으로 어슬렁거리며 돌아오는데 달빛이 어찌나 밝은지, 이효석의 '메밀꽃 필 무렵'에 나오는 김선달이 동이 어미와 함께 본 달이 저리 밝지 않았을까 싶었다.

책이나 볼까 하고 자리에 누웠지만 혼자 보기에는 너무나 달빛이 아까웠다. 그러니 어찌 그냥 보낼 수 있으랴. 조금 전에 모여서 함께 술을 했던 사람들을 다시 다 불러 모아 장천제행의 당위성(?)과 필연성(?)을 말했더니, 대체적으로 장천제행을 찬성하는 분위기였다.

우리는 서둘러 파트별로 나누어 각자의 일을 추진하기 시작했다. 나는 뭘 가져오고, 너는 뭘 가져오고, 쌀에다 닭도 서너 마리 사고, 이부자리랑 초에 바둑판과 기타를 챙겨 가는 것도 잊지 않았다. 모기장과 술도 당연히 빼놓지 않고 준비했다. 그리고 드디어 심야에 장천제행을 결행한 것이다.

그런 곳에 올라가면 남자들이 무엇부터 하겠는가. 아무도 안 보는데 뻔한 것 아닌가. 올라가면서 땀을 흘렸다는 핑계로 다들 옷을 훌러덩 벗고 장천제를 향하여 출발했다.

누군가가 '하나! 둘! 하나! 둘! 전체 번호 맞춰 가앗!' 하고 구령을 붙였다. 급기야 '사나이로 태어나서…….' 행진곡을 합창하며, 씩씩한 현역군인이 된 것처럼 일열종대로 행진했다.

상상해보라. 달밤에 홀딱 벗은 남자들이 일렬로 행진하는 그 우스꽝스런 모습을……. 우리는 그렇게 장천제 계곡에 있는 폭포까지 가서 다이빙을 했다. 아! 뼛속까지 시원해지는 것 같았다.

그리고 다시 육각정으로 돌아가, 바둑을 둘 사람은 바둑을 두고 노래를 부를 사람은 기타 옆에 둘러앉고, 한쪽에서는 술에다 닭죽을 쑤어 먹으며 밤을 꼴딱 새웠다.

그리고 그 다음날인 토요일 아침, 우리는 그 모든 장비들을 고스란히 놔두고 출근을 했다. 종일토록 마음은 장천제 육각정에 가 있었지만…….

그리고 퇴근 후 다시 찾아간 계곡에서 알몸으로 다이빙을 하며 노는데, 이런! 길을 따라 올라오는 우리 학교 여선생들을 발견했을 때의 그 당혹감이란!

그날 밤은 더 환상적이었다. 달빛에 취해 다들 술을 양껏 마시는 바람에 술에 떡이 되다시피 했다. 달빛 속에서 떡이 되어 보는 것도 얼마나 아름다운지…….

30년이 다 되어가지만, 아직도 그곳에는 친구들이 있고, 사랑하는 제자들이 살고 있다. 그런데 그곳을 떠나온 후 마음속에 담아 두기만 하고 한 번도 가보지 못했다. 그리운 젊은 날, 장흥군 관산읍에서 달빛에 홀려 지낸 이박 삼일이 지금도 꿈결 같다.

소인배

세상에는 대범한 남자가 많다. '대인'이라고 하는 사람도 많다. 직장생활을 하다 보면 '대인'이라는 사람을 많이 만나게 된다. 그런데 가만히 살펴보면 그들은 대범한데 내 눈이 나쁜 건지, 아니면 내 의식이 문제가 있는 건지 잘 알 수 없지만, 그들이 대인 같아 보이지 않을 때가 더러 있다.

○○학교에서 학생부장을 맡고 있을 때의 일이다. 교육청에서 출장을 오라고 공문이 왔다. 학교에서는 관리자가 공문을 분류해 해당 부서의 부장들에게 주면, 부장들이 그 공문을 다시 분류해 각 담당 교사에게 보낸다.

그런데 그 내용을 보니, 제목이 좀 묘해서 학생부 관할이 아닌 것도 같고 담당교사가 누구인지도 애매했다. 암만 봐도 내 공문이 아닌 것 같아서 관리자를 만나 얘기했더니, 이왕 받았으니 다녀오라는 것이다.

그것 때문에 문제를 일으키고 싶지 않아서, 별 수 없이 내가 가기로 했다. 가서 보니 그건 학생부 일이 아니고 명확히 다른 부서의 일이었다. 그래서 출장을 다녀와 복명을 하는 과정에서, 그 내용을 얘기해주고 정리했다.

그런데 얼마 후 똑같은 내용의 공문이 또 왔다. 이번에도 그 공문을 나에게 주기에 '이건 그 쪽 일이오.' 하고, 공문을 돌려주었다. 그랬더니 관리자와 담당자가 '저번에 다녀왔으니 이번에도 갔다 오시오.' 하는 것이다.

얼굴을 붉히게 될 것 같아, 결국 내가 한 번 더 갔다 오기로 했지만, 글쎄! 이럴 땐 어떻게 하는 것이 옳을까. 얼굴을 붉히는 게 싫어 그냥 아무 말 없이 갔다 온 내가 소인배일까. 아니면 얼굴 붉힐 각오를 하고, 출장을 안 간 그 선생이 소인배일까. 그도 아니면 그 선생과 평소에 친하기 때문에 공문을 내게 준, 그 관리자가 소인배일까. 글쎄, 이럴 때도 그저 모르는 척 슬쩍 손해 보는 게 더 좋은 거 아닐까.

그런데 아무리 생각해도, 나는 안팎으로 소인배임에 틀림이 없는 것 같다. 다른 사람들과 같이 있을 때, 나보다 더 젊은 사람에게 먼저 인사를 하면 섭섭하다. 그리고 나보다 더 젊은 사람에게 술잔이 먼저 돌아가면 속으로 참는다.

나는 커피를 안 마시면서도 자기들끼리 커피를 타서 먹으면, 겉으로는 관심 없는 척 태연한 척한다. 그리고 빈말로라도 '커피 한잔 안 하실래요?' 묻기를 은근히 기대한다.

그 뿐이랴. 웬만한 전화통화도 남들이 안 볼 때는 업무용 전화로 하려고 한다. 술을 한 잔 할 때 안쪽에 앉아야 속이 편안한 것 같고, 막상 안쪽에 앉고 나서는 다시 후회한다. 그리고 세뱃돈을 줄 때는 머릿속으로 얼마를 줘야 하는지, 여러 번 결심한다.

　바둑을 좋아해서 직장 동료와 바둑을 둔 적이 있는데, 곁에 있는 사람이 상대편에게 자꾸 훈수를 해주는 게 아닌가. 급기야 내가 밀리게 되자 '나보다 잘 두지도 못하면서 훈수를 두다니, 이 나쁜 놈! 바둑 끝나면 어디 두고 보자!' 하고 속을 끓였다. 그런데, 막상 그 판을 이기고 나자 '두고 보자'는 마음이 싹 가셨다.

　바둑이 끝난 다음에는 특유의 너털웃음을 터트리며, 점잖고 위엄 있게 훈계를 했다. '둘이 암만 머리를 써봐라. 나한테 바둑이 되나.' 자! 나는 소인인가, 대인인가. 이 정도면 충분히 소인배 자격이 있는 것 아닌가.

우와악! 귀신이다, 귀신!

삼십 년도 더 지난 시절, 전라도에서 근무하던 1983년도였는데, 그 날 우리 학교에서는 좋지 않은 일이 생겼다. 삼산인가 대덕인가, 바닷가 쪽에서 살던 여학생이 등교를 하는 와중에, 같은 방향에서 오는 또 다른 차에 치여 즉사하는 사건이 일어난 것이었다.

한창 꿈 많은 고교시절, 그 아이의 죽음은 전 학생들을 죽음의 공포와 허탈함에 빠지게 하기에 충분하였다. 그 날 종일 기분이 뒤숭숭했는데, 잔소리를 하도 해서 누구나 싫어하는 교장마저도 공황상태에 빠져 숨을 못 쉬고 있었다.

그러나 어떡하나. 인문계학교인 만큼 수업은 해야 하고, 그리고 야간자율학습도 평소와 똑같이 실시하였다.

나도 볼일이 있어서 학교에 남아 있었는데 한 열시쯤 되었을까? 날씨가 더워, 3학년 교실에서는 창문을 열어 놓고 담임도 없이 야간자율학습을 하고 있었다. 그런데 운동장에서 창가를 보니, 어느 3학년 여학생이 창틀에다 책을 걸쳐놓고 공부를 하고 있는 것이었다. 그것을 본 순간 갑자기 장난기가 발동을 했다. 그래서 창틀 밑으로 소리가 나지 않게 몰래 다가갔다. 그 다음 칠흑같이 어두운 창틀 밑에서부터 책 위로 얼굴을 쑤-욱 내밀었다.

그랬더니 갑자기 이 녀석이 '우와악!' 하고 비명을 지르더니, 기절초풍에 혼비백산을 하며 놀라는 것이었다. 그 내지르는 소리에 나머지 아이들은 정신없이 의자 밑에 기어 들어가거나, 책상을 마구 치며 우는 것이었다.

다른 반에서 똑같이 자율학습을 하던 남학생들이 이게 갑자기 무슨 소리인가 싶어 우르르 뛰어 왔다. 그런데 그들을 본 여학생들이 이번에는 자기들을 죽이러 오는 패거리인 줄 알고 그 학생들 앞에서, 어떤 여학생은 얼굴이 파랗게 질려 무릎을 꿇고 머리를 쳐박더니, '제~발, 살려 주세요.' 하고 울면서 두 손으로 비는 게 아닌가.

난장판도 그런 난장판이 없었다. 내가 친 장난에 학생들이 그렇게 놀라고 전교를 떠들썩하게 큰 파문을 일으킬 줄은 정말 몰랐다.

어쨌거나 그 날 밤에 교장까지 학교로 출두하고, 가까이 살던 직원들도 학교로 오는 일이 벌어졌는데, 덕분에 나는 교장한테 불려가 크게 꾸중을 들었다. 꾸중을 다 듣고 난 다음,

"학교에 안 좋은 일이 있다고 교장 선생님이 우리에게 순시를 돌라 그랬잖아요. 그래서 순시를 도는데 어둠 속에서 날 보더니 그냥 놀라는 걸 그럼 어떡합니까? 그럼 순시를 돌지 말까요?" 하고 여유 있게 한마디 하고 돌아서서 혀를 내밀고 웃었다.

아마 그 날 나 때문에 놀란 녀석은 수명이 최소한 십 년쯤은 단축되었을 것이다.

늙은 과부 진정제 먹은 사건

수원의 어느 중학교에서의 일이다.

그때 우리 교사들은 수업이 다 끝나면 늘 테니스를 하고는 했다. 실력들이 다 고만고만해서이기도 했지만, 나이도 대개 삼십 대 초반부터 후반의 나이라 뜻도 잘 맞아, 항상 함께 어울려 지내고는 했는데, 나이가 육십이 넘은 지금도 가끔 만나곤 한다. 그러니까 삼십 년이 넘는 친구들이다.

남학교인 데다가 테니스를 특기로 키우고 있던 그 학교는 1990년 대 초에 전국대회에서 우승을 하고는 했는데, 마침 그때 선수들에게 밥과 빨래를 해주는 경상도 말을 쓰는 육십이 훨씬 넘은 할머니가 한 분 있었다.

선수들의 숙소는 학교 뒤쪽에 있는 2층 건물로, 거기에는 선수들이 잠을 자는 방과 할머니 방이 있었고, 아래층에는 아무도 쓰지 않는 빈 방이 있었다. 거기에서는 수도물을 사용할 수 있으므로 할머니는 늘 물을 아래층에서 2층으로 길어가서 밥을 하고는 했다. 그리고 더운 여름에는 나 같은 사람들이 거기서 문을 닫고 목욕을 하기도 했고…….

지금은 잘 모르지만, 그 당시에는 학교가 제법 커서 체육교사가 일곱 명이나 되었는데, 나는 그 중에서 나이가 두 번째로 많았고, 여선생이 하나 있었으며, 나보다 나이가 서너 살 많은 사람이 부장교사로 있었다.

어느 여름날이었다.

그 날은 토요일이었는데 테니스를 좀 일찍 끝낸 후 다른 선생들은 집으로 그냥 가고, 나는 숙소 아래층에 목욕을 하러 갔다. 한참 온몸에 시원하게 물을 끼얹고 있는데, 갑자기 문이 덜컥 열리더니 할머니가 물을 받으려고 들어오는 것이었다.

그 순간 나도 놀랐고 할머니도 못 볼 것을 본듯이 놀랐다. 나는, '어어~할머니. 잠깐만요.' 하면서 중요 부위를 가렸고, 그 할머니는 그 안에 사람이 있을 줄은 꿈에도 몰랐다는 듯이 들어오다가, '끄응. 대낮에 여서여기서 목욕하는 사람이 어데 있노.' 하고 궁얼거리면서 다시 나갔다. 그리고 나는 하던 목욕을 느긋이 끝내고 상쾌하게 휘파람을 불며 집으로 왔는데…….

월요일 날 아침에 부장 선생이 나를 부르더니,

"안 선생, 왜 사람을 놀래켜서 속을 썩여, 왜." 하는 것이 아닌가.

"아니, 내가 누굴 놀래켜요. 나는 그런 일 없는데요." 했더니, 밥 하는 할머니를 내가 놀래키는 바람에 가슴엔가 담이 들어 지금도 일어나지 못해 약을 먹고 있으며, 선수들 밥은 학부모들이 와서 해 줬다는 것이다.

전후 사정을 파악한 나는 파안대소를 했다.

"부장님. 제가 그 할머니를 놀래키지는 않았습니다. 자기가 혼자 놀란 거지요. 생각해 보세요. 젊은 놈 울퉁불퉁한 몸을 여기저기 훔쳐봤으니 밥인들 제대로 먹었겠습니까. 잠인들 제대로 잤겠습니까?' 더 의기양양하게 말했더니, 부장 선생도,

"하긴 그래. 잠을 제대로 잤을 리가 없지.' 하면서 '할머니가 약을 먹은 사건'은 한바탕 웃음으로 마무리 되었다.

그런데 그 자리에 있던 여선생이 이 사실을 다른 여선생들에게 얘기하는 바람에, 한동안 다른 여선생들이 나를 볼 때마다 은근히 영웅(?)으로 보는 것 같은 기분이 들어 어깨가 으쓱했다. 참, 꿈같은 시절이었다.

어떤 악연惡緣

　벌써 20년 쯤 된 수원의 북중학교에 있을 때의 일이다. 오후도 한참이나 지났고 이제 수업도 끝이 났겠다, 마침 학급의 담임을 맡고 있을 때라, 얼른 학급에 들어갔다 나와서 남는 시간은 운동이나 좀 해야 겠다는 생각으로, 책상 정리를 하고 있던 중 굵직한 목소리로 전화가 한 통 걸려 왔다.

　"여보세요. 거기 수원 북중학교죠?"

　"예! 그렇습니다."

　"실례지만 거기 안영해 선생님이라고 근무 하십니까?"

　"예! 제가 본인입니다만, 누구신지요?"

　우리 교사들은 갑자기 걸려온 전화에 대개 기대 반, 의아심 조금, 좀 심하게 표현해서 약간의 두려움이라고 표현해도 좋을 그런 느낌을 동시에 갖는다.

　먼저 기대 반이라는 뜻은, 혹시 친구나 전 직장 동료의 안부 전화 등 좋은 소식이 아닐까 하는 기다림의 경우일 테고, 의아심 반이라는 뜻은 혹시 싸움이나 가출을 하는 등, 학생들의 좋지 않은 일로 외부에서 걸려온 전화이거나, 아니면 '저번에 말썽부리던 학생의 손바닥을 몇 대 때린 일로 학부형이 화가 나서 전화를 한 건 아닐까?' 하는 의미이다.

"아이구! 선생님! 저 기억하실지 모르겠습니다. 김××이라고 진도 군내중학교 2학년 때 저희 반 담임이셨습니다. 저희 집이 진도에서 제일 구석에 있는 '한의'라는 동네였지요."

일단 좋지 않은 일로 걸려온 전화가 아니라는데 한숨 돌리고, 다음으로 목소리의 주인공이 옛 제자라는 사실에, 이제는 반가운 마음이 더해져서 말투까지 날렵해진다.

"가만 있자. 진도? 무슨 동네라고 했지? 김××?" 머릿속이 컴퓨터처럼 재빨리 과거의 기억을 떠 올린다.

"아! 기억나지. 자넬 알고말고. 키가 작고 달리기 잘했지? 거 왜 바닷가 지나서 덕병 옆에 있는 한의라는 동네 말이지? 지금 어디에서 살고 있지? 결혼은 언제 했는가? 자식은?…… 부모님들은 아직도 살아계시고? 돈은 많이 모았는가?" 갑자기 말이 빨라지고 억양도 폭포수처럼 높아진다. 저쪽 목소리도 나와 다르지 않았다.

잠시 후 조금은 수다스럽고 과장되게 나누었던 대화를 끊고 혼자서 가만히 옛 기억을 더듬었다. 교직에 들어온 지 어언 삼십 년 가까이, 그 동안 숱한 사연도 많았지만 아직도 가슴에 남아 있는 추억이 있다.

지금부터 삼십 년 가까운 세월의 저쪽, 그러니까 시국이 안개처럼 불투명하던 1980년 하고도 5월에 나는 첫 발령을 전라남도로 받았다. 그 해 2월에 대학을 막 졸업했는데 집에서 논다는 게 부모님께 죄를 짓는 것 같기도 하고 사실 따분한 마음도 들어 친구와 어울려 막노동을 한번 해 본 적이 있었다.

그런데 그 막노동이라는 것이 보기와는 달리 쉽지 않았다. 겉으로 보기에는 저 정도 몸으로 때우는 것쯤 못하랴 싶어 뛰어들었지만 하루하루가 지날수록 견딜 수 없이 피곤하고 힘든 게 도저히 이건 아무나 할 수 있는 게 아니라는 생각이 들었다.

그런데 부모님께 큰 소리 친 것도 있고 해서 그만 둘 수도 없어서 매일 반복되는 그 날 그 날이 지겹기 짝이 없었다. 그러던 판에 발령 통지서를 받았으니 그때의 날아갈 듯 한 마음이란······.

그때는 강원도 원주에서 전라남도 광주까지 직행버스로 일곱 시간이나 걸렸다. 그 먼 길을 나름대로 청운(?)의 뜻을 가슴에 품고 정말이지 단숨에 달려갔다. 그리고 광주에 가서 진도라는 곳으로 발령이 났다는 것을 알았는데, 멀다고 느끼기는 했지만 그게 대수가 아니었다. 그리고 또다시 진도에서 군내면까지······.

바로 그 곳에서 만난 제자 중의 하나가 방금 전화를 건 김××이란 녀석인데, 얼굴은 바다 바람에 그을어 새까맣고 옷도 꾀죄죄한 것이 첫 조우부터가 시원치 않았다.

그렇게 그 녀석과의 악연(?)이 시작되었는데, 가장 힘든 것은 결석을 밥 먹듯이 하는 녀석의 집으로 가정방문을 가는 것이었다. 왕복 삼십 리 길이 되는 그 학생의 집은, 고개를 두 개 넘고 간척지가 달린 바닷가를 지나야 하는, 말 그대로 오지 중의 오지였다.

얕으막한 둔덕에 바다를 향해 붙어 있는 그 동네 집들은, 해태海苔김 양식이나 뻘에서 약간씩 잡히는 해산물 덕분에 근근히 생계를 유지하고 있었는데, 그 몇 집 안 되는 집 중에서도 이 학생의 집이 가장 가난해 보였다. 이유는 그 학생 부친의 지나친 음주 때문이 아니었나 싶었다.

어쨌든 결석을 할 때마다 찾아 간 가정방문이 십수 차례는 되었다. 2학년을 마치는 사정회 때도 앞으로 결석하지 않고 열심히 학교에 다니겠다는 다짐을 받고 내 주머니를 털어 등록금을 대납해 주고서야, 3학년으로 진급시킬 수 있었다. 그리고 나서 그 녀석과의 질긴 악연도 끝이 났다.

하지만 3학년이 된 그 학생의 모습을 아무도 볼 수가 없었는데, 들리는 소식에 의하면 가난을 견디다 못해, 전 가족이 어디인가 도시로 떠났다는 것이었다. 그때 느꼈던 애석함과 그 험한 길을 차도 없이 걸어다니며 공들여온 데에 대한 허탈감이라니…… 말 한 마디 전화 한 통화 없이 훌쩍 떠나버린 녀석에 대한 인간적인 배신감도 들었다.

그 후 10여 년이 지나도록 그 학생의 소식은 바람결에라도 한번 들은 적이 없었다. 어느 도회지 한구석에서 돈이나 많이 벌어 잘 살고 있는지?, 나야 가끔 생각하지만 그 녀석은 날 기억이나 할까? 등등…… 궁금했던 터였다.

질척거리며 비가 내리는 날이나 결석이 잦은 학생, 또는 생활이 몹시 어려운 학생을 볼 때면 그 학생이 생각나기도 했지만 기억이 흐릿해져 거의 지워져가고 있는 상태였는데 전화가 온 것이다.

친척 하나만 믿고 온 가족이 무작정 상경했던 이야기, 결석을 자주 하여 속 썩였던 기억, 베풀어 준 호의에 인사 한 마디 못하고 떠

났던 죄스러움, 지금은 서울 근교에 살고 있는데 이제는 자그맣게 한 사업이 제법 성공하여 남 부럽지 않게 살고 있으며, 아직 결혼은 못하고 동거를 한다는 얘기 등, 십여 년 동안 쌓인 이야기를 전화로 털어놓는 것이었다. 그리고 하루도 나를 잊은 적이 없었고 꼭 한번 찾아뵙겠다는 말도 덧붙였다.

그리고 그 후, 그러니까 이 학생과 헤어진 지 꼭 삼십 년이 지난 1990년대 중반 3월에 또 연락이 왔다. 이제 지면도 많아지고, 그 바닥에서 제법 발도 넓어져 또 다른 사업을 하기로 했는데, 개업식에 꼭 참석해주십사 한다는 간절한 이야기였다. 어찌 마다할 수가 있으랴.

설레는 마음으로 그 곳에 갔다. 그래도 나름대로 그 방면으로 인정을 받았는지, 개업식에 손님들이 많았다. 그런데 아직도 이 학생과의 악연이 끝나지 않았는지, 그날 죽도록 고생을 했다. 그 많은 손님과 일일이 인사를 하느라고…….

만나는 사람마다 나를,

"제가 학교 다닐 때부터 오늘날까지 가장 잊지 못하고 존경하는 우리 선생님입니다." 하고 소개 하는데, 어찌 그 좋은 악연을 마다 할 수가 있으랴.

그날 나는 체력적으로는 좀 달렸지만 멋진 양복까지 한 벌 얻어 입고 교직에 들어와 처음으로 가장 위엄 있는 자세로 목에 힘을 주어보았다. 그리고 얼마 후에 그 녀석의 주례까지 서주게 되었다.

우리 교육자들은 많은 제자들을 다듬어내고 있다. 그런데 처음부터 잘 가꾸어진 나무로 만든 제목보다는 보잘 것 없는 굽은 나무가 좋은 제목으로 다듬어졌을 때 우리는 더 큰 보람을 느낀다. 또, 그런 제자들이 나중에 한번이라도 더 연락하는 것을 자주 본다. '굽은 나무가 선산을 지킨다'는 속담이 여기에서도 통용되는 것을 가끔 보게 되는 것이다.

요즈음도 이 학생에게서 가끔 연락을 받는다. 마흔이 다 된 중년이지만 내게는 영원한 학생인 것이다. 비가 오는 날이면 비가 온다고, 눈이 오는 날이면 조심해서 차 운전 하라고, 추운 겨울이면 감기 조심하라고……. 이제는 오히려 이 학생이 내 걱정을 한다.

그럴 때마다 내가 과연 이렇게 대우를 받을 정도로 정성을 쏟았던가 하며 미안함과 고마움을 동시에 느끼게 된다. 그리고 다시 또 한번 초임 발령을 받았을 때의 설렘과 정열을 지금도 간직하고 있는가 하고 나 자신을 되돌아본다.

교직에 있는 교사라면, 이 정도의 보람과 에피소드는 다 갖고 있겠지만, 이런 이유만으로라도 교사라는 직업은 보람이 있고 풍요롭고 외롭지 않다고 생각한다. 그래서 우리는 오늘도 분필가루를 날리며 묵묵히 교단을 지켜내고 있는 것이다.

인연因緣

대학교에 다닐 때의 일이다. 교양과정으로 철학을 들었는데 난 철학을 좀 우습게 알았다. 소위 말하는 개똥철학에 푹 빠져 친구와 함께 키에르케고르의 '고독'이며 쇼펜하우어의 '염세주의'를, 우리만 이미 다 경험한 줄로 알았다. 그리고 소크라테스의 '변명'을 읽고 그의 죽음을 진정한 용기라고 찬양했으며, 플라톤주의에 빠져 있었다.

그 뿐인가? $E=mc^2$ 아인슈타인의 상대성 이론까지 알고 있던 나였으니, 철학시간이 우스울 수 밖에.

중세철학의 매력에 푹 빠져서 철학은 종교의 시녀이며, 신이 구원해 줄 사람은 당연히 우리 같은 사람일 거라고 믿고 있었다. 철학 교수같이 저렇게 말이 많은(?) 사람은 당연히 지옥에 갈 것 같은데, 그런 교수가 감히 나를 상대로 철학을 강의하다니 우스울 수 밖에 없었다.

그래서 철학 시험 때 백지를 냈는데 여기에는, '철학 교수도 사람을 보는 눈이 있으면 점수를 줄 것이다.' 하는 막연하고도 일방적인 기대감도 작용을 했던 것같다. 그러니 F학점을 땄을 수밖에, 참으로 실력도 없는 철학 교수 같으니…….

그 후에 군대에 갔다 와서 그 과목을 다시 수강 신청 했는데, 책이 있나 뭐가 있나, 어떻게 다른 과 여학생 N을 알게 되어 철학책을 어렵사리 빌렸는데, 시험을 치고 그 책을 잃어버리고 말았다. 어찌나 난감하던지…….

알고 봤더니 그 책은 N 학생이 주인이 아니고, 주인이 따로 있었다. N 학생의 친구인 E 학생에게 빌려 왔다는 것이다. N에게 미안하다는 얘기를 전한 후 그 일을 잊어버리고 말았는데, E 학생이 원망 비슷한 걸 하더라고 전해 들었다.

그리고 진도로 발령을 받아 떠났다.

다음해 5월경이었다. 어떤 선생 한 분이 첫 발령을 받아 왔는데, 나와 동문이며 집이 서울이라는 것이었다. 한적한 시골 풍경에다 객지, 집을 떠난 외로움, 젊은 날의 들뜬 마음에다가 동문이라는 감정까지 겹쳐, 둘이 걷잡을 수 없이 가까워졌다. 한참 가까워진 어느 날, 슬며시 옛날이야기를 꺼냈다. 그 철학 책 이야기를…….

그랬더니, 이 여선생이 한참 동안 눈을 깜빡이며 듣더니 한다는 말이, "그 책 지금이라도 돌려주세요. 내 책이에요."

지금도 난 꿈결 같은 진도에서의 그 시절을 잊을 수가 없다. 대전에서 시작되어 진도까지 이어진 인연을 한번 생각해 보라.

그 다음은 아름다움의 연속이었다. 가정방문을 하러 자전거를 타고 가다가 넘어졌던 일이며, 보리를 베는 노력동원에다가, 보릿대 터는 6월의 망종亡種 즈음…….

학교 뒤에는 금골산錦骨山이라는 작은 산이 있었다. 깎아지른 절 벽에다 움푹 패인 바위, 정상 바로 밑에 있는 바위에 부처님 상이 새겨져 있고, 배꼽 부분에 작은 홈이 파여져 있어서 모두 배꼽바위 라고 불렀다. '거기다가 작은 돌을 던져서 들어가면 아들을 낳는다 고 했지.' 그래서 둘이 작은 돌을 던져 넣고 수줍게 웃던 날을 그녀 도 기억하고 있을까.

떼지어 우수수 속삭이는 갈대수풀억새풀 사이를 지나 정상에 올 라가 사방을 바라보면, 저 멀리 목포가 동화속의 성처럼 반짝이고, 떠 있는 고깃배에… 아!……. 끝 간 데 없이 반짝이는 은물결이여!

한번은 농번기에 다른 선생들은 대부분 광주 쪽에 집이 있으니 집에 가고, 둘이 아무도 없는 철 이른 모새미 해수욕장 바닷가, 끝 없이 펼쳐진 백사장에서 조개를 주우며, 즐거운 시간을 보낸 기억 이 난다.

하지만 그녀는 둘의 이별을 예감했던 걸까?

"안 선생님! 언젠가는 우리가 지금 이 시간과 이 자리를 그리워할 때가 있겠지요?" 하고, 혼잣말처럼 하던 그녀가 생각난다.

그때 나는 그녀 앞에서 왜 그리도 작아지던지……. 그런데 가만 히 생각해 보면 암만해도 그 여선생과 헤어진 게, 천 번 만 번 잘한 일이라고 생각한다.

만약 그 사랑이 이루어졌다면, 그 여선생은 보잘 것 없는 집안으 로 시집 와서 갖은 고생을 했을 테니 말이다. 이제야 말이지만 나는 의도적으로 그 여선생을 멀리 했다. 아무것도 가진 게 없는 우리 집으로 시집을 오면 어떻게 하라는 말인가? 그만큼 그 여선생을 사랑했던 모양이다.

그 후 나는 관산이라는 곳을 지나 나주, 그리고 경기도로 도道간 발령을 받았고, 그렇게 그렇게 헤어지고 말았다. 그 여선생은 그 후 학교를 그만두고 대학교에 강의를 나간다고 들었는데, 지금도 그 여선생 소식이 궁금하다.

이제 삼십 년이라는 세월의 벽을 훌쩍 넘어, 꼭 한번 만나서 그동안 살아온 얘기를 듣고 싶다. 당당히 그 여선생 앞에서 왜 헤어지게 되었는지를 말하며, 웃음꽃을 피우고 싶다.

수박 사건

지금도 내 팔에는 보기 싫은 흉터가 두 곳 있다. 송곳에 찔린 상처인데, 내가 나 자신에게 자해한 상처자국이다.

초년병 시절인 그때 내가 근무하던 학교가 있던 그 동네에는 유난히 처녀들이 곤란한 일을 당하는 경우가 많았다. 처녀 방에 괴한이 침입하는 것 말이다.

사건은 대부분 그 방 주인이 처녀가 괴한이 들어오는 것을 먼저 발견하고 소리를 질러 그들을 쫓아내는 것으로 끝이나고는 했는데. 근처에 사는 젊은 총각들이 아니었나 싶다.

그리고 여학생들이 자취를 했으니 가끔은 남학생이 침입의 주인공이 된 적도 있었고, 드물게는 젊은 여선생들의 방문에 침입자의 손때가 묻어 있는 경우도 있었다.

그 사건이 생긴 것은 1981년도 초여름이었던 것같다. 하루는 내가 좋아하던 여선생이 연가를 받고 울면서 떠났는데, 그 까닭이 무엇이었는지도 궁금했을 뿐만 아니라, 가끔씩 처녀 총각들이 저녁을 먹으면서 만나 이야기를 나누고는 했으므로 그 날 밤에도 여선생들을 만나 이야기하다 헤어진 후, 늘 하던 대로 술을 몇 잔 먹고 남선생들과도 헤어졌다.

그리고 집에 와서 잠이 들었는데, 다음날 아침 출근길에 같은 하숙집의 K 선생이,

"어젯밤에 이 선생한테 도둑이 들어왔다 그러대!" 하는 것이 아닌가?

그래서 내가 무심코,

"또? 그런데 우리 선생들이 의심받기가 십상이야. 앞으로는 여선생들이 아프거나 무슨 일을 당해도 위로해 준답시고 여선생 찾아다니지 말고 학교에서만 이야기 합시다." 하니까,

"아니, 왜 그렇게 생각하시오?" 하며 빤히 쳐다보기에,

"생각해 보시오. 우선 이 동네에 젊은 남자들이 있는 데가 학교 아니오. 그러면 누구보다 먼저 우리들을 의심할 거 아니겠습니까?" 하고 얘기를 나누며 출근을 하는데, 학교에 갔더니 이번에는 교장 선생이 나를 찾는다는 것이었다.

그래서 교장한테 갔더니 다짜고짜,

"안 선생! 집이 어디여! 형제는 몇이여! 부모는 살아 있어?" 하고 막말로 나를 혼내는 표정으로 빤히 아는 내용을 묻는 것이었다.

공손히 대답을 하다가 화가 나서,

"교장 선생님! 그런데 그걸 왜 묻는 겁니까?" 했더니,

"왜, 뭐 찔리는 거라도 있어?" 하면서 쳐다보는 것이었다. 그러니 좋은 말이 나올리 없었다.

"아니, 갑자기 왜 그런 걸 물으십니까? 평소에 다 아는 내용이잖

습니까?"

　결국은 피차 언성만 높이다가 쫓겨나다시피 하고 말았는데, 암만 생각해도 이상했다. 아침에 K 선생이 나를 보며 했던 말이나, 교장이 나를 찾아 물어본 사실이나……. 그리고 가만히 생각을 해보니 어젯밤과는 정반대로 그 L이라는 임시교사가 표정도 고약했을 뿐만 아니라, 나하고 전혀 얘기를 하려 하지 않는 것이 아닌가? …….이야기와 분위기를 종합해보니 사건은 이랬다.

　우리와 헤어지고 난 후 C 선생이 옆방에 있던 친구 L 선생과 그날 따라 함께 잠을 자는데, 새벽에 누군가가 들어와 L 선생을 C 선생으로 생각하고 범하려 했다는 것이다.

　그러니 L 선생이 깜짝 놀라 '누구얏!' 하니, '떠들면 죽여 버려! 조용히 해.' 하며 목에 칼을 들이대는데, 마침 옆에서 같이 자던 C 선생이 잠에서 깨자 도둑놈이 도망을 갔다는 것이었다.

　그 길로 교장 선생을 깨워, 도둑놈이 들어왔는데 그 도둑이 나(?)임을 알렸고, 교장은 나와 같이 하숙하던 그 선생에게 알려, 넌지시 알아보라고 지시를 했고, 그래서 등굣길에 일부러 내 귀에 그런 사실을 흘리며 떠본 것이었다.

　참으로 기가 막혔다. 퇴근시간이 되기를 기다려 같이 근무하는 남선생들을 불러, 술을 한 잔 하면서 이야기를 꺼냈다. 도둑놈이 들어왔다는데 내가 의심을 받고 있는 것 같다고 그랬더니 나만 모르고 남들은 이미 다 알고 쉬쉬하며 있는 분위기 같았다.

　그 중 어떤 선생 하나가,

　"안 선생! 솔직히 말해 봅시다. 정말 안 선생이 그런 거 아니오?"

한다. 그러니 나는 당연히,

"아니, 날 의심하는 거요? 그런데 분명히 아니오. 어제 같이 술 먹고 헤어진 게 몇 신데요. 그리고 그 여선생이 벌써 1년이 넘게 근무했는데 하필이면 어제라니요." 하니까,

"하긴 그래. 그럴 리가 없지." 하는데, 미심쩍어 하는 분위기는 여전했다.

그럴 수밖에. 사건의 피해자인 여선생이 범인을 '나'라고 지적을 한 확실한 증거가 있으니까.

그때 그 자리에 참석하지 않은 십 년쯤 된 선배 교사가 있었는데 하도 답답해 그 선배 교사를 찾아가,

"선배님도 이번 사건 알고 계시지요?" 하고 물었더니 알고 있다고 한다.

그리고 나한테 다시, '그랬느냐'고 물었다. 그래서 내가,

"선배님! 내가 그랬으면 기왕 이렇게 알려진 거 이제 와서 무엇이 겁나겠습니까? 차라리 내가 먼저 선배님을 찾아와서 '내가 실수로 이런 일이 있었으니 어떻게 좀 덮어 달라'고 빌었겠지요."라고 말하니 그 선배는

"흠! 그건 그렇겠구만." 하며 나를 믿는 눈치였다.

그러더니,

"그랴! 그럼 내가 그 여선생을 찾아가서 얘길 해볼라네." 하면서 그 여선생의 집에 가더니, 잠시 후,

"어야! 안되겠네잉. 자네가 가보소!" 하며 화가 잔뜩 난 표정이었다. 그러니 결국 내가 찾아 갈 수밖에. 그래서 찾아가 이야기를 꺼

냈더니,

"아니! 내가 바본 줄 알아요?" 하고 나를 쏘아보는 것이, '이미 다 알고 있는데 뭘 그러냐.' 하는 투의, 언감생심 말도 꺼내지 못하게 하는 것이었다.

참으로 기가 막히고 억울하고 분했다. 그래서 순간적으로 옆에 있던 송곳을 들어 내 팔을 찌르며,

"좋소! 그만 둡시다. 단, 내가 그런 짓 한 거 절대 아닙니다. 시간이 지나면 내가 아닌지 알 겁니다." 하면서 물러 나왔다. 좀 더 내가 아니라고 확실하게 들이대며 따지지 못한 실수(?)라면 실수였다.

그 후 2학기가 시작한 지 얼마 안 되어서 그녀가 정식교사로 발령을 받아 떠나기 하루 전날 저녁, '어차피 헤어지는 것. 떠나면 그만일 텐데 오해는 풀고 가야 되는 거 아닌가' 하는 마음으로 그 여선생을 다시 찾아갔더니, 마침 여선생들끼리 수박파티로 송별회를 하고 있었다. 그래서 내가,

"L 선생님! 떠나면 다 잊어버리시오. 여기 와서 고생 많았소. 그리고 정말 그때 그건 내가 아니요!" 했더니 그 여선생이 하는 말,

"참 뻔뻔스럽네, 웃긴다! 진짜……." 하는 것이 아닌가? 그 소리를 듣는 순간, 나는 그때까지 잘 지키던 냉정함을 잃어버렸다. 그리고 나도 모르게 아직 자르지 않은 수박을 들어 던지고, 쟁반으로 그 여선생의 머리를 내려치는 난장판을 벌이고 말았다. 그제야 그 여선생이 내 모습을 보며 '아차! 그게 아니었구나!' 하고 당황해하는 표정이 역력했다. 그때 내 입에서,

"L 선생! 이왕 이리 됐으니 경찰서에 지금 있었던 이 상황을 그대

로 보고하고 정식으로 고소도 하십시오. 그리고 사건의 수사가 끝난 다음에 가는 것이 어떻습니까?" 하고 말하니,

"안 선생님! 정말 죄송해요. 참아 주세요." 하며 울면서 말하는 것이 아닌가? 결국 그렇게 그렇게 해서 그 사건은 막을 내렸다.

그 후 내가 전라남도를 떠나서 이곳 경기도로 오는 게 확정된 즈음, 다시 그 여선생이 있다는 학교로 한 통의 등기를 보냈다. '나는 비록 떠나지만 그때 잘못된 판단으로 얼마나 가슴이 아팠는지 아느냐. 사랑하는 그 여선생과도 그 길로 헤어져 버렸다. 경기도로 떠나 다시 볼 일이 없을 터이니, 잊어버리자. 날 좋아하던 여선생도 굉장히 괴로웠을 것이다. 이제 모두 묻어 버리고 싶다.'는 내용을 담은 편지였다.

먼 훗날 가만히 생각해 보면, 흙탕물이 다 가라앉고 물이 조용해지면 지나간 사건은 저절로 알아지는 경우가 있는데, 그때 C 선생을 덮치러 들어갔던 사람은 바로 우리와 한 교무실에서 근무한 Y 선생이 아니었나 싶다.

25년도 더 지났으니 얘기하지만, 그런 일이 있기 며칠 전 여학생 한 명이 나를 찾아왔었다. 나를 찾아오기 전날 밤 Y 선생이 자기를 불러내기에 나갔더니, 입에서 술 냄새가 나는데 자기를 덮치려고 하기에 도망을 갔던 이야기를 자세히 말하며, 선생이 어떻게 학생에게 그럴 수가 있느냐고 흐느껴 우는 것이었다.

또 한 번은 1학년 어느 여학생이 돈을 훔치다가 들켰는데, 그 학생을 자기 집으로 데려가 훔친 돈을 자백 받는 척 하면서, 밤늦게까지 계획적으로 겁을 주어 범하고 끝내 임신까지 시켰다는 것이었다.

그 어린 중학교 1학년 학생을…….

그 여학생이 이 엄청난 사실을 담임 선생께 울며 얘기하는 바람에, 선생들이 알음알음으로 알게 되었는데, 교장 교감인들 어떻게 하나, 더러운 냄새가 안 나게 그냥 쉬쉬하며 묻어 둘 수밖에.

그러고 보니 그의 목소리가 나와 비슷하게 쉰 소리가 났는데, 그 후 불미스러운 일로 사표를 내고 쫓겨났다가 다시 사립학교에 가서 선생 노릇을 하다가 거기서도 그만 두었다는 소문을 들었고, 그 후 소식은 아는 사람이 없었다.

그 다음해 장흥으로 발령을 받은 후 다시 가 본 그 학교에는 그때의 교장과 교감이 다 있었다. 나를 보더니,

"안 선생! 그때는 미안했소. 지금 와서 가만히 생각해보니 그게 Y 선생 같습디다. 그 놈 밖에 그럴 사람이 없겠더라니까!" 하는 것이었다.

경기도로 와서 생각하니 모든 게 꿈결처럼 느껴진다. 그 후, 그 1학년 학생은 모든 걸 포기하고 일찌감치 서울로 올라가 무슨 공장에 다니다가 미혼모가 되었다는 것을 바람결에 들었다.

그런데 그때 내 주위에 있던 선생들이, '좋은 구경거리 생겼다.'는 식으로 방관자처럼 싸늘한 표정을 짓고 있던 모습을 아직도 잊을 수가 없다. 그들도 시간이 흐르다 보니 내가 아니라는 것을 알게 된 것 같았지만, 오히려 나의 그런 고통을 즐기는 눈치였다. 그래도 그때 내 편이 되어준 동료교사가 있었는데, 그 후 전라북도로 떠난 S 선생과 선배 K 선생이었다. 그들이 그립다.

전국구 망신

창피하지만 내가 평소에 몸을 잘 씻지 않는다는 이야기는 몇 번 한 적이 있을 것이다. 게다가 옛날에는 햇볕에 얼굴을 태워 남들이 보면 어느 공사판에 나가는 막노동꾼 같은 모습이었다.

한번은 우리 집 앞에서 어느 건설회사인지 토목회사인지 모르지만 그 회사 사람들이 수도를 파는 공사를 한 적이 있는데, 길을 가던 사람이 나에게 '당신 ××건설에서 근무하는 사람이지? 저기 오다가 보니 길이 망가져 있더라.'며 잔소리를 하는 것이었다.

저녁때 아내에게 그 이야기를 해주었더니 크게 화를 내며 '당신이 얼마나 목욕을 하지 않고 꾀죄죄하게 보였으면 공사판 사람으로 봤겠냐.'며 나에게 잔소리를 하는 것이었다.

그 후에 전남에 있는 장흥의 어느 여고에 출장을 간 일이 있어, 아는 선생과 이야기를 하는데 어느 여선생이,

"아니, 안영해 선생님은 목욕도 않고 머리는 까치집이라고 들었는데 보기보다 멀쩡하시네요." 해서 사람 좋게 크게 웃은 적이 있다.

그런데 참 세상은 넓고도 좁다.

그로부터 이십여 년 후, 저 멀리 창원에 살고 있는 내 친구별명이 '쥐똥이' 아들이 입대를 했는데, 신기하게 내가 근무하고 있는 이쪽으로 떨어졌다. 그래서 이 친구가 아내와 딸을 데리고 면회도 하고 나도 만날 겸 놀러 온 적이 있었다.

며칠 잘 놀다가 간 이 친구가 며칠 후에 전화를 했다. 딸내미가 자기 학교 선생에게 이야기를 들었는데, 나와 아무래도 동일인물을 얘기하는 것 같더라며, 혹시 어버지 친구 성함이 어떻게 되느냐고 묻기에 내 이름을 알려주었단다.

그랬더니 이 딸내미가 무릎을 치면서, '아빠. 맞아요. 아빠 친구분을 우리 학교 선생님이 이야기를 하더라니까요. 성이 안 씨에다가 쉰 목소리에, 전남 쪽에 근무했던 것하며 잘 씻지 않는데다 신체적인 특징하며 처음부터 어째 이상하더라니까.' 하면서, 그 학교 선생한테 들은 얘기를 하는 것이었다.

나중에 알아보니 같이 근무한 적이 있는 여선생이었다.

그리고 얼마 지나지 않아 아들 결혼식을 했는데, 며느리가 바로 자기 딸과 고교동창이라는 것이어서, 이번에는 며느리까지 합세를 해 다시 한 번 이야기 속의 인물이 나임을 밝히더라는 것이었다. 정말 죄 짓고는 못사는 세상인 듯하다.

존경하는 사람

살다보면 존경하는 사람이 생기게 마련이다. 안중근 의사, 백범 김구 선생, 혹은 유관순 누나, 그도 아니면 칭기즈칸이나 나이팅게일 등……. 마더 테레사도 불면증 때문에 고통을 받았다는 게 널리 알려지자, 사람들이 더 위안을 받고 존경을 하게 된 것 같다.

때로는 자신의 취향에 따라 유머라든가 자상함을 겸비하면 더 존경을 하게 되기도 한다.

중학교 때 교과서에서 월남 이상재 선생에 관한 글을 읽으며 감동을 받았다. 그리고 어른이 되어 또 다시 월남 선생에 관한 얘기를 접하게 되었다. 누가 썼는지 기억은 나지 않지만, 그와 장기를 둔 이야기를 읽게 된 것이다.

얘기는 이렇다. 월남 이상재 선생과 장기를 뒀는데 월남의 장기 알이 다 죽고 '궁'만 남았는데, '졌다'는 말씀을 하시지 않았다.

"선생님! 졌지 않습니까? 그런데 왜 항복을 하지 않으시는지요?" 했더니,

"지다니! 이렇게 넓은데 판이 벌써 끝났단 말인가?" 하시더란다.

그래서 별 수 없이 '차'를 가지고 입궁하여 '장군'을 부르니 그제야 씨익 웃으시면서,

"그럼, 졌네!" 하고 항복하셨다고 한다.

그때 우리나라가 망해 가는 과정이었는데, 완전히 입궁하여 '장군'을 부를 때까지는 진 게 아니라는 의미였다. 그리고 사소한 놀이에서 그렇게 지은이를 감화시킨 월남 선생을 존경한다는 내용이었다. 그 글을 읽고 나도 월남 선생을 존경하게 되었다.

그 후 학생들에게 존경하는 사람이 누구냐고 물어본 적이 있는데, 다들 탤런트나 가수들만 존경한다는 것이다. 이런 경우 존경이라기보다 좋아하는 것인데, '존경한다'와 '좋아한다'를 구별할 줄도 모르는 것 같다. 그런데 존경하는 사람이 좀 더 가까이 있다면 더 좋지 않을까. 잘 찾아보면 우리 주위에도 존경할 만한 사람이 많다. 나도 내 주변을 돌아보았다.

함께 근무하다가 지금은 교장에서 은퇴한 K 교감 선생님을 나는 존경한다. 수학여행 가던 날, 우리가 학교에 늦게 가는 바람에 직접 학생 줄을 세우다가, 우리를 보자마자 화를 내셨는데, 나는 가식적이지 않은, 있는 그대로 솔직하게 말씀해주시던 선생님의 모습이 보기 좋았다.

그런가 하면 김모 선생님은 곤경에 처했을 때 특유의 농담으로 슬기롭게 벗어나시곤 하던 모습이 인상적이었다.

그리고 대학에 다닐 때 단체로 외상술을 먹고 맡겨놓은 친구의 시계를 찾아주기 위해 말없이 돈을 갖다 준, 지금은 경남에서 교편을 잡고 있는 친구 권○○를 존경한다.

말없이 내 곁에서 행동으로 보여주며 지금은 목회자의 길을 가고 있는 친구 강○○을 존경한다. 평소에는 얌전하지만 나와 걸쭉한 농담을 주고받는, 운동에 만능이며 스스로 공부 해 유학까지 다녀온, 우리 과 친구 이○○를 존경한다.

　대학에 다닐 때는 사이가 좋지 않아 서먹했지만, 어머니 초상 때 경상도에서부터 그 먼 길을 혼자 달려온 친구 김○○을 존경한다.…… 이처럼 이 세상은 존경할 만한 사람이 많은, 살아갈 만한 곳이라는 생각이 든다.

한글 사랑

해마다 10월 9일 한글날이 되면, 우리는 연중행사처럼 잘못 쓰이는 우리말을 집어내고, 외래어를 남용하는 경우를 밝혀내어 난도질을 하곤 한다.

그렇다. 우리는 우리의 말을 잘 써야 한다. 언젠가 산에서 '금렵구'라고 표지판이 붙어 있는 것을 보고, 한참 고개를 갸웃거리다가 간신히 말뜻을 알아냈다. 수렵금지구역이란 뜻인데, 한자로 쓰자면 금렵구禁獵區였을 것이다.

'이런 산중에서 그 어려운 문자를 쓰다니 참 대단하구나' 하며 실소를 금치 못했다. 계도용 혹은 홍보용 표지에 그렇게 어려운 단어를 쓰면 누가 알고 따르겠는가. 그냥 '사냥 금지'라고 하면 될 것을.

그런데 그런 경우를 너무나 자주 본다. 자주 쓰는 말 중에 '소데나시'라는 말이 있다. 줄여서 '나시'라고도 하는데, 소매가 없는 윗도리를 가리키는 말이다. 민소매라는 에쁜 우리말이 있는 게 굳이 일본어를 쓰는 이유가 무엇인지 궁금하다.

머리카락이 없는 머리는 민머리, 유방이 작은 사람을 민짜가슴,

짠 소금물이 섞이지 않은 물은 민물, 산이 벌거숭이면 민둥산……. 이렇게 '민'자로 표현할 수 있는 말이 얼마든지 있지 않은가?

'산화경방기간' 보다는 '산불조심'이란 단어가 더 좋고, '우리말 쓰기 캠페인' 보다는 '우리말 쓰기 운동'이란 단어가 나는 더 좋다.

요즘은 너도 나도 '세팅'이라는 단어를 자주 쓴다. '준비를 한다.'는 뜻 같은데, 식당에 가도 '음식 세팅해 주세요.'라고 말한다.

이런 외국어나 외래어뿐만이 아니다. '같아요.'라는 말을 너무 자주 생각 없이 쓰는 것도 문제다. 영어로 말하자면 'like', 아니면 'as if'인데, TV를 보면 '날씨가 추운 것 같아요', '맛이 좋은 것 같아요' '비가 오는 것 같아요' 하고 말하는 사람들이 있으니, 날씨가 추운지 밖에 있으면서도 모르고, 맛이 좋은지 나쁜지 먹어봐도 모르고, 비가 오는지 안 오는지 비를 맞으면서도 모른다면 어떻게 하자는 말인가.

또 있다. '너무'라는 말을 대책 없이 쓰는 것도 문제다. '너무 좋아' '너무 예뻐' '너무 멋있어' '너무 잘생겼어' '너무 맛있어' 등등, 말이 끝날 때마다 '너무'라는 말을 쓰는데, 이 '너무'라는 말은, '지나치다'는 뜻을 갖고 있으니 결국 좋지 못한 것 아닌가.

너무 커도 안 되고, 너무 작아도 안 되고, 너무 배불러도 안 되고, 너무 배고파도 안 되고, 너무 달아도 안 되고, 너무 써도 안 되고, 너무 진해도 안 되고, 너무 흐려도 안 되는 것인데 이렇게 부정형으로 쓰이는 말을 긍정형으로 쓰고 있으니 이것이, 과연 옳은 것인지 묻고 싶다.

아름다운 우리말, 이제부터라도 제대로 잘 써야하지 않을까.

이게 무슨 소리요?

　어린 학생들이 '존나'라는 말을 쓰는 것을 주위에서 가끔씩 본다. 이를테면 '존나 많다'라던가 '존나 맛있다' 같이, 많거나 적거나 아니면 크거나 작거나 등등, 질이나 양의 대소大小나 다소多少, 장단長短 미추美醜 따위에 붙이는데, 과연 '존나'라는 말이 무슨 뜻인지 알고 쓰는지 궁금하다.

　'존나'라는 말의 유래를 어릴 적에 형에게 들으며 배꼽을 잡은 기억이 난다. 거의 모든 욕들이 군대라는 좁은 지역에서 쓰이다가, 사회에 나와 꽃이 피듯이 만연하는 법인데, '존나'라는 말도 군대에서 사용하던 욕이라고 한다.

　오래 전에, 어느 부대에서인지는 모르지만 한 사병이 총을 잃어버렸다. 그러니 팬티바람에 집합하여 기합을 받았는데, 그때 팬티는 허연 광목으로 만들어진 것으로 팬티 가운데 구멍이 뚫려 소변을 보기 쉽도록 되어 있었다.

　그런데 한참동안 얻어맞고 기합을 받다 보니 소변이 마려울 때를 위해 뚫어놓은 구멍으로 거시기가 삐죽이 나오다가, 뻣뻣한 광목

천에 그놈의 대가리가 걸려 들어가지도 나오지도 못하게 되어 있더라는 것이다.

그래서 나온 말이 '좆자지이 나올 정도로 맞았다'인데, ㅈ받침이 ㄴ이나 ㅁ앞에서 ㄴ으로 발음되어, '존나게 맞았다'로 점차 쓰게 되었다고 하니, 어디까지가 진실인지는 모르지만, 허무맹랑한 주장은 아니라 여겨진다.

특히 학생들이 이 말을 자주 쓰는데, 정말 그들이 이런 사실을 알고 쓰는지 궁금하다. 여학생들도 이 말을 쓰는 것을 본 적이 있는데, '존나' 보다는 '매우'라던가 '꽤', '퍽', '아주', '정말', '엄청', '무척'으로 바꾸어 쓰면 좋을 것 같다.

자, 한번 써보자. '무척 기다렸어', '정말 잘생겼네', '아주 예쁘구나!', '몹시 아퍼', '꽤 크다!', '엄청 좋은데!'

'바'와 '보'

우리가 처음 접하는 문화의 차이 중에서 개인적인 차이는 얼마
나 될까?

처음 전라남도에 갔을 때 그 곳 사람들의 말사투리이, 나에게는 참
으로 희한하고 신기하기만 했다. 특히 말사투리에 관심이 많았던 나
로서는 그들의 말투가 관심거리였다.

앞에서도 이야기 한 적이 있지만, 표준어 권에서 살아온 나로서는
겉으로 볼 때, 광주 사람들이 쓰는 말이 표준어와 별 차이가 없는 듯
했지만, 낯선 사람끼리 만났을 때 그런 것이었고, 그들끼리 말 할 때
는 그것이 아닌 것 같았다. 그리고 사투리는 단어를 달리 쓰는 경우
도 있지만, 억양이 달라 못 알아듣는 경우가 더 많다.

한번은 십여 년 전에 중국의 연변에 갔을 때인데, 같이 갔던 동료
들과 술집에서 술을 한 잔 한 적이 있었다.

우리 옆에는 우리보다 젊어 보이는 한 떼의 젊은이들이 술을 먹고
있었는데, 그들이 행색은 초라하지만 무얼 그리 한창 신이 나서 떠
드는지, '아따! 중국말이 참 시끄럽네.' 하면서 술을 들다가 한 10분

쯤 지났을까? 가만히 들어 보니 우리도 아는 말을 쓰는 것이 아닌가? '아따!', '그랬어!', '니가네가' 같은 말이었는데, 좀 더 들어보니 그들은 출신이 이북인 사람들이었다.

그래서 같이 합석을 해서 통성명을 하고 술을 함께 먹은 적이 있는데, 진짜배기 북한 사투리도 자세히 들어 보니, 우리와 의사소통에 전혀 지장이 없는(?) 것이었다.

특히 그들이 말하는 중에, '나는 얼굴이 툭박스럽게 생겨서…….' 하던 말이 기억에 남는데, 표준말의 '투박스럽다'의 뜻인 것 같았고, 아마도 '못생겼다'는 뜻이었겠는데, 동음생략同音省略이 안 된 본래의 사투리인 것 같았다.

그런데 우리가 그들의 사투리를 못 알아들은 것은 그 사투리의 억양 때문이었는데, 도대체 말하는 억양의 높이가 우리 상식을 뛰어넘는 것이었다.

처음 제주도에 가서 그 곳 사람들끼리 말하는 것을 듣고, '이렇게 못 알아듣는 말을 하다니…….' 하는 생각을 한 사람이 비단 나뿐만은 아니었을 것이다.

지금부터 20여 년 전 전라도에서 근무할 때의 일인데 한번은 교무실에서 어느 여선생에게, 전라도 사투리에 관하여 강의 아닌 강의를 받은 적이 있다.

"특히 이 곳 사람들은 '아' 발음을 '오'로 발음하는 경우가 많아요. 예를 들면 '파리'를 '포리'라고 한다던가, '빨래를 빤다'는 '뽈래를 뽄다'가 아니고 '빨래를 뽄다'고 말하지요." 하기에 내가, "그럼 '바지'는 뭐라고 말해요?" 하는 순간에, 교무실에서 일을 하고 있던 다

른 교직원들이, 내가 하는 질문을 들었는지 어쨌는지 2~3초쯤 있다가,

"와하하핫⋯⋯." 하더니,

"하여튼 그런 쪽으론 머리가 잘 돌아가!" 하며 다들 크게 웃은 적이 있다. 순간 나의 질문을 받았던 그 여선생은, 입심 좋게 말하다가 얼굴이 빨개지며, 아무 말도 못하고 쥐구멍을 찾는 것이었고⋯⋯.

그 후 그 사건이 어떻게 회자 되었는지 모르지만 심심하면,

"안 선생! 바지는 여기서 뭐라고 하는 줄 아시오?" 하고 놀리는 것이었다. 나중에 어느 선생이 웃으면서,

"바지가 뭔 줄 알아요? '중우요. 중우'." 하고 여럿이 있는 앞에서 말해 한 번 더 웃은 기억이 있다.

그러고 보니 내가 어릴 때 나의 어머니가 쓰던 말 중에, 모양새가 이상하거나 격에 맞지 않는 것을 보고 '주우중우, 곧 바지 벗고 칼 찬다 카디하더니 꼭 이게 그 꼴 아이가.' 하던 말이 생각이 났다.

아마 그 '중우'라는 게 바지의 오래된 우리말이 아닌가 싶었는데, 특히 경상도에서는 동음을 생략하는 경우가 많지 않은가? '고양이'를 '고야이', '승냥이'를 '승냐이', '병아리'를 '삐아리' 하고 말이다. 그럭저럭 이 '중우'라는 말도 사라져 화석으로 남은 말이 되어버렸다.

사라지는 말들

언어도 살아 있는 생명체처럼 신생. 성장. 사멸한다고 고등학교 국어시간에 배웠다. 매형이 어느 날 산토끼를 보더니,

"저건 토끼가 아니고 투끼라는 거여! 투끼는 토끼하고 달라서 산속에 가도 음지쪽에 살아. 털도 더 길고 덩치도 큰 편인데, 양지쪽에서 자라는 걸 보고 토끼라고 하는 거여! 근데 그건 투끼보다 좀 작어!"라고 말하는 것이다.

처음에 그 말을 듣고, '별 귀신 씻나락 까먹는 소리도 다 있네! 내 평생에 그런 말은 처음 들어봤다.' 하고 생각하다가 혹시 투끼라는 말도 지방 사투리의 일종인지 모른다는 생각이 들었다.

원성군의 문막 산골지방지금은 원주시 문막읍에서 쓰는, 방언이 아닌가 싶었는데, 평소에 사투리에 관심이 많았던 터라, 아버지에게 그런 말을 아시는지 물어보았더니 아버지도,

"지금 뭐라 켔노? 투끼라꼬? 아하! 이쪽에서는 그래 말하는 갑다. 우리 경상도에 가면 응달에 사는 큰 놈을 보고 말토끼라 그러고 양달에 사는 놈을 보고 참토끼라 하거덩!" 하시며, 정확하게 일치하

는 생김새까지 설명하시는 것이었다.

그와 비슷한 예로 미꾸라지와 미꾸리가 있다. 미꾸라지는 우리가 흔히 보는 것으로 무논에서 잡으며 추어탕을 만들어 먹는데, 등허리 무늬가 국방색 비슷한 갈색을 띄고 배는 누런 색깔을 띄고 있다. 미꾸리는 여름날 강에서 볼 수 있는데 미꾸라지처럼 길게 생긴 것으로, 생긴 모양은 똑같은데, 무늬만 다르게 생겼다.

문학 중에서 구비문학口碑文學이라고 하는 것이 있다. 나는 이렇게 지금은 사라진, 아니면 사라져 가는 단어를 구비문학의 범주에 집어넣고 싶다. 이런 걸 누가 정리 좀 해주면 좋으련만…….

요즈음에는 보이는 차들이 거의가 다 자가용이니 자가용이란 단어도 별로 쓰지 않는다. 옛날에는 '자가용'이란 말 자체가 부의 상징이었는데, 지금은 생필품의 개념에 오히려 가깝다.

우리가 어릴 때는 돋보기를 화경火鏡이라고 불렀다. 햇빛이 좋은 낮에, 화경을 개미에게 쬐어 개미사냥을 하며 놀던 기억이 난다.

환갑잔치나 회갑연이라는 말도 사라져 가고 있다. 그 자리를 칠순잔치가 대신하고 있으며, 예전에는 사전에서만 볼 수 있었던 팔순잔치나 미수 혹은 금혼식 은혼식이 대신 자리를 차지하고 있다.

평균수명이 점차 길어지고 있으니 조만간 환갑이란 단어는 역사의 뒤안길로 사라지게 될 것 같다. 옛날에는 환갑잔치라고 하면 소리꾼도 부르고 친척들도 다 불러, 그야말로 요란뻑적지근하게 잔치를 치렀다. 하지만 칠순잔치라는 단어 역시 머지않아 역사의 뒤안길로 사라져 갈 것으로 본다. 평균수명이 길어지는 것도 가속화 될 것이기 때문이다.

그리고 참빗이란 단어는 이제 죽은 말과 다름없다. 왜 그냥 빗이라 하지 않고 '빗'자 앞에 '참'자를 붙여 '참빗'으로 쓰는지 모르지만, 아마 촘촘히 머리칼을 쓸어내리는 빗이어서 그렇게 부르게 된 것이 아닐까 싶다.

말 중에서 진실로 말하는 것은 참말이고 쓸데없는 말은 개소리이며, 그 사람의 진실한 모습을 참모습이라고 말하며, 사랑 중에서 아름다운 사랑은 참사랑이며 깨 중에 맛있는 것은 참깨이고, 나무 중에 단단한 것은 참나무이며 봄에 피는데 먹을 수 있는 꽃은 참꽃진달래이며, 닮았는데 못 먹는 꽃은 개꽃철쭉이다.

오이의 중에서 맛있는 오이는 참오이참외이고, 작고 볼품없는 참외는 개외나 개참외가 아니라, 거기서도 한 격을 더 낮추어 개똥참외라고 부른다. 그리고 반찬을 해먹는 오이를 전라도 일원에서는 물외라고 부른다.

붕어에도 떡붕어와 참붕어라는 게 있다. 참붕어가 더 작기는 하지만, 쫄깃쫄깃하고 감칠맛도 있다고 한다.

그 뿐인가. 다리를 흔들며 마구재비로 추는 춤을 개다리 춤이라 부르고, 술을 먹고 주정을 부리는 것을 개지랄 떤다고 말한다.

임진강에서는 참게가 나오는데, 그곳 사람들은 꼭 '임진강참게'라고 브랜드화 시켜서 부른다. 알을 통통히 배서 아주 맛이 좋은 참게를 뜻한다는 것을 얼마 전에야 알았다. 그런데 참새에는 왜 '참'자가 붙었는지 모르겠다.

옛날에는 반짇고리라는 것이 있어서 집집마다 바느질거리를 담았다. 어머니는 그걸 보고 당시개당세기,고리의 방언라고 불렀다. 작은 만

물상처럼 그 안에는 골무가 두어 개, 각종 실, 신지 않는 찢어지고 구멍 난 양말, 가지가지 헝겊이 들어 있었다.

그리고 우리가 어릴 때는 낙서라는 말 대신 황칠이라는 말을 더 많이 썼다. 학생들이 쓰는 지우개를 개시라고 했으며, 냄새를 내미, 냄새 난다를 내미 난다로 말했고, 구멍을 보고는 굼이라고 했다. 눈굼꿈 콧굼 똥굼 하는 식으로……

그런데 구멍을 구녁으로 쓰는 것을 여기저기서 본 적이 있는데, 그게 구멍을 비하해서 쓰는 말인지 사투리인지는 확인하지 못했다.

'빠꼼꿈하다'는 말도 있다. 그것은 쏙 들어갔다는 뜻이다. 몸에 병이 나서 눈이 쏙 들어간 경우를 보고 '눈이 빠꼼하다'고 했는데, 평택에 사는 친구에게 물어보니, 그곳에서는 '떼꾼하다'고 표현한단다. 청주에 사는 친구도 '떼꾼하다'고 표현한다 했는데, 전라도에서도 그렇게 쓰는 것을 보면, 전국적으로 쓰는 말이 아니었나 싶다.

'행망궂다'라는 말도 있었다. 그것도 좋은 뜻을 가진 말은 아니고, '그놈의 소성머리가 행망궂어빠져서 안 글나' 하는 식이었는데, 가만히 생각해보면 경상도에만 그런지 전국적인 현상인지는 몰라도, 우리 주변에는 욕과 관련된 언어가 많이 발달한 것을 알 수 있다.

전라도에 가서도 느꼈지만, 오랜만에 만난 사람에게 욕을 심하게 하는 것을 본 적이 있는데 이를테면, '염병떨고 자빠졌네'라던가, '씨씹꽁알 같은 것이 지랄하고 있네' 혹은 '염병허네' 같은 말은 주로 친한 친구끼리만 사용하는 말이었다.

어머니는 툭하면 '야! 이 행망궂어 빠진 놈의 소성머리야.' 하고 형이나 동생에게 자주 욕을 하셨다. 내가 그 욕을 듣지 않은 걸 보면,

융통성이 없거나 곧이곧대로 하는 사람들에게 주로 사용하는 것 같다. 그와 비슷한 말로 '밴변통머리 없다융통성이 없다'는 말도 들은 적이 있고 '맨재기메로처럼'도 가끔 썼다.

'까래빈다꼬집는다'는 경상도 사투리도 소싯적에 들은 적이 있으며, 그 이외에도 '재미 나나서 콩볶았다'라는 말도 자주 썼던 기억이 난다.

내가 군대 생활을 하던 시절 경남 하동에서 온 졸병 하나가, 똑같이 그런 말을 쓰는 것을 봤고, '원래 야들을애들을 잘 먹여야 된대이. 포시랍게 먹던 아애들이라.'라던가, '내가 아방신아다캤다남이 어떤 일을 하다가 잘못 되어서 고소하게 생각했다. 혹은 깨소금 맛이다.', 또는 '오감타캐라감지덕지인 줄 알아라'라는 말도 썼던 기억이 난다.

그리고 '아이구! 엄첩다' 또는 '엄첩대이'라는 말이 있었는데, 표준말 문화권에서 그와 비슷한 말은, 별것도 아닌 것을 가지고 큰소리치는 사람 내지는, 대단치도 않은 행동을 대단한 양 뻐기는 사람을 보고 빈정거리는 투로 말하는 '아이구! 대단하네!'와 비슷한 단어라 하겠다.

'연방 어물어간다'라는 말도 했었는데 '어예어째 연방점점 어물어 가노!', '점점 못돼 간다기술이나 모양 따위가 줄어든다'는 표현이었고, '언선스럽다'는 표현은 '끔찍하다' 내지는, '지긋지긋하다'의 표현이었다.

'밥부제'라는 것은 식탁보를 뜻했다. 우리 어머니가 워낙 이상한 낱말들을 끌어다 쓰는 터라 이번에도 그런 줄 알았다. 그런데 충청도가 고향인 친구도 똑같은 말을 쓰는 것을 보고 외래어나 방언이 아닐까 생각한 적이 있다.

잠자리를 보고 짬나리라고 부르는 이북에서 내려온 아주머니를 만난 적도 있다. 강원도 산골짝에서는 아직도 배추를 보고 뱁차, 혹은 배차나 뱁추라고 한다.

눈에 쓰는 안경도 돋보기의 반대 개념인 졸보기라는 것이 있어서 원시遠視인 사람들이 썼는데, 어떤 사람이 졸보기안경을 늘 쓰고 다녀서 별명도 '졸보기'였다. 하루는 그 사람이 우리 집에 놀러 왔는데 아버지는 '졸보기'가 사람 이름인 줄 알고,

"누고! 졸보기가?" 물어보셔서 마음껏 웃었던 기억이 난다.

아궁이와 부뚜막이라는 말도 이제는 속담 사전에서나 볼 수 있다. 김행물기맹물?이란 것은 경상도 사투리로 설거지를 다 한 다음에 나오는 구정물이나 수챗물 따위를 일컫는 말이다.

강진 우리 처가 쪽에서는 연세 드신 분들이 '기영친다'라고 하는데, 설거지를 한다는 뜻이다. 경상도와 비슷한 표현을 쓰지만 이제는 아는 사람도, 쓰는 사람도 없이 운명을 같이 하는 옛 단어가 되어 가고 있다.

뜨물이란 말도 없어졌다. 옛날에 밥을 할 때면 쌀을 씻어낸 다음 구정물통에 버려, 그것을 이웃집 돼지 키우는 사람이 가져갔었다. 그리고 겨울이면 깨끗하게 씻은 쌀뜨물로 숭늉을 만들어 먹었는데 아주 구수했다.

이곳 전곡에 와서 사귄 친구와 얘기를 나누다가 우연히 수제비를 보고, 그들은 '뜯어ㅅ국'이라는 표현을 쓴다는 걸 처음 알았다. 그의 선친은 이북 사람이었다.

옛날에는 시렁방의 윗목에 나무 따위를 두어 개 걸쳐놓아 이부자리라던가 기

타 잡다한 것을 얹어놓는 선반 또는 살강(부엌에 있는 찬장(?)) 이라는 것이 있어, 집 안의 작은 공간을 크게 사용하게도 했고, 미치다매어치다, 던지다라는 말과 꼴미치다세게 되게 던지다라는 말을 쓰기도 했다.

요즈음에는 넝마주이나 양아치라는 말도 사라졌고, 머리에 어머니들이 물을 이고 오는 또아리라는 말과 함께, 물동이라는 단어도 없어진지 오래다. 당연히 우물이라던가 펌프 같은 말도 없어졌고, 세숫대와 다라세수대 보다 몇 배나 큰 물 그릇 양재기는 목하 사라져가는 중이다.

그뿐이 아니다. 요즈음에는 술찌게미 라는 말도 없어졌고, 양조장이라는 말도 역사의 뒤안길로 사라지는 중이며, 머리에만 있는 기계충이라는 병도, 눈병인 다래끼도 사타구니에만 나서 속을 썩이던 가래토시가래톳도, 피부병인 옴도 DDT처럼 더 이상 쓰이지 않는 말이 되어 버렸다. 그런데 비듬이란 말은 왜 아직까지 안 없어지는지 모르겠다.

외래어인 야매야마시—슬쩍 가져오거나 몰래 하는 것라는 말도 사어死語가 되어버렸고, 전기를 공급할 때 쓰던 특선하루 종일 전기가 들어오는 것과 보통선저녁때부터 새벽까지만 들어오던 것이라는 말도 언제 없어졌는지 모르겠다. 당연히 호롱불도 사라졌고 남포램프도 사라졌다.

성냥곽도 본 지가 오래됐는데 요즈음은 모양을 작게 해서 판촉물로 쓰이는 것 같다. 연탄 한 장을 꿰어 가져갈 수 있게 만든 새끼줄이라는 단어도 사라졌고, 연탄불 위를 덮던 두꺼비집이라는 말도 사라졌다.

어머니가 들고 시장에 다니던 전깃줄로 만든 '장바구니'도, 쌀을 수북이 담아 놓고 손님을 기다리던 '싸전'이라는 단어도 사라졌다.

학교에서 쓰던 크레용도 요즈음에는 보기가 흔치 않으며, 글씨를 쓸 때 공책 밑에 바치고 쓰던 책받침도 슬그머니 사라져 버렸다. 덩달아 몽당연필도 보이지 않게 되었는데 손으로 직접 연필을 깎는 모습은 더 보기 어렵다.

우리가 어릴 때는 선물 중에서 최고의 선물이 만년필이었다. 그런데 이제 만년필은 쓰지 않고, 손수건이라는 말도 노랫말에서나 볼 수 있다.

우리가 어릴 때 따뜻한 봄날이면 양지쪽에 앉아 어머니들이 연탄재나 기왓장 깨진 것을 지푸라기에 묻혀 놋그릇을 닦았는데, 그 놋그릇도 보이지 않고 기왓장이란 단어도 사라져버렸다. 그리고 양철함석으로 된 지붕도 보기 힘들다. 그 많던 구둣방과 수선집들이 다 없어졌고, '라사'라고 불리던 양복점이란 단어도 자취를 감추었다.

하네할아버지의 방언도 앞으로 없어질 것이고, 없어지는 건 견딜만한데 그 말의 뜻을 모르게 된다는 것은 견딜 수 없다.

전라도 말 중에 여시여우, 때까우거위, 삐둘구비둘기, 둠벙연못, 개대기고양이 또는 개내이…도, 특히 진도에서는, '오셨음쟈?', '식사하셨음쟈?', '그렇지람쟈!'라는 말들을 썼는데, 같은 전라도 사람들에게 물어봐도 처음 듣는 말이라고 했는데, 아마 이 말도 곧 자취를 감출 것이다.

'자네'라는 말은 손윗사람이 손아래사람에게 쓰는 말이거나, 나이가 비슷한 연배끼리 쓰는 것인 줄 알았는데, 나의 처가 쪽 동네에서는 손위의 형제들에게도 '자네'라는 말을 쓴다.

처음 대전에 갔을 때 주머니를 봉창이라고 말하는 것을 보고, 이게 무슨 소리인가 하고 당황한 적이 있었는데, 나는 그것이 혹시 창문을 이르는 게 아닐까 하고 생각했었다.

우리는 말을 할 때 숨을 내뱉으면서 한다. 그런데 안동 사람들은 '그래'를 숨을 들이마시면서 말을 하는 것을 몇 번 본 적이 있다. 그러니 자연히 그 소리는 무성음으로 들릴 수밖에.

어릴 때는 경상도 사투리로 거짓말을 '거짓뿌렁'이라고 했고내가 배운 교과서에서는 '도삽' '부끼'라고도 한다는 것을 분명히 배웠다. 부엌을 '정지'라고 한 기억이 나는데, 전라도에 갔더니 그곳에서도 정지라고 말을 하여 반가웠다.

지금은 어떻게 쓰는지 모르지만 경상도 사람들 특히 경주 쪽 사람들은 ㄱ을 ㅈ으로 발음하고는 했다구개음화. 학교는 학조, 기름은 지름, 계집애는 지집아……. 하는 식으로 말이다.

옛날에 나의 어머니는 고무종이라고 해서 비닐종이를 가리키는 말과, 돌가리가루포대라는 말을 쓴 적이 있는데, 그것은 시멘트 포대를 말하는 것이었으며시멘트=돌가루, 광양이 고향인 사람은 독가리라고 했는데 광양이 경상도와 인접해서 그렇게 짬뽕이 된 말을 했는지 모르겠고, 전라도에서는 돌을 지금도 독이라고 한다.

봉지를 봉다리, 국수를 국시라고 했고 봉다리는 사라져 가는 중이지만 국시는 간판에 아직도 남아 있어서 시선을 끈다.

무를 경상도 사람들은 무수나 무시라고 했으며 안동 쪽 사람들은 무꾸라고 하는 것을 들은 적이 있는데 전라도에서는 무시라고도 했다. 그런데 지금은 무로 통일되어 아쉽다.

그리고 요즈음은 유머 일번지에서나 나옴직한 '욕봤다'라는 말이 있는데, 다른 지역에서는 '능욕 당했다' 또는 '강간 당했다'의 의미이지만, 경상도에서는 '고생했다' 또는 '큰 일 치렀다'라는 뜻으로 쓰인다. 그래서 이 '욕 봤다'라는 말을 지역에 따라 잘못 쓰면 안 되는데, 경상도 사람이 남을 위로하려고 이 말을 썼다가, 큰 낭패를 당하는 것을 직접 본 적이 있다.

표준말에 '피곤하다' 내지는 '힘들다'를, 나의 어릴 때 기억으로는 경상도 사투리로 '되다'라고 썼었고, 충청도에 가니까 '대간하다'고 했는데, 전라도에 가니까 '되다'라는 표현 이외에도 '뻗치다'로 쓰는 것을 본 적이 있다. 이를테면 '워매~ 뻗친거~'라는 표현을 했다. 얼마 전에 동료교사에게 들은 얘기인데, '워매! 뻗친 거!'라고 말했더니, 이곳 경기도 사람들이 이상한 표정으로 보더라는 것이었다. 나중에 알고 보니, '어느 여자를 보고 성욕이 생겨서, 거시기가 앞으로 뻗친다.'는 표현으로 들었다는 말이었다.

거시기라는 표현도 진짜배기 전라도 방언이라고 생각할지 모르지만, 나의 경험상으로는 꼭 그렇지도 않다는 생각이 든다. 원주 일원에서도 '거시기'라는 말을 쓰는 사람이 있었으며, 충청도에서도 거시기라는 표현을 쓰는 것을 본 적이 있는데 글쎄! 전라도 사람이 타지에 와서 그런 표현을 했을까?

하지만 이렇게 말이 표준화 되면 정감이 없어지지 않을까, 특유의 매력을 잃게 되지 않을까, 그 지역의 말을 표현하는데 있어 특유의 언어법이 사라지지 않을까 걱정이다.

앞으로 또 어떤 단어들이 사라질지 모른다. 세월은 잘도 흐른다.

2부 내 사랑, 집게벌레

.
.
.

그 많던 잠자리는 어디로 갔을까

가재 키우기

가위눌림

내 사랑, 집게벌레

쑥떡에 관한 아픈 이야기

두꺼비와 쥐똥이

거짓말쟁이

햇때와 묵은 때

참빗과 이

헌데

왕가시에 관한 기억

참외 서리

탱구에 관한 기억

엽기 미끼와 물고기잡이

회충

눈 뜬 소경

어떤 배따라기

옛날에 한 옛날에!

그 많던 잠자리는 어디로 갔을까

　옛날에는 잠자리가 많아서 여름이 되면 잠자리를 잡으며 뛰어노
느라 심심치 않았다. 잠자리뿐만이 아니다. 곤충 채집용 잠자리채
가 나오지 않은 때라, 집집마다 심어져 있던 싸릿대를 엮어 메뚜기
를 잡기도 했다.

　그러나 송장메뚜기는 이름처럼 송장을 파먹어서 색깔이 저리 흉
측하다며 잡을 생각을 하지 않았다. 우리의 주된 포획 대상은 방아
깨비와 풀무치였다.

　그런데 방아깨비는 그렇다고 쳐도 풀무치는 여간 잡기가 어려운
게 아니어서 얼마나 약삭빠른지 가까이 가면 어느새 알아채고 저만
큼 날아가는데, 그 빠른 날갯짓이 참으로 아름다웠다. 아마 그 아름
다운 모습 때문에 더 기를 쓰고 잡으려 했는지 모른다.

　잡은 다음에 손으로 날개를 들춰 보면 무지개 빛깔의 속 날개가
특히 예뻤는데, '기생의 치맛자락을 들치던 모습'이라고 쓴 어느 소
설의 한 구절이, 그런 느낌과 같지 않을까 싶다.

　그 시절에는 벼메뚜기도 많았다. 가을에 들판으로 나가보면 여

기저기 벼메뚜기가 붙어 있어서, 손으로 훑어 강아지풀에 목을 꾀어 매달거나, 아니면 소주 댓ㅅ병에 담아 의기양양하게 집에 돌아오곤 했다.

언젠가 식당에 갔더니 벼메뚜기가 반찬으로 나온 적이 있었는데, 옛 생각이 나서 집어 먹어 보았더니 예전 맛과 영 딴 판이어서 실망했다.

장수잠자리도 많았는데, 꼬리는 검정 바탕의 하늘색에 날개는 옅은 녹색으로, 실에 매달아 막대기로 묶어 공중에서 빙빙 돌리면, 어느새 다른 놈이 다가와 '푸드덕' 소리와 함께 두 마리가 어울려 붙었다. 그때가 바로 잠자리를 산 채로 잡을 수 있는 절호의 찬스였다.

우리는 암수를 구별해, 수놈을 잡으면 호박꽃을 따서 수놈 꼬리와 날개에 칠했는데 그러면 영락없이 암놈 같아 보였다. 그렇게 수컷을 변장시켜 잠자리를 잡는 모습이 이문열의 소설 '변경'에 실린 것을 보고, '옛날에는 너나 할 것 없이 다들 이렇게 놀았구나!' 하며 반갑게 읽은 적이 있다.

그런데 유난히 딱지 먹기를 잘 하는 선수가 따로 있는 것처럼, 잠자리나 메뚜기를 잘 잡는 선수도 따로 있었다. 친구 중에 석근이란 녀석이 있는데, 이 친구가 메뚜기나 잠자리를 어찌나 잘 잡는지, 그잡은 것을 장난감이나 돈으로 바꾸기도 했다. 석근이의 잠자리 잡는 기술은 지금까지 친구들 사이에 전설로 남아 있다.

잠자리를 잡기 위해 손을 공중에서 빙빙 돌리며 입으로는 소리를 냈다. 그때 교과서를 보면 '짱아! 짱아! 예쁜 짱아!'로 되어 있지만, 우리는 '범아! 범아!' 아니면 '호드리! 호드리!' 하고 노래를 불렀다.

훗날 전라도가 고향인 친구에게 물어 보니,

"젓 잡아라! 젓 잡아라!"'저 놈 잡아라!'는 뜻라고 했고 하고, 영주가 고향인 친구는,

"훠이! 훠이!"라 했다 하며, 공주에 살았던 어느 여선생님의 말을 빌리면, "잠자리 동동 파리 동동, 멀리 멀리 가면 똥물 먹고 죽는다."라며 노래를 불렀다고 한다.

노래를 부른다고 잠자리에게 그 소리가 들릴 리 없겠지만, 우리는 그렇게 불러야 잠자리가 덤벼든다고 믿었다. 우리가 잡았던 잠자리는'장수잠자리'라고 했다. 다른 말로는 '훠투'라고 했으며 전라도에서는 '연잠자리'라고 했단다.

제비를 닮아 연제비 燕자인지, 매를 닮아 연매 鷹자인지 모르지만, 춘천에 사는 한 친구는 '춘지'라 불렀다 했고, 영주에서 자란 친구는 '졸배이뱅이'라 불렀다 하니, 신기하기만 하다.

그런데 요즈음에는, 생태계가 달라져서인지 그런 잠자리를 좀처럼 볼 수가 없다. 고작해야 고추잠자리인데, 그것도 불타는 듯한 빨간 색이 아니라 누리끼리한 게, 된장 빛깔이 더 많아 보인다.

그 많던 벼메뚜기도 쉬 볼 수가 없다. 언젠가 풀이파리 위에 벼메뚜기가 있는 것을 보고 반가운 마음에 잡아보니, 크기가 형편없이 작았다.

날아갈 때 화사하게 속치마를 자랑하던 풀무치가 어디로 갔는지 다 사라졌으며, 이제는 송장메뚜기도 그립기만 하다.

내가 웬만큼 자라고 나서 곤충 채집용 잠자리채가 나왔는데, 한동안 보이지 않는다 했더니 어느 야구장에서 홈런 볼을 잡을 때 다시

등장한 것을 보고, '참 용도가 다양하구나!' 하고 감탄했다.

　얼마 전에 박완서의 소설 '그 많던 싱아는 누가 다 먹었을까'를 읽고 나서, 식물계만이 아니라 동물계에도 이런 생태 변화가 일어나고 있다는 것을 실감할 수 있었다. 도대체 그 많던 장수잠자리와 풀무치와 메뚜기는 다 어디로 간 걸까?

가위눌림

통통통통…….

분명히 도깨비 방망이 소리였다. 머리에 이상하게 생긴 뿔을 달고 팬티만 걸친 외눈 도깨비가 날 잡으려고 어딘가에 숨어서 내는 소리가 틀림없다. 그것도 한 마리가 아닌 세 마리인 것 같았다. 그런데 왜 하필이면 나를 잡으려고 하는 거야?

쌔-앵 …… 쌩……

이건 귀신이 하얀 한복을 입고 맨발에 머리를 풀고 날 쫓아오려는 게 분명했다. 아마 또 누굴 잡아먹고 입에서 시뻘건 피를 뚝뚝 흘리면서 머리는 산발을 한 귀신이 날이 시퍼런 칼을 물고, 이번에는 나를 잡아먹으려고 바람을 타고 날아오는 소리였다.

이크! 말로만 듣던 귀신이다! 우와! 안되겠다.

어디로든 도망가야겠어.

어라! 사방이 훤한 산꼭대기네. 그런데 저 끝 간 데 없이 높은 사다리를 어떻게 타고 도망가지?

도망을 가긴 가야 되겠는데 발이 떨어져야지. 가만 있자, 손끝을 조금이라도 움직일 수 있으면 좋겠는데…….

됐다. 이제 멀리 멀리 도망가자.

가위에 시달리다가 울면서 간신히 눈을 떠보니, 방안은 어두컴컴한데 희뿌연 물건들만 보이고, 찢어진 방문 틈으로 석양빛 서너 가닥이 들어오고 있었다.

아까 같이 놀던 누나와 친구는 어디로 갔는지 없고, 휑한 방에 나 혼자 덩그레 이부자리를 깔고 잠을 잤던 모양이다.

언제 내가 이불을 덮고 잠들었지? 어라, 제법 베개까지 꺼내어 잠들었네.

바깥을 내다보니 한겨울 찬바람이 전봇대를 할퀴고 있었다. 전깃줄이 요란한 휘파람 소리를 내며 울부짖는데, 이웃집에서는 빨래를 다듬는 다듬이 방망이 소리가 바람결에 '통통통통' 들렸다.

가난한 사람들이 모인 비탈 동네의 풍경, 오늘날의 달동네 같은 풍경이었다. 그때가 눈물겹도록 그립다.

내 사랑, 집게벌레

어린 시절 내가 다니던 초등학교가 있는 시내에서 꽤 멀리 떨어진 시골 무실리에 살며 먼 거리를 통학하는 아이들이 더러 있었다. 그 애들은 집게벌레를 잡아 학교에 가지고 와서 시내 쪽에 사는 아이들의 지우개나 연필 따위와 바꾸기도 하고, 더러는 사과 같은 먹을거리와 바꾸기도 했다.

집게벌레를 처음 보는 순간, 이 귀엽고 앙증맞게 생긴 벌레에 온통 넋을 빼앗기고 말았다. 손가락으로 톡톡 두드리면, 화가 나서 집게를 쫘악 벌리는데, 벌린 집게에 손가락을 넣으면 꽉 깨물어, 그걸 보는 순간 내가 꼭 가져야 할 탐스런 곤충이라 생각했다.

그렇지만 어떻게 하나. 집게벌레와 여유롭게 교환을 해도 될 만큼, 나는 갖고 있는 문방용품의 여분이 없었다. 그러니 내게는 집게벌레가 그림의 떡일 수밖에.

무실리에 살던 녀석들은 책가방 살 돈이 없어서 보자기로 책을 싸서 어깨에 메고 다녔는데, 집게벌레 때문에 나는 무실리 아이들이 그렇게 부러울 수가 없었다. 그러던 어느 날, 드디어 그 집게벌레가 제 발로 내게 걸어오는 행운이 찾아왔다.

　수업 중인데 종아리를 타고 까칠까칠한 것이 기어 올라오는 것 같은 이상한 느낌이 들었다. 그래서 가려운 데를 긁으려고 무심코 손을 아래로 가져갔는데 손에 딱딱한 것이 잡히는 것이 아닌가.

　기겁을 하고 손을 펴보니, 아니, 글쎄! 어른 손가락보다 굵직해 보이는 집게벌레 한 마리가 다리를 타고 올라오고 있는 것이었다. 이게 웬 횡재인가. 그 집게벌레를 아무도 모르게 주머니 속에 잘 넣어 두었다가 집으로 가져왔는데 그것은 무실리 녀석들이 연필이나 사과 같은 것으로 바꾸려고 잡아 온 것이 틀림없었다.

　그 후 중학교 1학년 때였던 것 같다. 하굣길에 이웃에 사는 해수 녀석과 함께 집으로 오다가, 뜬금없이 집게벌레를 잡으러 가자는 이 녀석의 말이 솔깃해 그러기로 했다. 그리고 한 사람이 집게벌레를 잡을 때 다른 사람이 못 잡을 수도 있을 텐데, 그럴 때는 '잡은 집게벌레는 무조건 합쳐서 반으로 나눠 가진다. 그리고 홀수, 즉 세 마리나 다섯 마리 잡았을 때는, 많이 잡은 사람이 한 마리 더 갖기로 한다.'고 결정했다.

　내가 손해 볼 게 없는 합의라 흡족해하며 무실리 쪽으로 갔다. 사실 말이 그렇지 밤이 되어야 돌아다니는 집게벌레를 어디 가서 잡는단 말인가. 그러나 재수가 좋았는지 그놈들이 눈이 멀었는지, 해수가 나무뿌리를 뒤지다가 집게벌레를 한 쌍 잡았다.

　집게벌레를 구경하기도 힘든 판에 한 쌍을 잡고 나니 더 잡을 마음도 없고, 해도 저물어가기에 집으로 돌아오기로 했다. 그런데 아무리 기다려도 해수가 집게벌레 한 마리를 줄 생각을 않는 거다.

"얀마! 두 마리를 잡으면 누가 잡았든지 상관 않고 한 마리씩 나눠 갖기로 했잖아?" 했더니,

"둘 다 수놈이거나 둘 다 암놈일 때는 그렇지만 한 마리는 암놈이고 한 마리는 수놈이니까 안 돼!" 한다.

욕을 한 바가지 퍼붓고 씩씩거리며 돌아설 수밖에 없었다.

며칠 후에, 또 해수가 집게벌레를 잡으러 가자고 했다.

"야! 이 쩨쩨한 놈아. 안 가! 너나 가! 이 더러운 ××야!" 하고 욕을 했더니, 이번에는 한 쌍을 잡아도 틀림없이 나누겠다는 것이다. 그래서 또 따라나섰다.

오래 된 나무뿌리를 뒤지는데 잠시 후에 해수가 소리를 질렀다.

"야! 있다! 있어!"

후다닥 쫓아가서 보니, 막대기로 후비는 그 곳에 시커먼 게 따라 나오다가 다시 들어가는 거다. 해수가 '에이! 아니잖아!' 하고 다른 데로 가기에 속으로 쾌재를 불렀다. '옳지. 니가 딴 데로 가면 내가 몰래 잡을 테다. 저번에 너 혼자 다 가져갔겠다!'

해수가 다른 데로 가자마자 막대기로 다시 그 곳을 후벼 팠더니 시커먼 게 나오기에 얼른 주머니에 집어넣었다. 얼마나 흐뭇했던지……. 해수한테 들키면 안 되니, 주머니 속에 손을 집어넣고 쪼물락 쪼물락거리고 있는데, 덜 딱딱한 게 좀 이상하게 느껴졌다.

그래서 그것을 꺼내어 보냈다. 아니, 이게 뭔가! 기절초풍 할 지경이었다. 집게벌레가 아닌 커다란 왕거미 한 마리가 손 위를 슬슬 기어 다니고 있는 거다. 얼마나 놀랐는지 그 후로 두 번 다시 집게벌레를 잡으러 가지 않았다.

가재 키우기

요즈음 아이들은 가재가 무엇인지 잘 모를 거다. 설령 안다 하더라도 직접 본 아이들은 적을 거라 생각한다. 얼마 전에 포천 쪽에 갔다가 나지막한 산 밑에 골짜기 물이 졸졸 흐르기에, 혹시 가재가 있을지 모른다 싶어 골짜기 돌들을 뒤져 보았다. 그런데 설마 있으랴 싶었던 가재 수 십 마리가 돌 틈에 숨어 있는 게 아닌가.

왜 '설마'인가 하면, 어릴 때 형과 같이 가재를 잡으러 다녔던 곳이 있는데, 대형 철탑이 들어서고 난 다음 가재가 깡그리 사라졌다는 안타까운 얘기를 들었기 때문이다.

어릴 때 형과 같이 치악산 골짜기에 가재를 잡으러 가곤 했는데, 가재를 잡는 방법은 참으로 간단하다. 오징어를 씹다가 뱉어 물에 담가 놓기만 하면 가재가 달려들기 때문이다. 동생 말에 의하면, 라면 스프만 물에 뿌려놔도 가재가 달려든다고 한다.

그런데 우리가 어릴 때는 라면도 없었을 뿐더러 오징어를 사서 가재를 잡을 정도로 형편이 넉넉하지도 않았다. 그래도 그때는 개구리가 많던 시절이어서 긴 막대기에 실로 묶은 개구리를 매달아 물속에 드리워놓고 가재를 잡곤 했다.

초등학교 2, 3학년 때였다. 치악산에 가서 그렇게 잡은 가재가 도시락 서너 개가 넘었다. 신이 나서 계속 가재를 잡다가 해가 저물어 집에 가려고 짐을 챙기는데, 이런! 가재가 도시락 뚜껑을 열고 도망을 다 가버려 통이 텅 비어 있는 게 아닌가.

해는 이미 저물었고, 다시 가재를 잡을 수도 없는 노릇이라, 니가 따라 와서 이런 일이 생겼다느니, 병신같은 게 어쩌구 저쩌구…….형의 욕을 바가지로 들으며 집에 돌아왔던 기억이 난다.

그때는 정말 가재가 얼마나 많았는지, 개구리를 물속에 넣기만 하면 몰려들었다. 지금도 가끔씩 형과 얘기를 나눈다.

“야! 가재가 많아도 그렇게 많은 건 첨 봤다. 공처럼 둥그렇게 몰려드는데 와, 진짜 많대!” 하면, 마지막에 꼭 빼먹지 않고 나도 한마디를 보탠다.

“많으면 뭐해! 다 놓쳐놓고…….”

그날 그 많던 가재를 몇 통 놓치긴 했지만, 그러고도 도시락 두 통은 가득 담아왔던 거 같다.

한참 가재를 구경 하다가, ‘옳지! 이놈들을 잡아다가 키워 봐야겠다.’는 생각이 들어, 조그만 놈으로 너댓 마리를 잡아 송사리와 함께 그릇에 담아 가지고 돌아와 집에 있는 돌절구 속에 담아 키우기로 했다.

집사람이 가재를 보더니,

“뭐 하러 이런 걸 잡아 와요. 놓아줘요.”라고 했지만, 힘들여(?)잡아 온 걸 어떻게 놓아 줄 수 있겠나. 그래서 꽤 오랫동안 키웠는데 어느 날 보니, 가재가 물 밖에 나와 죽어 있는 것이 아닌가. 결국 너 댓 마리가 다 죽고 말았는데, 그걸 보더니 아내가 또 한 마디 한다.

"당신 죄 받을 거야. 이렇게 죽일 거면서 뭐 하러 잡아 왔단 말이에요?"

한겨울이 지나도록 잘 자라던 송사리도 지난 3월 무렵 기어이 다 죽고 말았다. 왜 그랬을까. 불현듯 스트레스로 죽은 게 아닐까 하는 생각이 들었다.

지금은 그 절구 속에 우렁이 두 마리와 다슬기 세 마리가 대신 자리를 지키고 있다. 잘 버티고 있는 걸 보면, 이 녀석들은 스트레스에 둔한 녀석들인 것 같다.

쑥떡에 관한 아픈 이야기

예전부터 '똥구멍이 찢어지게 가난하다'는 말이 있다. 가난하면 가난했지 왜 하필이면 똥구멍이 찢어지게 가난했던 걸까. 먹을 것이 없으면 똥을 안 누면 되지, 왜 똥구멍이 찢어지는 것을 가난에 비유했는지 모르겠다. 그런데 내 경험에 비추어보면 그 비유가 틀린 말은 아닌 것 같다.

나는 지금도 쑥으로 만든 떡은 먹지 않는다. 아니 못 먹는다. 보릿고개를 넘기 힘든 시절, 어머니는 치악산에 가서 나물을 뜯어오곤 하셨다. 그리고 사, 오월이 되면 꼭 쑥을 뜯어 떡을 해서 모자라는 밥 대신 식구들이 먹었다. 쑥떡이라 하면 쑥이 적당히 들어가야 쑥떡일 텐데, 우리 집 떡은 보기에도 시커먼 숫제 90%정도 쑥이 들어간, 완전히 쑥풀떡이었다.

기억이 가물가물 한 걸 보면 초등학교 2, 3학년 때이지 싶다. 아지랑이가 가물거리는 봄이었는데 어머니는 쑥을 말려 떡을 해놓으셨다. 어른들은 그 떡이 먹기 좋았는지 모르지만 우리는 먹기가 여간 괴롭지 않았다.

그런데 참 묘하기도 하지. 그렇게 먹기 싫은 것도 곁에 있으면 손이 절로 가니……. 어쨌든 쑥떡을 먹기는 먹었는데 드디어 탈이 나고 말았다.

'어라! 이상하다.' 학교에 가기 전에 변소에 갔는데 아무리 힘을 줘도 볼일을 볼 수가 없었다. 그러기를 몇 차례 드디어, '우와!!!' 울음을 터뜨리고 말았는데, 소리를 듣고 형이 놀라서 쫓아왔다.

"야! 너 왜 울어?"

"똥이 안 나와서 울어."

"에라, 이 바보야. 그럴 땐 울지 말고 기름을 먹으면 돼. 울지 마. 내가 기름 갖고 올게!"

형이 2홉들이 소주병에 든 참기름을 한 병 갖고 왔다.

"야! 이거 마셔봐. 미끌미끌해서 똥이 잘 나올 거야."

형이 하는 말을 듣는 순간 '엿장사 똥구멍은 찐덕찐덕, 기름장사 똥구멍은 맨들맨들…….' 하는 각설이 타령의 한 구절이 생각났다. 난 그 노래가 정말 진짜인 줄 알았다. 그래서 그 자리에서 바로 참기름 반 병을 마셨지만, 여전히 감감무소식이었다.

"이 바보야! 한 병을 다 마시고 힘을 줘야지. 고것 마시고 되겠냐?"

할 수 없이 엉덩이를 내놓은 채 쪼그리고 앉아 반 병을 마저 마시고 다시 힘을 줬다. 그런데도 나올 기미가 전혀 보이지 않았다. 하는 수 없이 학교에 가려고 집을 나섰는데, 가는 동안 내내 뱃속의 천둥소리와 씨름을 해야 했다. 학교에서 올 때도 마찬가지였다. 지옥이 따로 없었다. 내 평생 가장 고통스러운 날이었다.

그렇게 한 나흘이 지났을까? 집안어른들은 이, 삼일 지나면 나오 겠지 했는데, 여전히 볼일을 보지 못한 채 얼굴은 노랗게 변하고 밥 도 제대로 못 먹으니 그제야 큰일이 났다 싶었는지, 저녁 때 어머니 가 변비에 좋다면서 아주까리피마자기름을 한 대접 내놓았다. 그래 서 그 쓴 걸 다 마셨는데도 감감무소식이었다.

그 다음날 두 대접을 다 마셨는데도 소식이 없기는 매 한 가지였 다. 그런데 이게 또 얼마나 쓴지, 변비 때문에 받는 고통이 그 쓴 걸 마시는 고통보다 훨씬 낫지 않을까 하는 생각이 들 정도였다.

이미 뱃속에서는 난리가 난지 오래였고, 그 날 밤 잠결에 부모님 이 두런두런 얘기를 나누는 소리가 들렸다.

"어짜노! 이자 저 놈은 죽은 거 아이가!"

나도 기진맥진이라 '그냥 내일 아침에 눈뜨지 말고 이대로 죽었 으면 좋겠다'는 생각이 들었지만, 새벽이면 영락없이 또 눈이 떠지 는 것이었다.

그 다음날 아침, 일찍 일어난 아버지가

"이상타! 이누마 똥구녁이 막혔단 말이가! 어예 똥이 안 나오노?' 하며 장탄식하시더니 작심이라도 한 듯, 큰 소리로 형을 불렀다.

"영식아! 니 나가가 꼬쟁이 서너 개 꺾어 온나."

형이 막대기를 몇 개 꺾어오자, 식구들은 나를 거꾸로 잡고 막대 기를 그 구멍에 집어넣었다. 그리고 가로로 세로로 원으로 역逆으 로 휘돌리는데, 아이고! 얼마나 아프던지! 나는 집이 떠나가도록 고 래고래 소리 지르며 울고 길길이 날뛰었다. 아버지는 하는 수없이 포기를 하고 말았는데, 그러니 나는 이미 절반은 죽은 목숨이었다.

다음날, 아버지가 형에게 시켰다.

"영식아! 니 약방에 좀 가봐라. 혹시 약 같은 거 있는가. 이상태이! 느그 동생 똥이 어째서 안 나올꼬!"

아, 약국에 그 흔한 변비약이 왜 없겠는가. 형이 약방에 가서 좌약을 사오자마자 며칠 동안 나를 그처럼 고통스럽게 했던 문제는, 요란한 소리와 함께 허무할 정도로 순식간에 해결되었다.

나는 인사불성이 되다시피 자리에 누웠고, 도저히 일어날 수가 없어서 사흘 동안 학교를 결석했다.

사흘째 되던 날 오후에 이웃에 살던 해수가 하굣길에 우리 집에 들렀다.

"영해야! 니 쑥떡 먹고 똥이 안 나와 학교에 못나오는 거라고 내가 담임선생님한테 말씀드렸다!"

학교에 가지 않아 혼나는 것보다 똥 때문에 결석한 것이 더 무섭고 창피했다. 정말 똥구멍이 찢어지게 가난하던 시절의 자화상이다.

두꺼비와 쥐똥이

　우리가 어릴 때는 집집마다 아이들이 주렁주렁 열려 있었다. 그런데 어른들이 일일이 신경을 쓸 수가 없으니, 그냥 우리끼리 멋대로 자랐다. 그러다 보니, 형제끼리 싸움도 많이 하고 욕도 많이 했다.

　형이나 누나 이름을 냅다 부르기도 하고, 특히 바로 위의 형이나 동생과는 친구이자 앙숙인 경우가 많았다. 그러다가 초등학교 상급반이 되어갈 무렵 간신히 '형' 소리를 하게 될 때면 얼마나 어색하고 싫던지……. 나도 이름을 마구 불러대다가 중학교를 마칠 무렵 '형'이라고 호칭을 붙이게 되었는데, 내 동생은 고등학교 때까지 내 이름을 계속 불러댔다.

　어릴 적 우리 이웃에 '쥐똥'이라는 별명을 가진 녀석이 있었다. 덩치는 작은데 얼굴이 까매서, 가끔 '아프리카'라고 놀리기도 했었다. 이 친구가 나보다 한 살 많아서인지 뜀박질과 돌팔매질을 썩 잘했는데, 나에겐 그 자체가 공포의 대상이었다. 그런데 이 녀석이 좀 개찰 맞아서 심심하면 나를 괴롭히는데, 꼼짝도 못하고 그 녀석에게 당하기만 했다. 이 친구한테는 '두꺼비'란 별명을 가진 동생이 있었다. 두꺼비는 제 형보다 키가 크고 힘도 더 셌다.

동네 아이들이 모두 모여, 그 집 마당에서 놀 때였다. 우리는 '진도리진지 빼앗기 놀이'를 하고, 두꺼비는 '딱지 먹기'를 하고 있는데, 이 쥐똥이 녀석이 제 동생 두꺼비에게 다가가더니, '야! 뭐해?' 하며 뒤통수를 한 대 냅다 쥐어박았다.

두꺼비가 깜짝 놀라 뒤돌아보니 바로 자기 형이 아닌가. 안 그래도 딱지를 잃어 화가 났는데 좋은 말이 나올 리 있겠는가.

"붙잡히면 죽어! 이 ××놈!" 하며 쫓아갔지만, 쥐똥이란 녀석은 헤헤 웃으며 이미 저만치 도망을 가버린 뒤였다.

두꺼비가 하는 수 없이 씩씩거리며 '딱지 먹기'를 계속 하는데, 똑같은 일이 또 벌어졌다. 두꺼비는 이번에도 분기탱천하여 쫓아갔지만 또 놓치고, 씩씩거리며 돌아왔다.

"개××, 잡히기만 해 봐라. ××새끼!" 하며 분노의 눈물을 닦을 수밖에. 쥐똥이 녀석이 가까이 오면 잡아 죽이겠다고 벼르며 두꺼비는 다시 딱지 먹기를 시작했다. 그러나 두꺼비는 이번에도 딱지 먹기에 정신이 팔려 쥐똥이 녀석에게 뒤통수를 또 냅다 쥐어 박히고 말았다.

이번에는 두꺼비도 완전히 요절을 낼 모양으로 죽어라 쫓아갔지만, 결국 쥐똥이를 놓치고 말았다. 두꺼비는 분한 마음을 참지 못해 씩씩거리며,

"야! 이 개××야! 니네 엄마×× ××어라." 하고 울면서 욕을 하는 것이었는데, 아니! '니네 엄마'면 누구 엄마인가. 자기 엄마가 아닌가. 그 욕을 듣는 순간 우리는 배를 잡고 대굴대굴 구르며 웃었다.

두꺼비도 쫓아가다 생각해보니, 자신이 뱉은 욕이 말이 안 된다 싶었는지 울다가 웃느라 정신없고, 도망가던 쥐똥이 녀석도 허리를 꺾은 채 웃고 서 있었다.

그때 부엌에서 저녁밥을 짓던 쥐똥이 어머니가 아이들 싸우는 소리에 빗자루를 거꾸로 들고 나오시다가 그 소리를 듣고 자지러졌다. 이제는 돌아갈 수 없는, 크레파스화 같은 어린 날의 풍경이다.

거짓말쟁이

　어릴 때, 우리 집 사랑방에서 나와 같은 반 K가 홀어머니와 아주 가난하게 살았다. 그의 어머니에게는 좋지 않은 버릇이 하나 있었다. 무슨 말인지 다른 사람이 잘 알아들을 수 없게 혼자 시부적시부적 중얼거리는 것이었다.

　빨래를 하거나 물을 긷거나 항상 시부적거리면서 하므로, 별명 붙이기 좋아하는 우리 어머니가 K 어머니에게 '시부적쟁이'라는 별명을 붙여주셨다.

　K 아버지는 지게에 생선을 지고 다니며 파는 장사꾼이었는데, 어찌 된 일인지 집에 들어오는 것을 한 번도 본 일이 없었다. 우리 어머니가 가끔 밖에 갔다 오면, 시부적쟁이 남편이 거기서 장사를 하고 있더라며 근황을 밥상머리에서 말씀해주었는데, 지금 생각해보면 어머니 말씀대로 딴 살림을 차린 게 아니었나 싶다.

　그러니 K의 어머니인 시부적쟁이가 품앗이를 하여 식구들을 먹여 살렸다. 그런데 그 녀석은 우리에게 '우리 아버지는 교통순경이야.'라며 터무니없는 허풍을 떨었다. 담임 선생님도 그 녀석의 아버지가 교통경찰이라고 알고 있을 정도였다.

그 녀석의 눈에는 순경이 가장 높아 보였으며, 교통순경이 그 중 제일 멋있어 보이는 직업이었던 것 같았다. 하기야 우리 어릴 때는 누가 울면 '순사순경가 잡아 간다'고 했으니, 터무니없는 말은 아니다. 그때 교통순경들은 도로 한복판에 서서 오가는 차들을 세우거나, 일일이 손짓으로 이쪽저쪽으로 보내는 역할을 주로 했다.

1학년 때인가 2학년 때인가 어느 음악시간이라고 기억된다. 한번은 음악시간에 담임 선생님이 노래 지휘를 하다가 우리에게 지휘를 해보라고 했다. 감춰진 소질을 알아보려고 했거나, 발표력을 길러 주기 위해서였거나, 수업을 더 재미있게 하려고 그랬을 것이다. 그런데 지원자가 없자 담임 선생님은 그 녀석에게 '니가 해 봐! 넌 아버지가 교통순경이니까 잘 할 수 있지?' 하며 구슬려서 지휘를 해보게 했던 생각이 난다.

머리가 온통 헌데 투성이고 지지리도 가난하던 그 녀석은 초등학교도 마치기 전에 4학년 때인가, 시장 옷가게 점원으로 들어가며 우리 집에서 이사를 했다. 그 후 어머니와 내가 가끔 시장을 오고가며 본 적은 있었지만, 중학교쯤부터는 본 사람도 없었고, 내 기억에서도 잊혀졌다.

그러던 그 녀석이 내가 대학시험에 떨어져 재수를 하고 있던 어느날, 가슴에 연세대학교 배지를 달고 나타났다.

"야! 대학 못 들어갔어? 거참! 답답한 친구네." 하면서……. 그간의 사정을 들어보니, 자기는 서울 보성중·고를 나왔는데 어쩌구하더니, 지금은 연세대 법학과를 다닌다는 완전히 새빨간 거짓말을 하는 것이었다. 그의 과거를 잘 알고 있는 나는 기가 막힐 수밖에.

마침 나와 가까운 동창 한 명이 그 과에 다니고 있어서, "혹시 우리 동창생 ㅇㅇ 알겠네?" 하며 물어봤더니, "아! 그 친구? 잘 알지. 합격 여부를 알아보려고 갔다가 누가 합격했다고 좋아하기에, 어디서 많이 본 듯한 얼굴이다 하고 가까이 가서 보니 걔더라." 했다.

그 자리에 우리 형도 있었는데, 그 자리에 있었던 사람이라면 누구나 그가 가짜라는 것을 한 눈에 알아챌 수 있었지만 오랜만에 만난 친구라, 알면서도 속아 줄 수밖에…….

그 후 연세대학교에 다니는 친구를 우연히 만나 그 녀석의 소식을 물어보았더니,

"합격자 발표할 때 본 이후로 강의실에서 한 번도 못 봤어. 그래서 이상하다고 생각했지. 그런데 걔 좀 수상하더라!" 하고 말하는 것이다.

몇 달 후에, 어머니가 봉천내개울에 떠돌이 약장수가 왔다며 구경을 갔다 오던 날,

"그놈아가 약장수 구경을 하다가 나를 보더니 피하더라. 그 참 이상하제? 대학교에 다니는 것보다 약장사 구경하는 게 더 좋았던 모양이라……." 하면서 껄껄 웃었다.

그 후 지금껏 그 녀석을 본 적이 없다. 신문에도 나지 않고 TV에도 나오지 않는 걸 보면, 큰 사기꾼이 되지는 않은 듯싶다. 지금 생각해 보면 자신의 약점이나 상처를 허풍으로 채워 위안을 받으려고 했던 게 아니었나 싶어서, 마음이 짠하기도 하다.

햇때와 묵은 때

옛날에는 난방도 잘 되지 않고, 옷도 부실해서 그런지 지금보다 훨씬 더 추웠다. 그리고 날씨가 추워지면 가장 골치 아픈 일 중의 하나가 씻는 일이었다.

자주 씻지 못하고, 먹는 것도 부실하다 보니, 지금은 상상할 수 없는 병도 많았다. 그 중 하나가 개씹앓이다래끼라는 눈병이었다. 눈병이 유행을 할 때면 어머니가 지푸라기를 반지만큼 동그랗고 조그맣게 꼬아줘서, 우리 식구는 그걸 남몰래 지니고 다녔다. 부적처럼 몸에 지니고 있으면 눈병이 생기지 않는다는 거였다.

머리에 기계충이 들끓어 허옇게 약을 뿌리고 다니기도 했고, 손에는 옴이 올라 누렇게 곪기도 했는데, 이 옴이 사타구니까지 올라가는 바람에 시도 때도 없이 민망한 곳을 긁어대던 기억이 난다.

중학교 1학년 무렵이었다. 한번은 오줌을 누려는데 거기가 따끔거리는 게 아닌가? 그래, 별거 아니겠지 하면서 참았더니, 다음날은 도저히 아파서 견딜 수가 없었다. 아버지께 말씀 드렸더니 "괜찮다. 밥 많이 먹으면 낫는다."는 것이다.

그래서 밥을 잔뜩 먹고 잠을 잤는데 그 다음날 하도 아파서 들여다보니, 여기 저기 누렇게 곪아 있었다.

다시 아버지께 말씀드렸더니 아버지인들 별 수 있나, 페니실린 연고를 사서 흰 솜에 묻혀 거길 둘둘 감아 실로 처매어 주셨는데, 그 모양새가 마치 고치 속에 들어있는 번데기 같았다.

우리 동네에 김 아무개라는 친한 녀석이 먼 곳에 있는 학교를 나와 같이 다녔는데, 그 친구도 사타구니에 옴이 올라 같이 긁어대느라 낄낄대곤 했었다.

겨울이면 손도 많이 텄다. 어른들에게 물으면 손에 때가 많아 그렇다는데, 아무리 깨끗하게 씻어도 손이 튼 걸 보면 영양 상태가 좋지 않아 피부가 그랬던 게 아닌가 싶다.

그때는 공중목욕탕에 가면 탕 속에 때가 하도 많아, 잠자리채 같은 것으로 물 위에 떠있는 때를 걷어내는 진풍경을 종종 볼 수 있었다. 집에서 목욕을 할 때면 물을 끓여 뒤란이나 바람이 술술 들어오는 부엌에서, 추위를 무릅쓰고 때를 씻는 게 고작이었기 때문이다. 그러니 한겨울에는 목욕이 큰 행사 중의 행사일 수밖에 없었다.

그때 원주에는 목욕탕이 하나 밖에 없어서 손님이 항상 바글바글 끓었다. 처음 목욕탕에 가던 날, 몸에 때가 얼마나 많았던지, 나는 어머니 치마를 덮어쓰고 욕조에 들어가야 했다. 그 사건을 거울삼아 그 다음부터는 목욕탕에 가기 전에 집에서 대충 겉 때를 벗겨내고 간 적도 있다.

초등학교 2, 3학년 때였을 것이다. 다음날이 개학날인지 설날인지 기억이 잘 나지 않지만, 좌우지간 때 벗기기 연중행사를 치러야 하는 날이었던 것은 틀림없다.

어머니가 형을 불렀다.

"영식아! 느거 동생 몸 좀 씻겨라!"

형이 투덜거리더니 마지못해 때 벗기기 작업을 시작했다. 그런데 내 몸에서 때가 얼마나 많이 나오는지 형이 얼굴을 잔뜩 찌푸리며,

"아이구, 더러워라! 너 이거 묵은 때지?" 하기에,

"아냐! 이거 햇때야! 왜 이래 이거!" 하며 내가 냉큼 받아 말했다.

생각해 보라! 때면 때지, 묵은 때는 뭐고 햇때는 또 무언가? 어쨌든 우리는 그날 춥고 어두운 마루에서 그렇게 때를 벗기며 한참을 웃었다.

지금도 형을 만나면 술 마실 때 안주를 집어 들듯이 '묵은 때 햇때' 이야기를 하곤 한다.

참빗과 이

옛날에는 이가 정말 많았다. 지금 생각해 보면, 몸을 자주 씻지 않고, 옷을 자주 갈아입을 수도 없었으니, 어쩔 수 없지 않았나 싶다. 머리에도 이가 많아, 빗살이 촘촘한 참빗이 집집마다 필수품이었다. 참빗이 머리를 빗는 목적보다 머릿이를 솎아내기 위해 쓰였다.

방물장수가 가끔 집에 오곤 했는데, 어머니도 대나무로 촘촘히 짠 참빗을 귀하게 여기며 간직하는 것을 본 적이 있다. 그리고 아이들이 학교에 가고 나면, 여자들이 양지쪽에 둘러앉아 신문지를 깔고 머리를 풀어 빗으며 허연 서캐까지 훑어 내렸다. 그렇게 이가 많으니 가려울 수밖에.

그 뿐인가? 따스한 양지쪽에 앉아 어린아이들 옷을 벗겨 이를 잡곤 했다. 특히 사타구니에 이가 많아, 나는 가렵다는 핑계로 걸핏하면 거기다 손을 집어넣었는데, 그걸 볼 때마다 어머니는, "게으른 놈이 사타구니에 손 넣는 법이라 카더라. 그놈의 손 못 빼나!" 하고, 혼내셨다.

바다에서 고기를 잡을 때도 난류와 한류가 합치는 곳이 고기가 많다고 들었다. 그런데 그곳은 적당히 지린내와 구린내가 공존을 하는데다 사철 고온다습하고 피부가 부드러운 곳 아닌가. 그뿐인가? 옷 솔기가 많아 이가 번식하거나 숨기에 좋을 뿐만 아니라, 대낮에 남 앞에서 함부로 손대기 민망한 곳이 아니냐 말이다. 그러다 보니 그곳은 이들의 지상낙원이 될 수밖에.

저녁밥을 먹자마자 이불을 뒤집어쓰고 식구들이 단체로 이 사냥을 했지만, 다음 날이면 또 다시 가려웠다. 우리 형이 펜싱을 했는데, 그때는 '추리닝'이 아주 귀한 시절이었다. 형이 입다가 팔이나 정강이가 다 헤어지면, 내 속옷이 되고, 더 낡으면 걸레로 쓰이던가, 개집으로 들어갔다.

어느 해 겨울이었다. 다 떨어진 형 추리닝을 입고 잠을 자려다가, 몸이 가려워 옷을 벗었는데 그날따라 바깥 날씨가 몹시 추웠다. 문득 옷을 벗어 바깥에 두면, 이가 얼어 죽을 거라는 생각이 나서 빨랫줄에 옷을 걸어놓고 잠자리에 들었다.

그런데 다음날 새벽에 일어나서 옷을 찾으니, 어럽쇼, 내 옷이 누렁이 탱구 집에 들어 있는 것이 아닌가? 하는 수 없이 눅눅해진 옷을 개집에서 꺼내어 다시 입었다.

저녁때가 되어 아버지가 직장에서 돌아와 말씀하셨다.

"간밤에 바깥에 나가보니, 누가 걸레를 빨랫줄에 널어 놨더라. 그래서 내가 개집에 넣어 놨는데 누가 걸레를 밤에 거기다가 널어 놨노? 그런 건 빨랫줄에 걸 필요가 없는 기라!"

얌전해서 좀처럼 제 감정을 내색하지 않는 동생이 그 얘기를 듣다 입을 벌리고 웃는 바람에, 입안에 있던 밥이 다 튀어나오던 것이 기억난다.

얼마 전에 이사를 하며 집안 쓰레기를 치우다 보니 참빗이 나왔다. 옛 생각도 나고 돌아가신 어머니가 쓰던 것이라, 어머니 생각이 날 때마다 볼 생각으로 주워들었더니, 형이 냉큼 빼앗아 가는 것이 아닌가. 그 빗은 지금도 형네 집에 고이 모셔져 있다. 요즘은 옛 물건들이 이렇게 귀하게 취급을 받는다.

헌데

언젠가 신문을 읽다가, '1950~60년도에는 영양결핍상태라든가 위생상태가 안 좋아서, 헌데가 큰 골칫거리였다.'라고 쓴 것을 보고, 수수께끼가 하나 풀리는 것 같았다. 부모님은 이 부스럼을 '헌데'라고 했는데, 부모님만 쓰는 사투리가 아니라, '헌데'라는 표준어가 있다는 것을 알고 혼자 흐뭇해 했던 기억이 난다.

그와 같은 뜻으로 '부스럼'이란 말이 있고, 또 내 머리에 앉았던, 딱지는 없지만 허옇게 버짐이 피는 '기계충'이 있는가 하면, 그와 비슷한 종류로 '종기', 상처가 났다가 나을 때 앉는 '딱지 앉았다'의 '딱지경상도 사투리로 따까리', 혹은 얼굴이나 몸에 생기는 '뾰드락지뾰루지'라는 말도 있다.

우리가 어릴 때는 몸 여기저기에 각종 '헌데부스럼'가 많이 났다. 중학교 때 동창은 머리 정중앙, 즉 정수리에 난 부스럼 흔적 때문에 '천지'백두산 천지라는 별명을 갖고 있는데, 친구 중에는 천지라는 별명을 가진 동창이 두 명이나 더 있었다.

내 몸에는 커다란 헌데 자국이 서너 개 있는데, 옆구리에도 두 군데 있어서 어린 아이가 울거나, 귀엽다고 안아 줄 때면 그 자국을 보여준다.

그리고 "울지 마! 아저씨도 어릴 때 너처럼 울다가 귀신한테 빨대로 빨아 먹힌 자국이 있는데 한번 보여줄까? 더 울면 아저씨처럼 잠잘 때 귀신이 와서 빨아 먹는단 말이야!" 하면서 아직도 아프고 무섭다는 표정을 짓곤 한다.

그러면 아이들은 무서워서 울음을 뚝 그치거나, 귀신 이야기를 들으려고 호기심에 가득 찬 눈을 반짝인다.

친구들에게는 새 잡으러 갔다가 공기총에 맞은 오발탄 자국이라며 폼을 잡고 그들을 놀려 먹은 적도 있다. 장가를 들기 전에는 아내에게 '어릴 때 어머니의 등에 업혀 지리산에 아버지를 찾으러 갔다가, 공비가 쏜 총에 맞은 것'이라고도 했다. 헌데 흉터 몇 군데 있는 걸 가지고, 여러 편의 소설을 쓴 셈이다.

헌데가 나면 엄청나게 가려운데, 머리에 나면 더 심란하다. 그도 그럴 것이 머리카락 때문에 제대로 긁기도 힘들고, 잠결에 긁는 바람에 손톱 밑에 피고름이 묻곤 했다.

그때는 파리가 얼마나 많았는지 온 방안에 파리가 새까맣게 붙어 있곤 했는데, 그 녀석들은 꼭 헌데가 난 머리에 앉아 피고름을 빨아 먹었다. 이웃에 고아원이 있었는데 거기 있는 아이들도 머리에 헌데가 심했다. 멀리서 보면 까칠한 머리통이 울퉁불퉁해 참으로 기묘했다. 머리에 소똥 같은 것을 덕지덕지 쓰고 있는 모습을 상상해 보면, 대충 이해가 갈 것이다.

그래서 한동안 나는 '머리에 소똥도 안 벗겨진 녀석'이라는 말을

'머리에 헌데도 덜 나은 녀석'이라는 말로 잘못 이해한 적도 있었다.

헌데에 관한 이런 이야기도 있었다. 어느 동네에 형제가 살았는데, 하루는 이웃집에서 떡을 가져 왔다고 한다. 나누어 먹으려고 하니 너무 적어서 감질만 날 것 같아 보이자, 형제는 내기를 해서 이기는 사람이 다 먹기로 했다.

형은 머리에 난 헌데에 파리가 앉아 가려워도 긁지 않고, 동생은 코가 줄줄 흘러도 코를 닦지 않고 더 오래 참아낸 사람이 떡을 다 먹기로 한 것이다. 그래서 형제가 대결을 벌였는데 시간이 흐를수록 얼마나 머리가 가렵고, 코가 답답한지 참기 힘들었다.

그러다가 참지 못한 형이 얘기를 시작했다.

"내가 재미난 얘기 해줄까? 며칠 전에 산을 올라갔는데 거기서 벌떼를 만났어. 얼마나 사나운지 마구 날아와 머리를 이렇게 사방에서 쏘아대는데, 아따! 따가워서 혼났네!" 형은 파리 떼를 쫓아내는 시늉을 하며 머리를 시원하게 긁어댔다.

그랬더니 동생도 기다렸다는 듯이 얼른 얘기를 시작했다.

"내가 사냥을 갔는데 저 멀리 노루가 서 있지 않겠어. 그래서 총으로 타앙! 하고 쏘아 버렸지!" 하며 총 쏘는 흉내를 내고는 코를 소매로 쓰윽 닦았다. 결국 무승부가 되는 바람에 그 떡을 아무도 못 먹었다고 했던가.

내가 너 댓살쯤 되었을 때다. 머리에 그 소똥 같은 헌데를 잔뜩 뒤집어쓰고 있었는데, 어머니가 고개 너머에 있는 남부시장에 가자고 했다. 쫄래쫄래 따라 갔더니, 지금 생각하면 무슨 약방인가 약국인가로 가서 약사와 눈짓을 하더니 어머니는 내 뒤에서 도망치지 못하게 나를 붙잡고 서있고, 약사는 가위를 들고 나에게 앉으라고 했다. 약사가 웃는 얼굴로 괜찮다며 내 곁에 앉아 안심을 시키더니, 머리를 이리저리 보는 척 하다가, 헌데를 가위로 싹둑 잘라버리는 것이었는데, 아이고! 얼마나 아프던지! 벼락이 떨어져서 맞거나, 돌로 머리를 때린다 해도, 그리 아프지는 않을 것 같았다.

나는 하나를 자르자마자, '우와악!' 소리를 지르며 어른들의 손을 빠져나와 그대로 달아났다. 그리고 뒷산에서 종일 시간을 보내고 나서 어두워지고 난 다음, 집에 들어갔다.

그 후 어떻게 헌데가 나았는지 모르지만, 나는 몇 해 전까지도 머리를 만져보는 버릇이 있었다. 이제는 말끔하게 변해버린 내 머리를 보면 옛날 기억이 새롭다.

이젠 이런 얘기를 아는 사람도, 믿을 사람도 별로 없을 거다. 옛날에 얼마나 비위생적으로 살았는지 생각나게 하는, 참으로 어렵고 힘든 시절의 얘기이다.

왕가시에 관한 기억

옛날에는 건물 대부분이 목조로 되어 있었다. 그때는 다리도 나무로 만들었다. 원주에 가면 쌍다리라고 부르는 제일 큰 다리도 나무로 되어 있었고, 시내에 있는 건물도 대부분 나무로 지었는데, 건물 2층에 올라가다 보면 삐걱거리는 소리가 건물 전체에 울릴 정도로 나무로 된 건물 천지였다.

어느 해, 여름 동네 아이들과 떼를 지어 강으로 물놀이를 하러 가다가, 쌍다리에서 우리 형 발에 가시가 박힌 일이 있었다. 얼마나 큰 가시였는지 마침 우리 중에 머리가 좀 큰 아이가 하나 있어, 형을 업고 아버지 직장으로 데려가서 가시를 뺐는데, 빼고 난 다음에 아버지가 우리에게 10환1원씩 나누어준 돈으로 아이스케키를 사서 맛있게 먹었던 것이 더 기억에 떠오른다.

가끔씩 돌로 지어진 건물이 없는 것은 아니었지만, 전쟁이 끝난지 얼마 안 되었을 때라 목조 건물이 흔했다.

그때는 학교에서 학기 초만 되면 아이들에게 '기름을 가져와라, 걸레를 만들어 와라, 학급비는 얼마씩이다' 하고 연중행사를 했는데, 기름으로 교실 바닥에 윤을 내면 그렇게 반질거릴 수가 없었다.

무실리 가는 쪽 한적한 곳에 도살장이 있었다. 그곳에서는 늘 짐승 죽은피가 흘러나와 우리는 그곳을 피해 다니고는 했다. 그런데 우리 반에 아버지 직장이 그곳인 Y가 있어서 기름을 가져오라고 하면 대부분은 콩기름이나 들기름, 아니면 참기름을 가져왔지만, 그 녀석은 자랑스럽게 돼지기름을 가져오던 일이 생각난다.

중학교 2학년 봄쯤이었다. 학교에서 예의 그 광내기를 했다. 광내기를 한 것까지는 좋은데 한참 하다 보니 담임선생님은 어디 가셨는지 없고 우리만 남은 게 아닌가? 그럼 그 다음에 우리끼리 남아서 하는 일이 무엇이겠는가.

썰매, 그렇다. 썰매 타기였다. 갑자기 교실 바닥이 우리들의 썰매 타기 장소로 변했는데, 신나게 달려가다가 멈추면 쭈욱- 미끄러지는 게 그렇게 신이 날 수가 없었다. 나중에는 복도에 나와서도 썰매타기를 했는데, 남의 교실 앞에서부터 달려오다가 우리 교실 앞에서 달리기를 멈추면, 그때의 미끄러지는 스릴이란 다시없는 좋은 놀이였다.

그렇게 썰매타기를 신나게 하는데 어느 순간, 갑자기 발에 말할 수 없는 통증이 왔다. 데굴데굴 구르다가 양말을 벗어보니 발에 가시가 박혔는데, 한눈에 보기에도 젓가락 굵기만 한 가시가 박힌 게 아닌가? 아마 소나무 옹이 위를 지나가다가 박혔거나 갈라진 나무 위로 미끄러지다가 박힌 것 같았다.

얼마나 아팠던지 가시를 뺐다고 뺐는데도 집에 갈 때에는 도저히 걸을 수가 없었다. 아마도 가시가 더 박혀 있는지 어쩐지는 모르지만, 발을 조금만 움직여도 발바닥 전체에 불인두로 지지는 것 같은 통증이 오는 것이 도저히 아파서 못 견딜 지경이었다.

그래서 가방은 친구가 들고, 이십 리 가까운 길을 해수라는 친구 녀석 등에 업혀 집으로 돌아왔다. 저녁 때 아버지가 쑥으로 뜸을 뜨면 낫는다고 해서 했는데 얼마나 뜨겁던지…….

그 후에도 발끝을 까딱만 해도 발바닥 전체가 아팠는데, 자! 학교는 멀지, 교통도 시원찮지, 병원에는 갈 처지가 못 되지, 그런데도 학교는 가야겠지, 그러니 나를 업고 다니던 녀석들도 나와 한동네에 사는 죄로 죽을 맛이었을 것이다.

한 일주일쯤 그렇게 발끝을 움직이지도 못한 채 업혀서 학교를 다니고 있었는데, 어느 날 평소처럼 교실바닥 청소를 하는데 발바닥이 근질거리는 것이 아닌가? 그것도 기분 좋게 말이다.

말을 벗고 살살 긁으며 발바닥을 보니 엄지와 중지발가락 사이에 짙은 고동색의 뭔가가 보였다. 그래서 자세히 보니 왠 가시 같은 것은 것이었는데 손으로 쑤욱 뽑으니, 세상에나! 손끝에 쭈욱 딸려 나온 건 젓가락 굵기의 커다란 '왕 가시'였는데 길이가 10여 센티미터는 될 것 같은 것이 누렇고 퍼런 고름에 잔뜩 쌓여 있었다. 그 모습을 지켜보던 친구가 기겁을 하며 놀란 입을 다물지 못했다. 그 일은 내게 가장 고통스러웠던 통증의 기억으로 남아있다.

참외 서리

학교에서 동료와 얘기를 나누다가 서리라는 걸 해 본 적이 있느냐고 물어보았다. 그랬더니,

"참외서리나 수박서리요? 해봤다 뿐이겠습니까? 우리는 닭서리에 개서리도 해봤는 걸요. 들통이 나지 않았으니 망정이지, 들통이 났으면 아마 동네가 발칵 뒤집어졌을 겁니다." 하며 씨익 웃었다.

우리 나이치고 어릴 때 한두 번 서리를 안 해본 사람이 있을까마는 나야말로 서리에 얽힌 잊지 못할 추억이 있다.

열 두어 살 때의 일이다. 때는 바야흐로 입맛을 돋우는 참외와 수박이 나오기 시작하는 초여름이었다. 그러나 그 시절 참외나 수박은 우리에게는 먼 나라의 이야기였다. 한여름이 다 지나가도록 그거 서너 개 만 먹으면 '이번 여름에는 갖가지 과일을 다 먹어 봤다!'고 큰소리칠 수 있던 그런 시절이었기 때문이다.

그때는 군것질 거리도 없었고, 또 돈 내고 사먹기에는 본전 생각이 나기도 해서, 장난기가 발동하면 참외서리나 수박서리를 참 많이도 했다. 한바탕 서리를 하고 나면 우리 동네 악동들은 자신이 대

단한 영웅이라도 된 듯 과장해 승전보 내지는 무용담을 자랑했다. 부끄러운 일이지만, 그때는 양심이나 윤리 같은 것은 관심 밖이었고 오로지 재미만 생각했던 것 같다.

　우리 동네에는 형 또래가 별로 없고 내 또래가 유난히 많았다. 형 또래는 대부분 일찌감치 돈벌이에 나섰기 때문인데, 우리는 아직 돈벌이에 나설만한 나이가 아니었다. 어느 일요일 한낮, 친구 몇 명이 모여 놀다가 누군가의 입에서 '우리 서리하러 가자'라는 말이 나왔다. 그리고 드디어 거사를 하기로 결정했다.

　지금은 도시 광역화 사업에 휩쓸려 원주시 한가운데로 편입되어 아파트가 빼곡히 들어서게 되었지만, 내가 어릴 때만 해도 무실리는 학교에서 해마다 소풍을 가는 곳이었다. 가는 도중에 보이는 풍경도 좋았지만, 특히 무리실로 들어서는 길가에 허리가 멋지게 휜 커다란 늙은 소나무가 휘영청 내려다보고 있어서 더없이 좋았다.

　훗날 어떤 가수가 부른 노랫말에 '돌아가는 저 길에 외로운 저 소나무'라는 대목이 있는데, 그 노래를 들을 때면　그 곳이 절로 눈앞에 그려졌다. 그래서 그런지 그 가수의 노래를 좋아했는데 그건 전적으로 그 소나무에 얽힌 노랫말 때문이었다.

　박완서의 소설을 읽어보면 '삼태기처럼 둘러싸인 동네'라는 말이 나오는데, 무실리는 그 소설처럼 아담한 산골짜기에 둘러싸여 있었다. 동네 제일 위쪽에는 저수지가 자리를 잡고 있어서 낙엽송이 빽빽이 심어진 그 뒷길로도 다니곤 했는데, 사람이 안 다니는 그 산길이 훨씬 빠른 지름길이기도 했다.

　도둑질은 정공법으로는 곤란하고 측면 공격을 해야 하는 법이다.

출발은 대성공이었다. 아무도 없는 밭이 있기에, 웬 떡이냐 하고 들어가 수박을 하나씩 따갖고 나왔다. 그런데 바로 뒤이어 산 위에서, '야! 다들 이리 왓!' 하기에 올려다보니, 덩치가 큰 고교생들이 몇 명 보였다. '아차! 큰일 났다' 그때 나의 기지를 발휘, 올라가는 척하다가 갑자기 산꼭대기 쪽 계곡으로 냅다 튀기 시작했다.

거기서 계곡을 넘으면 내리막길이 연결되어 있어서 한 이십 미터는 뛰어 내려가야 도망가는 모습이 보일 테니, 산 정상 쪽 계곡으로 올라섰다가, 아래쪽으로 연결된 길을 택하지 않고 남들이 감히 상상하지도 못한, 콩이 가득 심어진 산등성이를 타고 길이 아닌 옆으로 돌아서 내빼버렸다.

그 뒤를 따라 우리 패거리들이 나를 따라 달려오는데 줄행랑을 치다 뒤돌아다 봤더니 아무도 안 따라오는 것이다. 내 짐작대로 비탈길을 따라 우리를 추격한 것이 분명했다. 간발의 차이로 그야말로 멋지게 따돌렸으니 얼마나 승전의 무드에 젖어 있었겠는가? 덩치가 산만한 몇 놈을 따돌리니, 의기가 양양하여 다음 목표를 결정(?)할 수밖에.

그 다음에 더 전진해 등성이의 밭으로 가니, 여기 저기 참외랑 수박 심어져 있는데, 저 멀리 보이는 사람들 몇은 늙수그레해 보여 도대체 우리 상대가 되지 않을 성 싶었다. 그러니 완전 노마크 찬스가 아닌가. 그래서 엎드려 참외를 따는 순간, "저 놈들 잡아라—!" 하는 소리에 여유 있게 고개를 들어보니, 세상에, 언제 그렇게 바뀌었는지 우리를 쫓아오는 것은 젊은이들이었다.

여태껏 의기양양했던 모습은 간 데 없고, 다시 꽁지가 빠지도

록 도망을 가는데, 아니! 그 젊은이들이 얼마나 빠르게 쫓아오는 지……. 죽을 힘을 다해 도망갔지만, 숨이 턱밑에 차서, 도저히 더 이상 도망을 갈 수가 없어서 내가 붙잡히는 불상사를 맞고 말았다.

남들은 그 길로 다 도망가고 나는 붙잡혀 나무에 묶여, 저녁 늦게까지 경을 치다시피 하고 풀려났는데 그때 그 사람들이 하던 말,

"아니! 이 자식들이 '야호' 하고 소리를 지르며 도망을 가더라니까 글쎄! 그래서 약이 올라 끝까지 쫓아가서 잡았지."

훗날 그 얘기가 나올 때마다 형이,

"야! 도망가면서 보니 니가 잡힐 거 같은데 안타까워 죽겠더라니까! 그래서 더 멀리 도망친 척 '야호' 소릴 질렀지. 그래야 단념을 하지 않겠어. 그런데 끝까지 쫓아와서 잡더라니까!" 하는 것이다.

석근이는, "아따! 그 자식들 쫓아오는 거 보니까 무섭대! 문둥이 촌까지 쫓아 오길래 꽁지가 빠지도록 더 도망을 갔지. 생각해 봐라! 거기서 문둥이 촌이면 거리가 얼마야!" 한다. 나환자촌은 원주와 문막 사이에 있는데, 이십 리도 더 될 거리였다.

첫 번째 우리의 거사가 성공한 것은, 사람들이 함정을 파서 기다렸는데 나의 순간적인 기지로 넘어간 거였고, 두 번째는 시골사람들이 어리석다고 판단한 우리 잔꾀에 우리가 넘어간 셈이니…….

그 후 TV에서 어릴 때의 절도(?) 행각이 생각나 뒤늦게 돈을 변상해 준 미담을 여러 번 본 적이 있고, '어릴 때 한 도둑질이 가슴 아파 70만원을 갚은 사연'을 보고 감동을 한 적도 있는데, 그렇게 하기에는 시간이 너무 지나버렸다. 붙잡혀서 혼찌검이 났던 기억이 지금은 개구쟁이 시절의 추억으로만 내게 남아 있다.

탱구에 관한 기억

어릴 때 우리 집에서는 개를 두 마리 길렀다. 그 중 한 마리의 이름이 '탱구'였다. 그리 귀할 것 없는 누렁이였으나, 귀여워서 목을 끌어안고 놀던 기억이 난다.

그럴 때마다 어머니는 '야야! 니 몸에서 개 냄새 난다. 개를 뭐 하러 그리 만지노. 더럽다. 손 씻어라.' 하셨다.

그때 우리 집 아래 이삼백 미터 떨어진 거리에 이모님 댁이 있었다. 하루는 밖을 내다보니 탱구가 마치 자기를 봐달라는 듯이 헥헥거리며 우리를 보고 있었는데, 가만히 보니 목줄에 종이 같은 것이 접혀 있는 게 아닌가?

그래서 그 녀석을 붙잡고 종이를 펼쳐보니, 이종사촌이 쓴 '이모! 빨리 놀러오세요' 하는 내용의 편지가 매달려 있는 거다.

우리가 마실을 가듯이 탱구도 그 이모님 댁에 가끔 혼자 들렀던 모양이다. 밥도 얻어먹고, 그 집에 있는 다른 개와 놀기도 하고, 잠도 자고, 빈 집을 지켜 주기도 했다는 것인데, 그때는 전화가 없는 시절이라 탱구가 훌륭한 통신 수단으로 유용하게 쓰였던 것은 물론이다.

그러던 어느 한겨울밤 어머니가 이모님 댁에서 놀다가 그때까지 이모님 댁에 있던 탱구와 함께 집에 올라오는데, 아니, 이 녀석이 어머니의 신발을 벗겨 입에 물고 도망을 가더란다. 장난을 치는 줄 알고, '이 놈의 개새끼가―' 하며 신발을 빼앗아 신자, 또 다시 개가 신발을 벗겨가기에 잡으려고 쫓아갔더니 '탱구'가 신발을 내려놓는데, 거길 보니 희끄무레한 눈 위에 천 원짜리가 석 장이나 포개져 있더라는 것이다.

그게 지금부터 오십 년도 더 된 일이니, 물가상승률을 생각해 보면 얼마나 큰돈인가. 어머니는 탱구 덕분에 횡재를 했고, 그 다음 해가 되어서야 그 이야기를 우리에게 해주셨다. 그러면서 하시는 말, "내가 아니고 남이 그런 말을 했다면 거짓말이라고 듣지도 안했을 끼라. 참! 그 개가 용하디라……." 하셨다. 나도 직접 듣지 않으면 도무지 믿지 못할 그런 얘기였다.

그런데 개는 역시 개였다. 그 다음 해 추석 때였다. 함께 놀려고 "탱구야! 탱구!" 한참을 찾았지만 도무지 나타나지 않는 것이었다. '이상하다!' 하며 뒤꼍으로 가보니, 탱구가 그곳에서 다른 개 한 마리와 무언가에 열중해 있었다.

추석이라 돼지고기 찌개를 한 냄비 끓여 뒷방에 놓아두었는데, 개 두 마리가 냄새를 맡고, 삐죽이 열려 있는 뒷문으로 들어가 냄비에 발과 머리를 처박고, 열심히 먹어치우고 있는 거였다.

"탱구야!" 하고 불렀더니 다른 개 한 마리는 나를 보는 즉시 냅다 도망갔고, 도망도 못간 탱구는 나한테 붙잡혀 실컷 두드려 맞았다.

그런 사실을 알 리가 없는 우리 식구들은 남은 돼지고기 찌개를 명절 날 맛있게 먹었다. 나만 빼고……

　다음 해 추석 때 비로소 나는 가족들에게 그 이야기 해줬다. 모두 다 기가 막히다는 표정을 짓더니 박장대소를 했다. 어머니는,

　"어쩐지 찌개를 먹는데 흙이 씹히더라!" 하셨다. 탱구는 그러고도 몇 년 더 잘 살다가 늙어 죽었다. 지금도 탱구가 보고 싶다.

엽기 미끼와 물고기잡이

우리가 어릴 때는 강에 고기가 참 많았다. 피라미, 미꾸리미꾸라지와는 무늬가 다르다, 송사리에 운이 좋으면 뱀장어를 잡는 경우도 더러 있었다.

비라도 내리는 날이면, 동네 아이들 서너 명이 떼를 지어 얼개미를 들고, 아니면 족대반두에 양동이를 들고 조그만 도랑들을 훑었다. 그 고기 맛은 기억이 나지 않지만 고기 잡던 모습은 눈에 선하다.

그때는 꽤 먼 동네까지 언堰방죽, 연못, 그때 우리는 '언'이라 불렀다이 있는 곳이면 가서 놀다 왔다. 한번은 동네 아이들과 잠자리를 잡으러 신다리 연못말이 연못이지 실은 저수지이라는 곳에 갔는데, 헤엄치며 건너오다가 힘이 빠져서 죽을 뻔 했다.

그 후 그 저수지에 다시 가 보니, 낚시꾼들이 빼꼭히 앉아 아이들의 놀이를 원천봉쇄(?)하고 있었다.

해마다 큰 비가 오는 여름이면, '봉천내'라는 개울에 가서 멱 감던 기억도 난다. 봉천내는 이름과는 달리 섬강남한강의 한 줄기로 장마가 오고 난 다음이면 어린 우리가 놀기에는 너무 넓은 강이었다.

어느 해 여름 또래 친구 몇몇과 물놀이를 하며 고기도 잡을 겸 강으로 놀러 갔다. 다들 발가벗은 채 고기를 잡을 녀석은 물에 들어가 고기를 잡고 견지낚시, 나를 비롯해 몇몇은 물놀이를 하고 있는데, 한참 놀다 보니 갑자기 똥구멍 근처가 근질근질했다. '이상하네, 뭐지?' 하며 만져보았으나 아무 것도 잡히는 것이 없었다.

한참을 헤엄치며 노는데 또 다시 근질근질했다. 분명 뭔가가 있어서 근질거리는 것 같은데, 정체를 알 수가 없다. '별일이야' 하며 신나게 노는데, 또 근질거리는 것이 아닌가!

좀 더 적극적으로 이번에는 정체를 꼭 알아내겠다며 항문을 만지니, 엄지와 검지 사이에 뭔가 잡히는 것이 있었다.

'어럽쇼. 이게 뭐지?' 하며 쑤욱 잡아당기니, 아니! 커다란 회충 한 마리가 손에 딸려 나오는 것이 아닌가.

"야! 이거 봐라!" 친구들한테 자랑(?)하니, 대장 노릇을 하던 석근이가,

"야! 잘됐다! 그걸로 낚시를 해야겠다. 야, 그거 잘라 미끼로 끼워!" 했다.

한 친구가 손으로 잘라 미끼로 썼더니, 입이 떡 벌어질 일이 벌어졌다. 고기가 정신없이 미끼를 물어 사, 오십 마리를 너끈히 잡게 된 것이다. 그 날 오후 강가에 불을 피워놓고 둘러 앉아 그날 잡은 고기를 구워 먹었다.

지금도 그 친구들을 일 년에 한 두 번씩 만나곤 하는데, 그때 얘기가 나오면 오만상을 다 찌푸린 채 웃곤 한다.

회충

이번에도 회충 이야기를 하나 해야겠다. 옛날에는 가만히 앉아 있으면, 빈 뱃속에서 쓴 물이 목구멍으로 역류를 하곤 했다. 주위 어른들이나 이웃들은 횟배를 앓는 거라고 했다.

그게 정말 회충 때문인지 아닌지는 지금도 잘 모르겠지만 그때에도 여자들이 담배를 피우는 경우가 더러 있었는데, 횟배앓이 통증을 잡으려고 피웠다가, 결국 담배에 맛을 들이는 바람에 못 끊게 되었다는 얘기를 종종 듣곤 했다.

요즈음에는 장 속에 기생충이 없어서, 어느 기생충학 교수는 기생충을 자기 몸속에서 키우다가 연구를 할 때마다 몸에서 배출해, 연구를 하고 있다는 소식을 신문 지면에서 본 적이 있다.

그러나 내가 어릴 때는 참으로 흔한 것이 기생충이었다. 초등학교에 들어가기 전이었는데, 하루는 바로 위의 형이 변소에 가더니, "우와!…" 요란한 소리를 내며 울어댔다. 원래 겁이 많고 눈물이 많은 형이라서 별 게 아닐 거라고 생각했는데, 다급하게 소리를 지르며 우는 소리를 들어보니, 큰일이 벌어진 것 같았다.

그래서 내다보니, 세상에! 회충이 수 십 마리 쏟아져 나오다가, 항문이 좁아서 못나오고 있는 것이었다. 내겐 누나가 하나 있었는데, 그날 삽으로 그걸 떼어내느라 고생하던 모습이 지금도 기억에 생생하다.

초등학교 1학년 무렵 우리 반에 약간 모자란 아이가 있었다. 그 때는 연 2회 회충검사를 했는데 하루는 담임선생님이 기생충 검사를 하기 위해 성냥곽에 채변을 해오라고 하셨다. 요즘에는 나누어 주는 채변 봉투에 담아 가면 그만이지만, 그때만 해도 조그만 성냥곽에 채변을 한 다음, 학년 반 번호와 이름을 써서 제출해야 했다.

반 아이들이 다 제출했는데 이 아이 하나만 내지 않아 담임선생님이 왜 내지 않느냐고 물었더니, 조금 있다가 아버지가 갖고 오기로 하셨다는 것이다.

학교가 파할 무렵 그 아이 말대로 그 애 아버지가 오셨다. "아니, 어디 쓰려고 이걸 다 담아 오라는 겁니까?" 하면서, 도시락통 만한 성냥곽에 가득 담아 담임선생님께 내미는 것이었는데…….

그걸 보는 순간, 담임 선생님은 우리 앞에서 채신머리없이 허리를 꺾었고, 우리 교실은 뒤집어졌으며, 몇 명은 까무러쳤다.

몇 해 전 초등학교 반창회에 가니 그때 사건을 기억하는 친구가 있었다. 호랑이 담배 먹던 시절처럼 까마득하게 느껴지는 옛날 얘기를 나누며 함께 웃었던 기억이 난다.

눈 뜬 소경

무심해서 그런 건지 지금도 집안에 있는 물건들이 내 눈에만 잘 뜨이지 않는다. 한번은, 처음 보는 것 같은 가구를 아내가 가져다 놨기에, "여보! 이거 웬 거야?" 하고 물었더니, 집사람이 피식 웃으며 "신혼 초부터 있던 물건이에요." 하는 것이었다.

며칠 전이다. 날씨가 덥기에 샤워를 한 다음 속옷을 갈아입으려고 집사람을 찾으니, 베란다에 널어놓은 빨래가 다 말랐을 테니 가져가서 입으라 한다. 그런데 베란다에 가서 아무리 찾아봐도 옷이 눈에 띄지 않는 거다. 그래서, "어디 있어?" 하며 약간 언성을 높여 다시 물으니, "이상하네! 빨아서 널어놓은 것 같은데……." 하며 옷장에서 다시 옷을 꺼내 주었다.

그 날 저녁 아내가 빨래를 갠다고 빨랫줄에 널린 옷을 다 걷어 오더니, "아니, 여기 있는 이 옷이 그렇게 안 보인단 말이에요? 세상에! 있는 옷도 못 찾다니, 참 이상한 양반이네!" 하며 나를 못마땅한 듯 바라본다.

아침마다 늘 꺼내어 신는 양말인데도 번번이 양말 있는 곳이 어딘지 몰라 두리번거리질 않나, 분명히 어제 저고리를 거기 걸어 놓은 것 같은데, 다음 날 출근할 때 찾으면 보이지 않는 거다.

그러면 얼른 '빨려고 내놨겠지' 생각하면 될 텐데, 나는 기를 쓰고 한참을 찾다가 결국 집사람의 짜증 섞인 불평을 듣고서야 마지못해 다른 옷을 찾아 입게 된다.

이와 유사한 일이 어릴 적부터 흔히 벌어졌다. 어릴 때 어머니는 나에게 곧잘 심부름을 시켰다. 이를테면 '부뚜막에 가서 노란 냄비를 가져와라', '방에 가서 아버지 윗도리 좀 가져 오너라', 혹은 시장에 가서 무얼 사오라는 것이었는데, 아무리 찾아봐도 그것들이 내 눈에는 띄지 않는 거다.

부뚜막에 가서 노란 냄비를 찾다 보면 노란 냄비는 끝내 보이지 않고, 다 낡은 냄비만 보이는 거다. 대충 그걸 챙겨 가져가면 될 텐데 결사적으로 학교에서 배운 '노란색' 냄비만 찾고 있으니 어머니 입에서 좋은 말이 나올 리가 있나.

'야! 이 미련 곰탱이 같은 소성머리야! 어째 이게 안 보이노? 눈은 가죽이 모자라 뚫어진 거가? 저놈의 소성머리가 먹는 거 찾으라면 일등을 했을 끼라…….' 하는 소리를 끝내 듣게 되고 마는 것이었다. 그 후, 먹는 걸 찾으라면 1등을 했을 것이라는 어머니 말씀이 현실로 다가온 적이 있다.

어느 여름날 목이 말라 부엌에 들어갔는데 어디서 참외 냄새가 나는 게 아닌가? 분명히 참외 냄샌데-! 하며 코에 온 신경을 집중시켜 찬장에 있는 그릇을 샅샅이 뒤졌는데 아무것도 보이지 않았다. 소쿠리에서 광주리, 심지어 부엌 아궁이까지 훑어 봤지만 그래도 없었다. 그러니 다시 한 번 꼼꼼하고 냉정하게 추리를 할 수 밖에.

'가만있자, 그러면 ……. 혹시 여기?' 아궁이 속에 머리를 디밀고 재를 다시 꼼꼼히 들쳐보았다. 아! 그곳에 참외 다섯 개가 보기에도 앙증맞게 나란히 숨겨져 있는 거다. 속으로 회심의 미소를 지으며 두 개는 먹고 세 개는 그대로 뒀다.

그날 저녁, 어머니 표정이 이상했다. 이상할 수밖에. 어머니가 무언가를 찾는 표정이시더니 참외 세 개를 내놓으며 혼잣말로,

"… 이상타! 귀신이 곡을 할 노릇이재!" 하셨다. 웃음이 터져 나오려 하는 걸 간신히 참고 시침을 뚝 뗐다.

며칠 후 어머니께 사실대로 말씀드렸더니,

"그래! 내가 분명히 다섯 개를 넣어놨는데 어째 세 개밖에 없더라. 그래서 내가 세 개를 넣어놨나 생각했재." 하며 어이없는 웃음을 지으셨다.

어머니 입장에서는 심부름을 재빨리 하지 못하는 내가 참으로 갑갑하셨을 것이다. 그러나 어찌 보면, 나는 미련 곰탱이가 아니라 표범같이 영리하고 늑대같이 끈질기고 집요한 사람인 셈이다.

어떤 배따라기

벌써 한 육십년이 다 되어가는 것 같다. 거지보다 조금 나은 듯해 보이는 가난한 사람들이 사는 우리 동네에, 우리보다 더 가난한 사람이 있었다. 고향이 묵호인지 삼척인지 좌우지간 동해안 사투리를 썼는데, 이발 기술이 좋아 저 너머 남부시장 쪽에 있는 이발소에 다니고 있었다.

그 사람에게는, 헤진 옷에다가 까치가 집을 지을 것 같은 머리에, 나이가 어린데도 얼굴 가득 잔주름이 있으며 아주 옹색해 보이는 작고 못생긴 아내가 있었다.

그녀가 하는 일이라고는 모근 쪽만 희뿌연 머리를 긁거나, 옷을 벗고 이를 잡는 게 다였고, 말을 거의 하지 않는데 가끔 하는 말도, '예' 아니면 끙끙 앓는 소리뿐이었다. 훗날 생각하니 반농아반벙어리가 아닌가 싶었는데, 어머니 말로는 반편이어서 그렇다고 했다.

그 집 남편이 다른 반찬을 찾을 때까지 그 집은 허구한 날 한 가지 반찬만 내놨으며, 아주머니가 늘 아파서 거의 누워 지내다가 가끔 우리 어머니와 시장에 가는 것이 바깥구경의 전부였다.

그때 그 남자 나이가 한 스무 대여섯 살쯤 되었을까. 어머니는 그 남자에게도 '사십구'라는 고약한 별명을 붙여줬는데, 칠칠치 못하다고 어머니가 자주 빗대어 쓰는 말이었다.

이 사람들이 처음에는 우리 윗집에 살다가 사글세를 못 내는 바람에 그 집 할머니가,

"어떻게 방세를 밀리면서 살아. 내가 거지같은 너희 잠재워 주는 사람이야? 나가. 이 더러운 것들!' 하면서 술이 취해 고래고래 소리지르며 가재도구를 밖으로 내어던지는 통에, 그 중 일부가 우리 집 마당으로 던져졌고, 그렇게 우리 집 사랑방에 들어오게 되었다.

사십구라는 남자와 그의 아내에게, 팽개쳐진 그 집 가재도구를 주워주던 어머니는 세월이 흐른 후,

"어예 사람이 그럴 수가 있노. 없어가 돈 못내는 게 그리 큰 죄가? 사람이 그리살믄 죄 된대이. 어데 돈을 쌓아놓고 안 내나? 밥을 제때 먹으면서 못 내나. 없을 때 서로 도와가면서 살아야재. 쯧쯧! 그라고 그게 뭐고. 가제도구는 사십구가 들어내야지 와 저 늙으이가 집어던지노."라고 하셨다.

그렇게 해서 우리 집에 들어오게 됐는데, 내가 예닐곱 살 때였다. 이제 생각해 보니 기저귓감이라 여겨지는 깨끗한 헝겊조각과 가위에, 더운 물을 끓여서 세숫대야에 담는 등 온갖 준비를 하여 어머니가 그 방으로 들어가기에 따라 들어갔더니, 아주머니가 아이를 낳는 것이었다.

아이는 낳은 지 이틀만엔가 죽어버렸고, 아주머니도 시름시름 앓다가 한 달도 못되어 죽었다. 어머니가 사십구와 함께 밤중에 뒷산

에 있는 공동묘지에 묻어 주었다. 그 아이가 왜 죽었는지 알 수 없지만 비위생적으로 낳다가 죽은 게 아닌가 싶고, 늘 병약했던 그의 아내 또한 비위생적인 출산이 죽음의 원인이 아니었나 싶다.

그렇게 홀아비가 된 사십구가 이사를 갈 때까지 어머니가 밥을 차려 줬는데, 얼마나 밥 씹는 속도가 빠른지 우적우적 돌 씹는 듯, 요란하게 씹던 소리가 지금도 귀에 들리는 것 같다. 배가 고파 허겁지겁 밥을 먹으면 그리 빨리 턱이 아래위로 움직이게 되는 것일까.

그에게는 두 살 터울의 아들이 있었다. 동근이는 나보다 한 살 많았고, 작은 아이는 영근이였는데 제 형보다 두 살이 적었다. 그들은 형편없는 아버지의 수입 때문에 항상 다 헤어진 옷에다가 머리에는 부스럼이 있어 더깽이를 덮어 쓴 형상이었고, 못 먹어 부황이 든 것 같았는데, 그래도 동근이는 학교에 다니느라 비록 떨어진 것이긴 하지만 옷을 입고 있었다.

그러나 영근이는 옷이 없어 거의 발가벗고 지내다시피 했는데, 6 · 25 직후 우리나라 사람들의 삶이란 게 다 그랬다지만, 그 집의 형편은 더더욱 딱하기 짝이 없었다.

나에게는 3년 위인 형이 있다. 그런데 그 형이 형보다 두 살어린 동근이에게 꼼짝 못하는 게 나는 납득이 잘 되지 않았다. 어릴 때는 나이가 두 살 차이가 나면 덩치에서부터 밀리는 법인데다 우리는 그들이 세 들어 사는 주인집 아들 아닌가.

그런데도 동근이는 형을 이겼다. 한 번은 형이 동근이를 때렸더니, 이 동근이라는 녀석이 어디서 도끼를 들고 와 덤비더라는 것이다. '우와—악' 하고 놀라 소리를 지르며 안방으로 꼬랑지를 내리고 내뺐는데, 그 다음부터 동근이를 건드리면 또 도끼를 들고 덤빌 것 같아서 꼼짝을 못했다며 훗날 크게 웃은 적이 있다.

어쨌든 그렇게 어머니가 돌아가시고 난 후 동근이는 학교에 다녔지만, 혼자 집에 남게 된 영근이는 나와 함께 시간을 보낼 수밖에 없었다. 그 녀석은 매일 아침 돈 벌러 가기 위해 집을 나서는 그의 아버지 바짓가랑이를 울면서 잡고 늘어져, 출근을 못하게 했다. 결국 그의 아버지는 영근이에게 돈 10환지금의 1원을 주면서 달랠 수밖에 없었다.

그런데 나는 오직, '이 녀석이 가지고 있는 돈을 어떻게 빼앗나' 하는 것이 목표였다. 이 녀석이 울다가 놀다가 잠이 들면, 그 돈을 슬쩍 감췄다가 사탕을 사 먹거나 딱지를 샀다. 잠에서 깬 이 녀석은 '내 돈! 내 돈!' 하며 이미 없어진 돈을 찾다가 울기 십상이었고…….

그때는 아이들이 딱지치기나 구슬치기를 한창 하고 놀 때였다. 나는 내 위로 형이 둘이 있어서 그런 놀이에 나름대로 익숙해졌던 터라 영근이를 살살 꼬셔서 그가 가지고 있던 돈으로 딱지를 사오게 했다. 그리고 딱지치기를 했는데 그 녀석이 나를 당할 수가 있나. 그 녀석이 가지고 있던 재산의 전부인 돈 십환으로 산 딱지는, 전부 내 소유가 되었다.

그런데 그날도 오늘처럼 이렇게 비가 내렸는데, 딱지를 다 잃은 녀석이 울더니, 갑자기 나에게 "내 딱지 내놔." 하면서 벌거벗은 몸으로 덤벼들었다.

'아니, 딱지를 잃었으면 그만이지, 왜 달라고 하는 거야?' 어린 마음에 그 아이를 실컷 패주고 말았다. 이 녀석은 맞으면서도 '내 딱지. 내 딱지'하고 딱지를 찾으며 계속 슬피 울었다. 그러다가 어머니가 내게 딱지를 돌려주라고 하시기에, 뒷산으로 도망을 쳤다.

뒷산에 올라가서 보니, 이 녀석이 아랫도리를 벗은 채로 울면서 비를 맞으며 계속 나를 찾는 것이었다. 방은 텅 비어 있고 그의 말을 들어주는 사람은 아무도 없는데…….

그 후 일, 이 년을 더 살다가 어디론가 이사를 갔다. 어머니 말에 의하면 묵호로 이사를 갔다고 했다. 그리고 가끔씩 사십구 가족의 찢어질 듯 가난했던 삶을 회상하는 것이었다. 언젠가 사십구가 나타나 아내 무덤에 들러 슬피 곡을 하더라는 얘기도 들었다.

그리고 몇 년이 더 지났을까? 우리는 학교를 가고 어머니만 집에서 일을 하고 있었는데, 그 사십구가 제법 자란 두 아들을 데리고 다녀갔다고 했다. 그렇게 바람처럼 나타난 그는 양손 가득, 생미역이며 문어, 꽁치 등 각종 해산물을 엄청나게 가져왔다.

우리 동네 아주머니들이 전부다 와서 구경을 했다는데, 그의 가족을 내쫓았던 윗집 할머니가,

"살기는 우리 집에서 살아놓고 왜 이런 건 이 집에만 갖다 주냐?'며 농담반 진담반 흥분해서 얘기를 하더란다.

그 후 사십구의 모습은 영영 볼 수가 없었다. 그 모습이 아련히 가슴이 저리도록 생각난다. 그들은 지금 어디에서 그때 그 시절을 그리워하며, 아니면 그 시절의 슬픔을 곱씹어가며 살아가고 있을까?

옛날에 한 옛날에!

초등학교 3학년 때 담임 선생님에게 들은 이야기이다.

옛날, 그리 멀지 않은 옛날, 어느 두메산골에 게으른 머슴이 하나 살고 있었다. 그는 장난이 몹시 심해 남을 골탕 먹이는 게 특기인데, 사람들에게만 그런 게 아니라 참새나 제비, 벌집이나 개미집 같은 것도 눈에 띄면 그냥 두는 법이 없었다. 파서 헤집거나 부수어놓고 가야만 직성이 풀리는 놀부 사촌쯤 되는 그런 사람이었던 것이다.

산골에서의 머슴 일이라는 게 일 년 내내 죽어라 바쁜 것은 아니다. 농번기 때는 정신없이 바쁘지만, 가을걷이가 끝나거나 눈 내리는 겨울이면 한가해진다. 물론 가을걷이가 끝나도 바로 한가해지지는 않는다. 겨울을 나기 위해 깊은 산속에 들어가 나무를 해야 하기 때문이다.

어쨌든 겨우내 놀며 쉬며 지내다가, 제비가 날아오고 논가에 올챙이들이 꼬무락거릴 때가 되면, 본격적으로 바빠지기 시작한다.

그날은 아지랑이가 피어오르고 꿀벌이 잉잉거리는 따뜻한 봄날이었다. 게으른 머슴이 낫을 새파랗게 갈아가지고 꼴을 베러 가느라 길가 커다란 고목나무 옆을 지나고 있을 때였다.

한 떼의 불개미가 한쪽에서는 부지런히 먹이를 나르고 다른 한쪽에서는 열심히 집을 짓고 있었다. 그러니 게으르고 장난 좋아하는 머슴 녀석이 그냥 갈 리가 있겠는가. 그 날도 예외 없이 그 놈의 놀부 심보가 발동했다.

낫을 목에 건 채 나뭇가지로 후비고 파고 별짓을 다 하는데, 그렇게 한참 장난거리가 되어 시달리던 개미가 드디어 화가 나고 만 것이다. 그 중 한 마리가 살살 머슴 녀석의 다리를 타고 올라가 불알을 꽉 깨물어버렸다.

한참 개미를 골탕 먹이고 있던 머슴 녀석이 깜짝 놀라, '아얏!' 하며 낫을 확 잡아당겼다. 그러니 어떻게 되겠는가? 그 머슴 녀석이 깜짝 놀라 쳐다보니, 목이 잘린 채 제 머리가 저만치 굴러가고 있는 게 아닌가. 그러니 어떡하나. 쫓아가서 제 머리를 잡아 두 손으로 목에 꽉 붙였더니 살긴 살았다나, 어쨌다나…….

그 다음부터는 그 머슴 녀석이 미물이라도 생명을 귀히 여기며 함부로 장난을 치지 않았다고 한다. 미물도 그렇게 살아보려 하는데 하물며 우리 인간들이야…….

선생님이 우리 악동들을 모아놓고 '생명 존중이 어쩌고….' 하며 해주셨던 이야기 한토막이다.

3부　어떤 사부곡

·
·
·

어떤 사부곡 1

어떤 사부곡 2

애증사모곡 愛憎思母曲

이쁜이 가마 타고 시집가던 날

매형과 6·25

자식 교육

큰일 날 소리

자아의 발견

어떤 사부곡 1

재작년에 어머니께서 당뇨로 고생하시다가 돌아가셨지만, 아흔이 다 된 아버지는 아직 살아계신다. 지금은 몸을 잘 가누지 못하고 형님 집에서 떠날 날을 기다리고 계시는데, 내 기억 속의 아버지는 경외의 대상이었고 존경의 대상이었다. 이제 훌쩍 세월이 흘러 내가 두 아이의 아버지가 되고 또 할아버지의 나이가 되고 보니, 아버지에 관한 기억이 더 새롭다.

지금도 나는 세수하는 게 귀찮고, 물에 들어가는 것을 싫어한다. 그래서 목욕탕에 가본 게 언제인지 잘 생각이 나지 않는다. 더구나 옷 갈아입는 것도 귀찮아 혼자 지낼 때는 양말 갈아 신는 것까지 싫어했으니 더 말해 무엇 하랴. 그래서 가까운 친구가 내게 '공수병恐水病 환자'라는 별명을 붙여주기도 했다.

1973년 무렵 대학에 다니며 하숙을 할 때였다. 지금은 어떤지 모르지만 그때는 자기 빨래를 자기가 알아서 해야 했는데, 나는 늘 운동을 해야 하는 체육과 학생이 아닌가. 운동을 하고 집에 들어오면 목욕은커녕, 발도 씻지 않고 양말도 훌떡 벗어만 놓은 채 쓰러져 잠드는 날이 대부분이었다.

그러면 다음 날 새로 빨아놓은 양말을 신어야 하는데 새 양말이 없으니, 땀에 절어 뻣뻣한 양말들 중에서 그나마 냄새가 덜 나는 걸로 골라 다시 신곤 했다. 겨울이면 그렇게 된 양말들이 동태처럼 뻣뻣했다.

1980년 무렵 진도에서 교직생활을 할 때였다. 속옷을 자주 갈아입지 않았더니, 남들에게 그 냄새가 좀 문제일 것 같았다. 그래서 갈아입으려고 옷을 벗었는데, 때에 푹 절어 있는 속옷을 어떻게 빨아야 할지 엄두가 나지 않았다. 한참 고민하다가 '에라, 모르겠다!' 하숙집 재래식 변소 속에 버리고 말았다.

예전에는 겨울이 엄청 추울 수밖에 없었다. 흙벽돌로 지어진 집들은 창호지 하나를 사이에 두고 안과 밖, 실내와 마당으로 나누어져 있는데, 난방 시설이라야 아침에 한 번 저녁에 한 번 밥할 때 불을 때던 장작, 아니면 연탄 두어 장이 우리네 난방의 전부였다.

옷도 상황이 다를 바 없었다. 지금은 각종 털 코트에 점퍼가 있으나, 그때는 형이 입다가 못 입으면 물려 입고, 양말도 떨어지면 기우고 또 기워서 신고, 거기다 까만 고무신을 걸쳤다.

그뿐인가. 기름기가 도는 변변한 음식을 제대로 먹은 기억이 별로 없다. 오죽하면 돼지고기를 살 때, 비계를 덤으로 가져왔을까. 이건 조금도 과장이 아니다.

추운 날은 아침에 마당에서 세수를 하고 방문을 열 때면, 문고리에 손이 쩍쩍 달라붙어, 그걸로 그 날의 추위를 가늠하곤 했다. 지금이야 더운 물을 얼마든지 쓸 수 있지만, 그때만 해도 커다란 들통의 물을 데우고, 세숫대야에 더운 물을 조금씩 부어 씻었다.

그래서 추운 겨울에는 세수를 않고 지내는 날이 더러 있었는데, 우리 집에서는 절대 그럴 수가 없었다. 아버지가 그냥 놔두는 법이 없었기 때문이다.

날씨가 추워 이불 속에서 꼼지락거리고 있으면, "이놈들!" 하며 우리를 안고 나가 옆구리에 끼고 한 손에 물을 묻혀 뽀득뽀득 소리가 나도록 얼굴을 기어이 씻겼다. 중노동으로 옴두꺼비 같이 된 아버지 손으로 그렇게 세수를 하고 나면, 얼마나 얼굴이 화끈거리던지…….

아버지의 그런 자식 사랑이 그대로 손주들에게 이어지는 것일까. 나의 둘째 형은 딸을 둘 낳고는 이혼을 했다. 그런데 이 노인네가 얼마나 손주딸이 보고 싶었는지 이혼을 한지 십 여 년이 지난 어느 날. 손주 딸네미가 지방에 있는 K 대학에 입학했다는 소식을 어떻게 듣고 그곳을 어찌어찌 찾아갔다고 한다. 물어물어 그 손주딸을 만나 기어이 꼬깃꼬깃 모아 두었던 돈을 손에다가 쥐어주고 다시 원주로 오셨다는데 그때 나이가 팔순이 넘었을 때였다.

그런 아버지였는데, 세월이 흐르고 흘러 이제 아버지는 아들들 눈치를 보며 죽음 근처를 맴돌고 계신다. 나이가 들어 그 시절의 아버지보다 내가 더 늙고, 우리 아이들이 그때의 나보다 더 자란 지금, 나는 왜 그때를 그리워하며 그 시절로 돌아가고 싶어 하는 걸까?

어쩌면 그 까닭은, 지금까지도 아버지 노릇이 낯설고 서툴기 때문이 아닐까 싶다.

어떤 사부곡 2

아버지는 힘든 육체노동을 하며 우리 형제들을 가르쳤는데, 가끔씩 우리에게 사실인지 아닌지 믿지 못할 말을 하시곤 했다. 또 쩨쩨하기 이를 데 없어서, 돌아가신 어머니는 늘 그것이 불만이었다.

"사람이 어째 그렇노! 그러니 늘 우리가 이 모양 이 꼴이제! 사람이 가끔씩은 거짓말도 칠 줄 알아야 되는 기라! 참 느그 아버지도 답답한 사람이대이! 거기다가 엄살은 얼마나 지긴다꼬!"

아닌 게 아니라 아버지는 엄살이 심했다. 침을 맞기도 전에 침을 꺼내는 것만 보고도 '아이구! 아야!' 하고 미리 설설 기셨다. 하도 신기해서 훗날 아버지께 그 사실을 물어보니, 그냥 침을 맞으려고 생각만 해도 무서워 입에서 저절로 그리 소리가 나오더라고 말씀하시는 바람에 크게 웃은 적이 있다.

그렇지만 강한 면도 있었는데 어느날 새벽에 '와장창' 하는 소리가 나서 자다가 놀라 나가보니 고양이만한 쥐가 사진 액자를 끌어안고 천장에서 떨어진 거였다. 순간 아버지가 수건을 재빨리 손에 두르더니 이 쥐가 달아나기 전에 두 손으로 꽉 잡고 있는 힘을 다해 끙끙대며 용을 쓰셨다. 한참을 그렇게 잡고 있다가 수건을 풀었는데……. 그 다음은 굳이 말하지 않고 상상에 맡긴다.

예전에는 사는 것이 다 그렇고 그랬다. 정말 그렇고 그랬다. 시장경제 규모가 작아서 여자들은 집에서 가사를 돌봐야 했고, 어린 아이들은 집집마다 넘쳐나서 잠시도 여자들에게 쉴 틈을 허락하지 않았다.

그런데 다들 그렇게 살았으므로, 우리가 가난하다고 느끼지 않았다. 그리고 행복했다. 지금 생각해보면 그때는 '상대'니 '절대'니 하는 말을 알지 못해 상대적인 빈곤감을 느낄 수 없었으므로 그런 게 아니었을까.

남의 집에 놀러 가도 식사 때를 피해서 갔고, 모처럼 친척집에 가더라도 생선 따위의 반찬을 사서 가는 게 흔히 있는 일이었다. 오랜만에 남의 집에 갈 때 달걀을 한 꾸러미 사서 짚에 싸가지고 가면 다시없는 환대를 받곤 했다. 그리고 식사 때가 아닌 시간에 남의 집에 갔는데 그 집 식구들이 식사를 하고 있으면, 못 본 척 돌아서서 나오는 게 예의였다.

지금도 생각나는 게 있다. 우리 집에 손님이 왔다고 아버지에게 달려가 말씀드렸더니, 아버지가 꽁치를 사시던 모습이 눈에 선하다. 그때는 돈이 없어서 힘들고 어려웠던 보릿고개 절대 빈곤의 시절이었다.

그때는 서리가 유행(?)을 했는데, 사실 그 서리라는 게 무언가? 돈 내지 않고 남이 먹을거리를 훔치는 거 아닌가? 그리고 말로 그럴듯하게 포장해 한바탕 소동을 벌여 웃고, 죄를 적당히 문질러

없애는 것 아닌가? 지금이야 국민소득이 이만불이니 삼만불을 눈 앞에 뒀느니 하지만, 그때는 소득이 고작 백불도 안 되는 시절이었으니 말해 무엇 하랴.

그런 시절이었는데, 하루는 아버지가 "느그 내 이야기 들어볼래?" 하시더니, 몇 년 전 직장에서 있었던 일을 말씀 해주셨다.

아버지가 돈이 필요해 가불을 좀 했다고 한다. 제법 큰 금액이어서 기억을 해뒀다가 그 달 월급을 받을 때 '가불한 금액은 공제를 하고 줬겠지' 하고 돈을 세어보니, 한 푼도 빠지 않고 월급이 그대로 다 나온 거다.

그래서 그 돈에 한 푼도 손을 대지 않고 사장과 한 집안사람인 경리에게 찾아가 "이거 월급 계산이 잘못 되었네요." 했더니, 경리가 두 말 않고 "얼마나 돈이 덜 갔습니까? 제가 더 드리겠습니다." 하더란다.

그래서 "돈이 덜 온 게 아니고 저번에 가불한 금액을 월급에서 빼지 않고 그냥 줬습디다. 돈이 더 왔다고요." 했더니 경리가 "아이구! 알았습니다. 그냥 가져가십시오." 하더라는 것이다. 그리고 다음 달에 월급을 받았는데, 저번에 가불한 금액만큼 더 나왔더란다.

살면서 나는 쩨쩨한 사람을 많이 보았다. 그런데 그 쩨쩨한 사람이 오히려 자신의 이익이 걸렸을 때 정직할 때가 많다. 그래서 때때로 정직하다기보다 무기력의 일부라고 느껴질 때도 있다.

그런데 우리 아버지는 그런 무기력함이 아니라, 용기 있는 쩨쩨함, '참쩨쩨'라고 나는 말하고 싶은 거다.

애증사모곡 愛憎思母曲

옛날 사람들이, 아니면 어린아이를 키우는 어른들이 잘 쓰는 말 중에 '열 손가락 깨물어 안 아픈 손가락 있나!'라는 말이 있다. 그렇다. 열 손가락을 깨물면 당연히 다 아플 것이다. 그렇듯이 '어디 미운 자식이 있고, 고운 자식이 있겠나, 다 똑같지.'라는 뜻의 그 말속에는 '내 자식은 모두 다 이쁘다.'는 뜻이 담겨 있다.

그런데 정말 그럴까? 정말 그렇게 제 자식은 어느 녀석이나 다 한결같이 사랑스러운 걸까? 미안하지만, 나는 '아니오!', 그것도 '절대 절대 아니오!' 쪽이다.

가끔 신문이나 TV에서 어머니의 헌신적인 사랑을 보여주는 모습이 나오곤 한다. 하지만 나는 어른이 될 때까지 그런 것들이 다 과장된 것인 줄로만 알았다. 어릴 때부터 다른 형제들과 차별을 받으며 자랐기 때문이다.

나는 교복을 입은 지 하루만 지나도 늘 지저분하고 후줄근한데 형은 늘 깨끗하게 옷을 입으니 어머니는 형과 나를 늘 비교하시며 혼을 내키곤 했다. 그런데 이런 것은 그야말로 새 발의 피였고, 모기

발의 워커였다.

경상도 사투리 중에 '소성머리'라는 욕이 있다. 이 '소성머리'가 '새 끼' 또는 '자식'이라는 뜻의 방언 욕인데, 어머니에게 그런 욕을 실 컷 얻어먹은 사람이 나 밖에 또 있을까. 이런 욕설은 사라지지 않고 두고두고 귓가를 맴돈다.

친구들과 뛰어 놀다가, 깊이가 2미터쯤 되는 구덩이에 거꾸로 처 박힌 적이 있었다. 숨도 잘 쉬지 못하고 눈이 허옇게 뒤집어지자, 형이 부리나케 연락해 어머니가 뛰어왔다.

그런데 나를 보자마자 대뜸 "이노무 소성머리! 와 안 죽고 속 썩 이노! 차라리 죽지, 뭐 할라꼬 살아서 이러노!" 하는데, 나는 죽어 가는 순간에도 나를 원망하는 그 소리를 똑똑히 들었다.

평소에 나와 원수지간이었던 형이 보다 못해, '아니, 엄마! 사람 이 죽어 가는데 그게 무슨 소리예요!' 하니, 그제야 나를 끌어안았 는지 어쨌는지 그건 기억이 통 나지 않는다.

누나가 문막으로 시집을 가서 살았는데, 방학을 하면 동생과 형 은 누나네 집으로, 작은 이모님 집으로, 큰 이모님 집으로, 부산 외 갓집으로 가서 늘 신나게 놀다오곤 했다. 그런데 나는 한번도 가 본 적이 없다. '저놈의 종내기새끼, 자식는 어디 가면 속 썩인다. 데리고 가지 마라.'가 그 이유였다.

어느 해인지 방학을 하고 이번에야말로 누나가 살고 있는 문막에 가보겠다고 잔뜩 벼르고 있는데, 같이 가겠다고 약속했던 형과 동 생이 보이지 않는 것이다. 알고 보니 또 나만 남겨놓고 몰래 누나네 집으로 가버린 뒤였다.

어찌나 원통한지 소리를 내어 마구 울었다. 그랬더니 어머니가 운다고 장작개비로 두들겨 패는데, 나중에는 울음을 멈추고 싶어도 목에서 '끄윽끄윽' 소리를 멈출 수가 없었다. 그런데도 어머니는 매질을 멈추지 않았다.

경상도 말로 '문디_{문둥이} 똥 패듯이 팬다.'는 말이 있다. 왜 문둥이가 똥을 때리는지 모르지만, 그 말의 뜻은 무차별로 폭격을 하듯 심하게 때린다는 거다.

경상도 사투리에는 '문둥이'란 말이 많이 등장한다. 예를 들면 더러운 이불은 '문디 이불' 같다고 했고, 미운 사람도 '문디 같은 놈', 못된 짓을 해도 '문디 같은 놈'이었으며, 못생긴 사람은 '문디매로_{처럼}'라고 표현했다. 그래서인지 경상도 쪽 사람들을 통칭 '보리문디'라고 부르기도 한다.

그런데 전라도에 가보니, 거기서도 '워매! 문디!'라고 하기에 '여기도 문둥이구나!' 하며 쓴웃음을 지었다.

정말 그날은 '문디_{문둥이} 똥 패듯이 팬다.'는 말 그대로 실컷 맞았다. 뭘 먹어도 나만, 뭘 입어도 나만, 어딜 가도 나만, 나만, 나만……. 무조건 내가 문제였다.

어릴 때는 형이나 동생과 싸우며 크는 법인데, 동생과 싸우면 '이 노무 소성머리야! 쪼끄만 거 갈바가_{갈구어서} 싸우나?' 했고, 형하고 싸우면 '쪼끄만 게 어디 즈그 형한테 덤비노. 되게 패줘래이!' 했다.

초등학교에 입학할 때 대부분 새 학용품을 갖게 된다. 그때는 부잣집 아이들만 크레파스를 쓰고 대부분 크레용을 썼는데, 나는 형이 쓰던 몽당 크레용과 몽당연필을 첫 학용품으로 써야 했고, 형은

새것을 썼다. 그 이유는 간단하다. 내가 분명히 며칠 못쓰고 잃어버
릴 것이기 때문이란다.

교복도 마찬가지였다. 형은 학년이 바뀌면 새로 맞추어줬지만, 나
는 형이 2, 3년을 입은 것을 물려 입는 경우가 대부분이었다. 형이
고등학교를 졸업할 때까지, 온갖 헌 것들은 다 내 차지였다.

이런 적도 있었다. 저녁 무렵 장에 나갔던 어머니가 밖에서 뛰어
노는 우리 형제들을 불렀다. 포도를 샀으니 먹으라는 것이었다.
'어럽쇼! 이게 웬 포도냐?' 하며 포도를 덥석 집는 순간, 나는 어머
니 손에 붙들려 또 문디 똥 패듯이 얻어맞고 말았다.

내가 붙잡히는 순간, 형은 어머니의 모습에서 이상한 변화를 감지
하고 밖으로 뛰어 달아났다고 한다. 그때 어머니가 무슨 심통이 나
서 때렸는지 알 수 없지만, 어머니에 대한 애증이 반복되는 순간이
었다. 아니, 먹을 것으로 사람을 유인해 붙잡는 것은, 동물을 잡거
나 날짐승을 잡을 때 쓰는 방법 아닌가.

그때는 물을 저 아랫동네에 있는 공동수도에서 길어다 먹었는데,
물지게를 지는 것도 물론 내 차지였다. 장을 봐야 할 때도 가끔씩
나를 보냈는데, 그게 그렇게 창피하고 싫을 수가 없었다. 한번은
국수를 사오라고 준 돈 100환을 잃어 버렸는데, 눈앞이 캄캄했다.

친구들과 놀 때도 가끔씩 나를 부르는데, 한 번 불렀을 때 얼른 쫓
아가지 않으면 이게 또 무차별 폭력의 빌미가 되었다. 군대 훈련소
도 그런 훈련소가 없었고, 머슴 중에도 그런 상머슴은 없을 것이다.

한 번은 방안에서 형과 내가 무슨, 권투인지 레슬링인지를 한 적
이 있다. 어머니가 방구들 꺼진다고 장작개비를 들고 들어와 우리

를 때리는데, 형이 내 몸을 방패삼아 그 폭격을 막아내는 바람에, 구석으로 몰린 내가 고스란히 다 당해야 했다.

그뿐이 아니었다. 그때는 은행 문턱이 높아 계契를 많이 했는데, 어머니가 계 탄 돈을 고개 너머에 사는 별로 친하지도 어떤 여자에게 빌려줬더니, 그 여자가 돈을 떼어 먹은 것이다. 날더러 그 돈을 받아 오라는 거였는데, 한겨울에 그 집 앞에서 떨며 서 있었던 기억이 생생하다.

저녁을 먹자마자 나를 그 집으로 내쫓는데, 너무 추워서 도무지 견딜 수가 없어서 아홉시쯤 집에 돌아왔더니, '문디 똥 패듯' 두드려 패는 바람에, 다시 그 집 앞에 가서 기다리고 있어야 했다. 혼자 기다릴 자신이 없어서 동생을 살살 꼬드겨 데리고 가서, 등에 업고 기다린 적도 있었다.

그 여자는 숫제 집에 들어오지 않았고, 그때 열 살이었던 나는 대문 앞에서 밤 열한 시가 다 되도록 추위에 떨며 기다리고 서 있었다. 생각해 보라. 어른들이 주고받을 돈은 어른들이 해결해야 하는 게 아닌가. 그런데 초등학생인 나를 보냈으니……. 그렇게 허탕을 치고 집에 들어오면, 어머니를 비롯한 모든 식구들은 깊은 잠에 빠져 있었다.

그런데 어머니만 나를 미워한 것이 아니었다. 예닐곱 살쯤 되었을까? 그 날은 메주를 쑤는 날이었다. 마땅히 먹을 만한 게 부족했던 그 시절에 삶은 콩은 더 없이 좋은 군것질 거리였다. 그런데 누나는 형은 한 양재기 가득 주고, 나는 반 양재기도 안 되게 줬다. 적게 받은 내가 따지니, 누나는 "형은 크니까 많이 먹고 너는 작으니까 쪼

끔만 먹어."라고 하기에 일리가 있는 말인 것 같아 간신히 참았다. 그런데 동생에게는 다시 한 양재기 가득 퍼주는 것이 아닌가? 그래서 또다시 물었다. 그랬더니, "동생은 키가 작으니 많이 먹고 얼른 커야 되잖아."라고 말하는 순간 나는 화가 머리끝까지 나서 양재기를 벽에 집어던졌다. 그리고 한 십분 동안 누나한테 의식을 잃을 정도로 맞았다.

이런 일들은 오십 여년이 다 되어가는 지금도 잊히지 않는다. 동생과 형도 가끔씩 그때 이야기를 하는 걸 보면, 그들도 기억력이 나쁘지 않은 것 같다.

초등학교 1학년 무렵이었다. 내가 무슨 큰 병에 걸려 혼수상태로 아버지 등에 업혀 병원에 다닌 적이 있다. 돈이 없으니 입원은 못하고 어머니가 잘 쓰는 말로 집에서 '똥이 끓도록' 앓으며 지냈다.

한낮이었던 것 같은데 낮잠을 자다 이상한 생각이 들어 눈을 떴더니 천장에 빨갛고 파란, 가지각색의 피 같은 것이 그림물감을 푼 듯 요동치며 흐르고 있었다. 그리고 그 한가운데서 악마가 나를 잡아먹으려고 혓바닥을 날름거리기에 기겁해서 큰 소리로 울었다.

지금 생각해보면, 자다가 가위에 눌렸거나, 잠결이 아니라 하더라도 심신이 허약해서 헛것을 본 것 같은데 그때는 기절초풍을 할 수 밖에 없었다. 그런데 그날도 어머니가 장작개비를 들고 들어오더니 자지러지게 우는 나를 사정없이 팼다. 지금 생각해도 기가 막힐 일이다.

4학년 때인가. 내가 오줌을 쌌다. 예상했던 대로 어머니는 다 큰 소성머리가 오줌을 쌌다며 야단을 쳤다. 그리고 집에서 쫓아내며 옷도 갈아입지 말고 학교에 가라고 했다. 학교에 갔다가 집에 돌아올 때까지 남들이 내가 오줌 싼 것을 알아챌까봐 얼마나 마음이 조마조마 했는지 모른다. 그야말로 현대판 콩쥐팥쥐전이 따로 없다.

중학교 2학년 때 친구들과 자전거를 배우다가 바닥에 떨어져 무릎을 하수도 구멍 시멘트 모서리에 찧은 적이 있었다. 그날 걸을 수가 없어서 친구 등에 업혀 집으로 왔다. 뼈를 다쳤을지도 모르는데 어머니가 보기에는 꾀병 같았는지, '이 놈의 소성머리야! 누가 나가서 다치라 캤노?' 하며 물을 길어 오라고 해서, 울면서 그 몸으로 물지게를 졌다.

이런 일도 있었다. 여름에는 강에서 수영을 하니 몸이 깨끗하지만, 더위가 끝나면 물 구경을 하지 못해 온 몸이 더러웠다. 그러다가 명절을 앞두고 부엌에서 물을 덥혀 목욕을 하거나, 그도 아니면 겨우내 목욕을 하지 않고 지내다가 5월쯤 학교에서 신체검사를 할 무렵 목욕을 하곤 했다.

그날은 어머니가 우리 형제들을 꼼짝 못하게 해놓고 합법적으로(?) 폭력을 행사하는 날이었다. 부엌에서 목욕물을 데워놓고 어머니가 우리 형제를 차례로 부른다. 그리고,

"이노무 소성머리야! 때가 이게 뭐고! 와 혼자 씻을 줄 모른단 말이고!" 하며 홀딱 벗은 우리 등과 목덜미, 뺨 등을 사정없이 때리면서 때를 밀기 시작한다.

그때 만약 아프다는 표정을 짓거나 울기라도 하면,

"와 우노? 내가 아프라고 때리지, 슬프라고 때렸단 말이가?" 하며 매질을 더 했다. 한 삼십 분을 그리 맞으면 온 몸이 얼얼한 게 온

통 붉게 멍이 들었다.

훗날 동생이,

"형만 그리 맞은 게 아녀! 한번은 내가 웃통을 벗었는데, 엄마 눈빛이 달라지기에 이크! 이거 죽었구나 싶어서 죽어라 도망을 갔지. 말도 말아! 숨어 있는데 어찌나 추운지……." 하며 웃음으로 마무리했지만, 목욕한 날 중에서 유일하게 동생이 맞지 않은 날이 바로 그날이었다.

중학교 2학년 때였다. 모자를 삐딱하게 쓴 나를 보고 어머니가 말씀하셨다.

"야! 이 디데 빠진건방진 소성머리야. 계집 못 된 게 앞가슴부터 크고, 못 된 송아지가 궁디에서 뿔난다 카더라. 어디 모자를 그 따위로 쓰고 다니노! 어린 게 건방이 도져도 보통 도진 게 아니네! 똑바로 안 쓰나? 대가리에 소똥도 안 벗겨진 게!"

그때 나는 이미 제법 덩치가 커져서, 맞는 게 더 이상 무섭지 않았다. 그래서 더 삐딱하게 모자를 쓰고 다녔다. 세상에! 아픈 데가 도진 거는 봤지만 건방이 도지다니!

고등학교를 졸업하고 대학교에 들어가지 못해 재수를 하고 있을 무렵이었다. 재수생의 심정은 늘 비참하기 마련인데, 어머니가 공부하고 있는 방으로 들어오시더니,

"기껏 키워 놨더니 집에서 노나? 어서 나가서 한 푼이라도 벌어 온나!"며 불호령이었다. 그때 형은 군대를 연기한 채 5수를 하고 있던 중이었는데, 형에게는 그런 말 한마디도 없었다.

그 편애偏愛는 결혼을 한 뒤에도 달라지지 않았다. 명절 때면 우

리 부부는 의례히 며칠 전부터 가거나, 아니면 아침 일찍부터 부모님 댁에 가서 일을 하곤 한다. 그런데 형과 형수는 매번 밤 열한 시가 넘어서 나타나거나, 오지 않거나 한다.

늦게 나타난 형수에게 어머니는,

"아이고, 야들아! 그 먼데서 어예 왔노? 고생 많았제?" 하며, 형수가 부엌으로 들어가려는 시늉이라도 할라치면 "마, 피곤한데 들어가 쉬어라!" 하고 말린다. 아니, '먼데서'라니! 대전에서 원주가 더 먼가, 전라도에서 원주가 먼가? 아내도 말은 안했지만, 죽을 맛이었을 것이다.

그래놓고 다음날 갈 때는 음식을 더 많이 싸준다. "느그는 해먹을 수 있지만 자들은 몬해 묵으이 더 줘야 된대이!"가 그 이유다.

동생이 결혼할 때도 마찬가지였다. 지금은 결혼식장과 피로연 장소가 연결되어 있지만, 그때는 결혼식에 온 손님들에게 결혼식장 주변의 식당을 빌려 집에서 준비해 온 음식으로 대접을 하는 것이 보통이었다.

그런데 형 부부가 밤 열두 시가 되어 나타나는 바람에 아내와 동네 사람 몇이서 결혼 음식을 준비하느라 째가 빠지게 고생을 했다. 결혼식을 마친 다음 식사 때도 형수는 설거지 하는 곳에는 나타나지도 않은 채 형과 함께 식사만 하고 흡사 손님처럼 대전으로 홀짝 떠나버렸다.

그래서 또 다시 집사람과 애꿎은 동네사람 몇이 고생을 했는데 그때도 어머니는 형에게 서운한 말을 한 마디도 하지 않았다. 그때 일을 생각하면 아내에게 너무 미안해 두고두고 나는 큰소리를 칠 수가 없다.

결혼을 한 후, 내가 당했던 억울한 얘기를 아내에게 했더니, "참! 당신이 용해요. 그런 분위기 속에서 이렇게 정상적으로 잘 자랐다 니……!" 하며 내 손을 꼭 잡아주었다.

그런데 몇 년 지나지 않아 "나 같아도 때렸겠어요. 그렇게 때린 이 유가 있겠더라니까! 아니, 옷을 스스로 갈아입길 해요, 목욕을 자주 해요, 아니면 살림을 도와줘요. 매일 늦게 자고, 노는 날이면 한낮 이나 돼야 일어나지. 그러니 미워한 게 지극히 당연하지요." 한다. 여자들은 다 한 통속인 모양이다.

그런데 어머니에 관한 몇 가지 흥미로운 기억이 있다.

이종사촌 형님이 젊을 때 사귄 여자와 헤어지고 나서 지금의 형수 와 결혼해 첫애를 낳았다. 그런데 형수 꿈에 그 여자가 나타나, '이 애를 내가 데려 가겠다.'고 하더란다. 그 여자 탓인지, 어쩐지 아이 가 병을 앓다가 죽고 말았다.

그 아이를 공동묘지에 묻기 위해 밤에 집을 나서는데, 우리 어머 니가 기어이 따라 나서시더란다. 어머니가 한사코 죽은 아이를 안 고 산길을 올라가시니, 형수가 "이모님, 좀 쉬었다 가세요. 무거울 텐데 애를 좀 내려놓으세요."라고 했지만, 들은 척도 하지 않더라 고 한다.

그리고 묻고 온 지 몇 년이 지난 후에 우리 어머니가,

"그럴 때는 아무리 힘들어도 길에다 얼라를 내려놓으면 안 된다더 라. 그 다음 얼라들도 그리 된다꼬. 그래서 무거워도 그냥 안고 있었 다 아이가. 그럴 때는 힘이 들어도 힘들다 하면 안 되고, 팔이 아파

도 아프다하면 안 된다더라." 하셨다면서, 형수는 눈시울을 붉혔다.

또 이런 일도 있었다. 매형이 지붕에서 일을 하다가 떨어져 다리 한쪽을 절게 되었는데, 어머니가 우리집에 다니러 왔다 가는 매형 부부를 보더니, '천생연분이다!' 하며 껄껄 웃으시는 거다. 누나가 어릴 때 소아마비에 걸려 왼쪽 다리를 조금씩 저는데, 매형이 오른 쪽 다리를 절게 된 것을 보고 하신 말씀이다. 지금도 웃음이 나오는 대목이다.

어머니가 돌아가실 때, 형이 침상에 누워 있는 어머니 손을 잡고, '어머이! 누가 제일 보고 싶습니까? 그라고 누구한테 제일 미안합니까?' 물어보니 '영해가 제일 보고 싶고 그놈한테 제일 미안하다.'며 내 이름을 부르시더란다. 그런데도 나는 지금껏 이 말씀이 믿어지지 않는다. 열 손가락 깨물어서 그 중 하나도 안 아픈 손가락이 바로 나였던 것 같아서 말이다.

이쁜이 가마 타고 시집가던 날

어릴 때 이웃 동네에 우리 누나와 나이가 비슷한 처녀가 살고 있었다. 그 누나는 얼굴도 예쁜데다가 가끔 우리 집에 놀러도 오고 하여 우리 집과는 스스럼없이 지내는 사이였는데, 어머니는 그 누나를 볼 때마다 '언제 결혼하노. 아이? 국수 언제 먹노 말따.' 하면서 농담을 하여 누나 얼굴이 빨갛게 물들곤 했다.

그런 농담을 들을 때 마다 초등학교 저학년이었던 나도 괜히 기분이 좋아져서 덩달아 웃었다. 어느 날 누나가 결혼을 하게 되었다면서 어머니에게 청첩장을 주고 가는 것이었다.

그런데 어머니는 청첩장을 받을 때와 받고 나서의 표정과 말투가 달랐는데 어떻게 다른고 하니, 청첩장을 받을 때는,

"아이고! 이자이제 결혼하나? 시집가거든 남편 말 잘 듣고 잘 살거래이. 이 청첩장 갖다 줄라꼬 일부러 여까지 왔구나. 고맙대이." 하면서 웃으며 말을 해놓고는 그 누나가 가자마자,

"참! 세상 말세라 카디 그 말이 맞기는 맞는 갑다. 어예 시집간다는 처녀가 직접 청첩장을 돌린단 말가. 참 기가 막힌 세상이대이."

하고는 혀를 끌끌 차는 것이었다.

나는 어머니의 그런 말을 듣고는 '아니, 어떻게 저리 표정과 말투가 다를 수가 있나. 하여튼 고약할 정도로 변덕 심한 엄마구나.' 하고 어머니를 한동안 경멸한 적이 있다.

그런데 요즘같은 세상을 살다 보니 어머니가 그렇게 혀를 끌끌 차던 모습이 가끔 떠오른다. 나이가 들어 감에 따라 그런 증상(?)이 더 심해지니 문제다.

요즈음 세상을 떠들썩하게 하는 뉴스는 거의 살인사건에 관한 소식이거나 어린 아이를 죽음에 이르게 한 사건, 아니면 영아를 유기하는 사건이거나 결혼식이 끝남과 동시에 이혼을 하는 사건들이다. 그런데 가만히 보면, 그렇게 사건을 터뜨린 어른들의 나이가 터무니없이 젊거나, 의부 아니면 계모에 의해 생긴다는 점이다. 그러면서 조금만 더 신중히 결혼을 했으면 저런 일이 없었을 게 아닌가 하는 생각이 든다.

문득, 어릴 때 어머니가 이웃사람들과 했던 '꽃가마 타고 시집간 이야기'가 떠오른다.

옛날에는 거의 다 그랬지만 어머니도 얼굴 한 번 본 적이 없는 아버지와 결혼을 했다고 한다. 그러기 얼마 전에 웬 모르는 늙으수레한 남자가 집에 찾아 왔더라고 한다. 그것이 오늘날의 중매였고, 외할아버지와 얘기를 나누던 그 중신애비가 어머니에게 물 한 사발을 떠오라고 하여 가져다 준 것이 그네들의 맞선이었으며, 집안 큰 일의 시작이었다.

그런데 어머니는 아무것도 모르고 그저, '웬 어른이 목이 말라서 그런 갑다.' 싶어서 고개를 푹 숙이고 물을 떠다가 준 게 전부라고 했다.

어쨌든 그렇게 결혼을 한 다음 신혼 행차를 했는데 친정집이라고 오니 외할머니가 저녁밥을 다 먹고도 늦게까지 부엌에서 일을 하기에 속으로 '어머니 앞에서 신랑한테 자러 간다고 할 수도 없고 어쩌나…….' 하며 자러 간다는 사실이 도대체 죄를 짓는 것 같고 부끄러워서 부엌에 앉아 군불을 때는 척 외할머니를 돕는 척 하며 부지깽이를 들고 한 없이 끄적거리며 눈치를 보고 있었단다.

그런데 별 중요한 일 같지도 않은 일을 계속하던 외할머니가 신경질적인 목소리로 '보기 싫게 방에 들어가 안 자고 뭐하노!' 하고 낮지만 단호한 목소리로 혼을 내키는데 그 말이 그렇게 부끄럽고도 고맙더라는 것이었다.

아버지는 또 다른 이야기 끝에,

"옛날에 내나한테 이모가 하나 있었다. 그런데 이 이모가 이모부와 사별을 해가서 재혼을 한 기라. 그런데 새로 들어 온 이모부가 어린 내 보고 '나 김해 김 가요.' 하고 존댓말을 써가써서 놀랜 적이 있제." 하는 것이었다.

그런데 당시에는 유교적인 사고방식으로 부모님들이 맺어준 짝과 사별 등의 이유로 헤어진 것도 죄를 지은 것으로 생각해 마치 자기가 죄인 인양 항렬도 낮고 미성년자인 아버지한테 한 격을 낮추어 말을 한 게 아닌가 싶다.

지금 내 친구들은 자녀들을 전부 다 결혼시키고 핸드폰에는 손주 녀석 사진을 넣고 다니다가 누구나 만나기만 하면 자랑을 하는데,

우리집에 있는 다 큰 녀석들은 도대체 결혼에 관심이 없다.

　'남의 집 애들은 결혼도 쉽게 하고 열 달도 안 돼 애들을 잘도 낳더만 어째 이놈들은 그런 것도 모른단 말인가. 가끔씩은 이놈들이 우리들 뜻을 거슬리면서 살아도 모른 척 넘어 가 줄 수도 있는데…….'하는 마음이 들기도 한다.

매형과 6 · 25

오래 전에 책에서 보았는지 신문에서 보았는지 이제는 기억이 흐릿해졌지만, 어느 개그맨이 '육영수여사와 박정희 대통령이 싸움을 하면 그것을 무어라고 해야 할지, 아시는 분?'이라고 질문을 했다. 아무도 대답을 못하니 그 개그맨이 '육박전이라고 합죠. 네.'라고 대답해 그 재치에 웃었던 적이 있다.

훗날 누가 그 개그의 질문을 박정희 대통령에게 했더니, 처음에는 당혹해 하다가 답을 듣더니 껄껄 웃더라는 기사를 본 적이 있다. 아마 박정희 대통령도 무단히 부부싸움을 했던 것이 아닌가 싶기도 하다.

그 후에 한 신문사에서 6 · 25때 싸웠던 숨은 이야기를 제보하는 사람에게, 내용이 채택되면 원고료를 준다기에, '옳지. 여기 내가 알고 있는 이야기를 내면 돈도 받고 이름도 날 것 같은데?' 하며 제보를 하려다가, 뒤이어 '날고 기는 사람들이 다 제보를 할 텐데 내 필력으로는 어림없다. 내 꼬락서니를 알자.' 하며, 내 행동을 속으로 합리화한 적이 있다.

내게는 거의 띠동갑이 되는 누나가 하나 있다. 어릴 때 소아마비를 앓은 터라 약간씩 절뚝이며 걷는데, 일찍 시집을 갔다. 문막면 비두리 2구 거닛골이라는 곳이었다.

1구도 아니고 2구라는 곳이 서울처럼 아니면 부산처럼 넓은 구도 아닌데다가, 시골은 도심지나 찻길에 가까울수록 1구 쪽에 가까운데 3구는 없는, 말하자면 사람이 살 수 있는 끝 동네로 시집을 간 것이었다.

그 거닛골이라는 곳이 얼마나 시골인가 하면, 옛날에 박정희 대통령 시절에 무장공비가 들어오면 제일 먼저 그런 산골에 사는 사람들은 이승복 사건처럼 끔찍이 죽어 나가거나 아지트를 만든다고 해서 나중에 인가가 모여 있는 곳으로 집을 옮겼다.

그런데 거기서 몇 년을 농사짓던 누나가, 친정으로 오랜만에 나들이를 하러 조카 둘 손을 잡고 나왔는데, 대여섯 살 먹은 둘째조카가 사람을 태우려고 오는 버스를 보더니, '우와악!' 하면서 놀라 막 울면서 도망을 가더란다. 그 녀석을 잡아서 차를 태우는데 애를 먹었다는, 깡촌 중에서도 상깡촌이었다.

거닛골에서 비두리 2구까지 걸어 나오는 시간이 삼십 분쯤에다가 비두리라는 곳도 완행버스가 하루에 네 번인가, 다섯 번인가밖에 안 들어가는 곳이고. 그리고 문막이라 하면 원주 일대에서나 아는 사람이 있는 시골중의 상 시골이었다.

그런데 그 문막이 지금은 교통도 발달되고 매스컴 덕분에 서울뿐만이 아니라 남도에서 서해안 지방에 이르기까지 동해안으로 가기 위해 꼭 거쳐야 하는 곳이 되었다.

내가 어릴 때는 문막이 어디 있는지 몰라 누나가 멀리 시집을 갔다고만 생각했는데 한 이십여 년 전이던가? 나도 남들처럼 차를 한 대 산김에 가봤는데 아니, 그 문막이라는 데가 원주에 사는 동생 집에서 딱 16키로 밖에 떨어져 있지 않은 곳이었다. 이렇게 가까운 곳에 누나가 살고 있었단 말인가 하고 깜짝 놀랐다. 50년 전에는 차량의 왕래도 적었고, 우편으로 소식을 전하거나 인편으로 말을 전하는 것이 고작이었는데…….

대 여섯 살 때로 기억한다. 한 번은 우리 옆방에서 갑자기 '아이고! 아이고!' 하면서 우는 소리가 들려 이게 무슨 소린가 하고 가봤더니, 친구 어머니가 머리를 산발을 하고 마당에 앉아 남쪽을 향해 곡哭을 하고 있는데, 그 곁에서 어머니와 동네 여자들이 위로를 하고 있었다. 나중에 철이 들어 알게 됐지만, 그때는 친정 부모님이 돌아가시면 다 그렇게 했다고 한다.

어쨌든 지금 문막에 가보면 남한강이 흐르고, 서울에서 가까워 곳곳에 멋진 집들이 들어서 있다. 온 국민이 먹고 살기 바쁘다 보니까 그랬겠지만, 우리 어머니가 누나 나이 스물도 되기 전에, 흡사 똥 막대기 치우듯 입 하나 덜려고 시집을 보내고 말았다.

내가 중학교 때 여름에 가 본 누나 집은 온통 담배 잎으로 에워싸여 있었고, 나는 누나가 그렇게 촌 여자로 변해 있을 줄은 꿈에도 몰랐다. 누추한 옷에 꾀죄죄한 몰골로 하루에 다섯 번씩 쉴 틈 없이 밥을 했는데, 잠을 자는 안방에서는 도마뱀이 기어 다니고 변소에서는 뱀이 출몰을 했는데 그 주위에 인가라고는 찾아볼 수 없는 외딴 집이었다.

그리고 어머니도 우리 생각을 뒷받침 해주었는데, 매형을 지칭을 할 때마다 'ㅇ서방'이 아니라, 'ㅇㅇ이 그놈아' 아니면 'ㅇㅇ이'라고 이름을 불렀다. 늘 못 배워먹은 촌놈이라고 하는 그 말을 들을 때마다 부모님에 대해 잘 알고 있는 우리 형제들은 쓴웃음을 짓지 않을 수가 없었다.

그러나 우리 형제들에게는 둘도 없는 우리 누나였고 우리 매형이었는데, 십여 년 전인가 집을 고치려고 지붕에 올라갔다가 떨어진 게 화근이 되어 지금도 다리를 절고 있다.

그런데 이 매형이 소년처럼 눈을 반짝이며 자랑스럽게 만날 때마다 당당하게 말하는 것이 있다. 그게 바로 6·25에 참전해 중공군들과 야밤에 육박전을 하던 이야기와 북한에 쳐들어갔다가 1·4후퇴를 한 이야기이다.

이 매형이 열여덟 살에 육군으로 입대해서 얼마간의 훈련을 받고 바로 전쟁터에 투입되었다.

그 자세한 싸움의 정황이야 자세히 알 수 없고 어느 전쟁터인지도 모르지만, 한 번은 고지를 지키다가 낮부터 중공군들이 쳐들어오기에, 처음에는 총을 쏘며 버텼다고 한다. 그러다가 밤이 되었는데, 중공군들이 그 유명한 인해전술로 계속 밀려오는 와중에, 총알이 떨어 진 채로 그들과 맞섰다고 한다.

아무것도 안 보이는 칠흑의 어둠속에서 그때 고지를 점령하기 위해, 밀려들어 오는 적과 지키려고 하는 아군 사이에서 총조차 어디로 갔는지 잃어버린 채, 대검을 빼들고 육박전을 벌였다는 이야기는 너무나도 생생해 도저히 잊을 수가 없다.

총알은 떨어졌지, 적들은 계속 밀려와서 도망을 가려고 해야 갈 수도 없지, 비는 오고 완전히 캄캄한 밤인데, 피아를 구별할 수가 없어서 대검을 빼서 머리를 만져보아, 머리카락이 짧으면 우리 편이니까 그냥 두고 길면 중공군이니까 찔렀다고 한다. 그리고 저쪽에서도 마찬가지로 머리털이 잡히면 놔두고, 짧으면 찌르고…….

그렇게 싸우기를 밤새 했는데, 어스름 새벽이 올 때쯤 되어 적들이 포위를 풀고 도망을 가기에, 인원을 세어보니 고작 열 댓 명만이 살아남았더란다. 그 다음날에는 또 다시 엄청나게 밀려오는 적을 보고, 동료들의 주검조차 팽개치고 탈출을 했다는 것인데, 그때 내가 물어 보았다.

"아니, 매형. 그럴 땐 진작 도망을 가던가 해야지 그까짓 조국을 지키려고 죽으면서까지 싸워요? 그러다가 죽으면 그거야말로 개주검 아니우." 하고 비아냥거렸더니

"조국이고 뭐고 다 어디 있나, 나부터 살고 봐야지. 우리도 처음에는 나라를 지키려고 싸운다고 생각했었지. 그런데 나중에는 내가 살아나려고 발버둥을 칠 수밖에 없더라니까." 하는 것이었다.

한번은 북한으로 쳐들어갔다고 말하는 대목을 들어보니 인천상륙작전 직후인 것 같았는데, 북으로 쳐들어가다가 전 부대원이 후퇴를 하게 되었다고 한다. 밤이 되어 전 대원이 뱀처럼 길게 늘어서서 전우의 워커를 베고 잠을 자는데, 깨어 보니 전 대원이 아무런 흔적도 없이 사라지고, 혼자만 달랑 남았더라는 것이었다.

그래서 하늘의 별을 보며 어림짐작으로 이쪽이 남쪽이지 싶어 내려오는데, 배는 고파 죽겠지, 먹을 것은 아무것도 없지, 며칠을 굶

었지, 거기다가 갈증이 타는 듯이 나는 것이었는데, 웬 깡통에 물이 담겨져 있기에 보니까 벌겋게 녹슨 물이더라는 것이었다. 하지만 앞뒤 생각할 겨를도 없이 그 녹슨 물을 다 마셨더니 얼마나 배가 아픈지 그 고통으로 의식을 잃을 정도였다과 한다.

그러나 그 녹슨 물도 안 먹는 것보다는 나았는지 몇 시간이 지난 다음 다시 깨어나니 걸을 힘이 생겼다. 그렇게 길거리에서 자며 오며를 반복하다가 다시 또 잠이 들었는데 얼마나 잤는지 몰라도 귓가에 희미하게 빗소리가 들리더란다.

그렇게 의식이 돌아올 때쯤 이게 또 이상하더라는 것이었다. 왠지 몸이 묵직하고 답답한 기분에 눈을 살며시 뜨고 바라보니 중공군들이 떼거리로 보이는데, 몇 명은 졸고 몇 명은 담배를 피우며 앉아 있는 곳이 바로 매형 몸이였다.

죽은 듯이 꼼짝을 않고 있는데 이놈들도 깔고 앉아 있는 게 사람인지 나무토막인지 모르고 담배를 피워대더라는 것이었는데, 그 놈들이 일어나 어디론지 떠나고 나서 다시 며칠을 굶으며 계속 남하를 했다.

그런데 어디선가 빵을 찌는 냄새가 나기에 찾아가 보니 분명히 적진 안인데, 그곳에서 풍겨오는 냄새가 한 열흘 굶은 속을 후벼파는 것이어서 그 놈의 음식 냄새에 눈이 뒤집힐 지경이었다. 적진이란 걸 생각할 겨를도 없이 그곳으로 들어가 빵을 훔쳐 먹었다고 한다. 적진인 것을 알아도 별 수가 없었겠지만 말이다.

그리고도 비를 추적추적 맞으며 계속 남하를 하다 보니 중공군들이 보초를 서고 있는 부대를 지나오게 되었는데, 이놈들의 떠드는 소리도 안 들리고 잠을 자는지 부대가 영 조용하더라는 것이었다.

매형도 머릿속이 텅 빈 듯한 것이, 그저 아무 생각 없이 띄엄띄엄 보초가 서있는 바로 그 보초의 코 앞을, 무아지경으로 터덜터덜 넘어 오는데도 그 놈들이 어떤 미동도 않아 가만히 보니, 선채로 잠을 자더라는 것이었는데, 머리에 비가 내리니 머리에 수건을 쓴 상태에서, 눈을 뜬 채로 잠을 자더라는 것이다. 아무런 생각이 없기는 이쪽이나 그 쪽이나 마찬가지라 피차에 송장들처럼 한 쪽은 눈을 떴는데도 안 보이고, 나머지 한 쪽은 저놈들이 자기를 보고 있어도 아무렇지도 않게 건너가고……

사람이 눈을 뜨고 잠을 자는 것은 그때 처음 보았고 그 이후에도 본 적이 없다고 한다. 그 앞에 있는 철조망 사이를 걸어서 넘어 오는데, 결국은 다 넘어 올 때까지 아무런 반응과 제지가 없더란 것이었다.

중공군 보초에 철조망까지 넘자 다 왔다는 생각이 들었다. 그 와중에 다시 저쪽을 보니, 저쪽은 비가 여전히 내리는데 남쪽은 햇살이 비치는 게, 이게 무슨 신기로운 조화냐 하는 생각이 들며, 그제야 살았다는 안도의 생각이 들더란다.

글쎄! 몇 십일을 두고 후퇴했다면 아마 청천강 근처까지 올라간 것이 아닐까 싶다. 6·25 사진에서 보았던, 압록강에서 수통에 물을 담는 사진의 주인공이 매형인지도 모를 일이다.

그 다음에는 아군들에게 인계가 되어, 이들이 매형에게 물에 말아 놓은 밥을 먹이는데, '열 며칠을 굶은 녀석에게 밥을 먹이면 바로 죽는다.'고 해서 한 숟가락씩 입에 넣어주고 한 시간을 씹으라는 것이어서, 밤새도록 밥을 한 그릇 밖에 못 먹었다고 했다.

그리고 후일담으로 내가 '후방에 갔더니 매형과 같은 중대 소속으로 같이 넘어오다가 자는 매형 내버려두고 남쪽으로 넘어온 부대원들이 또 있습디까?' 물어보았다. 둘을 봤는데, 나머지는 모두 남하하는 와중에 적들의 총에 맞아 죽거나 도망가다가 행방불명이 되었다고 해서 그들과 함께 슬피 울었다는 것이었다.

그렇게 구사일생으로 군대생활을 마치고 제대를 하였는데, 무공훈장도 아닌 국가 유공자로 아주 늦게 선정되었으며, 1960년 가을에 당시로서는 굉장히 노총각인 28세의 나이에, 우리 누나와 우리 집 마당에서 구식으로 결혼식을 올렸다.

그런데 이 양반이 프라이드가 아주 대단한데, 보훈용사의 배지를 늘 달고 다니는 것은 물론, 동사무소에서 해결하지 못할 일을 큰소리를 쳐서 해결하기도 하여, 가끔씩 그 얘기를 듣는 우리를 곤혹스럽게 만들기도 한다. 참으로 대단한 인물임에 틀림없다.

매형이 근무했던 부대는 육군 제3사단 22연대 3대대 11중대 소속이었다고 지금도 자랑스레 말하고 다닌다.

자식 교육

정말 힘들고도 힘든 게 자식교육이다. 십 몇 년 전에 신문에서 본 내용을 두어 개 소개하겠다.

어느 고등학교에선가 학생 행실이 안 좋아, 부모님을 면담했다. 그리고 그 학생이 담배를 피웠는지 남을 폭행했는지 모르지만 학생에게 반성하라는 의미로 운동장 한가운데 서 있으라고 벌을 줬다. 그런데 그 학부형이 그날 운동장에 나가 하루 종일 학생 뒤에 서 있었다고 한다. 뙤약볕에 서있는 아버지와 자식의 모습을 상상해보라.

이번에도 역시 학교에서 있었던 이야기다. 학교에서 생기는 일이라는 게 늘 비슷한 일들의 반복이다. 이를테면 집단 폭행 아니면 집단 따돌림, 그것도 아니면 담배 피우는 것 등이다.

이번에는 학생이 상습적으로 담배를 피우다가 들켰는데, 집으로 연락을 했더니 아버지가 오셨는데 직업이 교수였단다. 학교에서 자세한 설명을 하기도 전에 아버지가 아들의 죄에 대한 용서를 빌며 머리를 삭발했다고 한다.

그 후에 어떻게 되었는지 더 이상의 소식은 듣지 못했지만 나는 그들의 아이들이 행실을 고쳐 사회에 잘 적응했을 거라고 믿고 있다. 부모가 아이에게 직접 모범을 보이거나 참회하는데 어떻게 자식이 잘못될 수 있겠는가.

그런데 꼭 어른들의 행실이 그렇지 않은 경우도 있어서 우리를 슬프게 한다. 얼마 전에 TV를 보니 지나가는 어른이 담배 피우는 학생을 훈계하다가, 하도 뉘우치는 기색이 없기에 한 대 쥐어박았다고 한다. 그랬더니 그 학생의 부모가 그 어른을 폭행죄로 고소를 했다. 쥐어박은 어른이 극구 사죄를 하며 난감해 하던 모습이 지금도 생생하다. 우리는 아이들에게 불의를 보면 피하지 말라고 가르친다. 그런데 이런 경우는 어떻게 해야 할지 나도 잘 모르겠다. 지나치게 감싼 자식들이 더 불효를 하더라는 평범한 진리를 그 부모는 알고나 있을까?

단, 우리 어른들이 후학들에게 먼저 모범을 보인다면, 아니면 어른이 먼저 책임을 지고 사죄하는 모습을 보인다면 이 사회가 한층 더 밝아지지 않을까 하는 생각이 든다.

그러면서도 한편으로는 내 자식 하나 제대로 가르치지 못하면서 남의 자식을 어떻게 신경 쓰느냐고 그럴지 몰라 더 의기소침해지기도 하는 게 요즈음의 솔직한 심정이다.

큰일 날 소리

언젠가 한 번은 우리 집에 형제들이 모여서 놀다가 옛날이야기를 한 적이 있다.

이야기 끝에, '여자들의 미장원이 언제쯤 생겼으며, 여자들의 파마가 우리나라에 들어 온지는 얼마쯤 되었을까.' 하는 의문이 생겨 이야기를 한 적이 있는데 모두 '1960년도쯤에 생겼을 거여. 내가 어렸던 옛날에는 이런 파마를 본 적도 없어. 그때는 결혼도 다 구식이었는데 뭐.' 하는 우리 매형의 말에 공감을 한 적이 있다.

그런데 이 이야기를 옆에서 일을 하다가 듣던 나의 집사람이,

"파마요? 그게 들어온 지 훨씬 더 전 일이에요. 우리 엄마가 시집올 때가 해방 바로 직전이었고 그때 파마를 하고 결혼을 했는데, 당시 시집에 갔더니 시집사람들과 이웃사람이 놀러 와서 머릿결을 만져 보며, '야, 신기하다. 마치 양털같이 곱슬곱슬하기도 하네.' 그러면서 별명을 지어 염소머리댁이라고 불렀다는 소리를 어머니께 들은 걸요." 하더니 며칠 후에 장모님 결혼식 사진을 보여주며 옛날에 이렇게 신식결혼을 하는 사람이 드물어서 아주 귀하게 남겨 됐

던 것이라고 말했다. 그 시절에는 염소와 양도 구분을 하지 않고 살았던 게 아닌가 싶다.

장모님이 목포에서 강진이라는 곳으로 시집을 갔는데 모든 것이 어렵더란다. 그래도 그 시절에 고등교육을 받은 집안이어서 경제적인 것보다 그때의 사회분위기 때문에 어려웠던 시절이었을 것이다.

커다란 저택에서 저승사자 같은 시부모들, 남편의 형들과 시누이, 손윗동서들에 하물며 나이어린 시동생마저 대하기 어려운, 모든 것이 층층시하인 때인데, 몸에 익지 않은 시집 생활에서 오는 스트레스를 어디 풀어야 할지 말도 함부로 하기가 힘들더란다.

바로 손위의 동서와 바느질을 하고 있는데, 밖에서 누가 '만조야. 만조야! 만조 있냐?' 하는 소리가 들리기에 무심결에 나의 장모님이 '만조? 만조가 어딨어. 만조캥이커녕는 천조도 없다.'고 했단다.

그랬더니 옆에 있던 바로 손위 동서가 '워매. 워매. 이 사람아! 만조는 우리들 큰 시숙님이고 천조는 둘째 시숙님이란 말시…….' 하며 손가락으로 입을 가리며 '그리고 지금 소리를 낸 사람이 누군지 알기나 하고 그러는가? 시아버님이란 말이여. 시아버님.' 하기에 놀라움과 동시에 둘이서 소리를 죽여 배를 잡고 웃었다고 한다.

그때 일을 기억하고 있는 나의 장모님과 가족들을 보면 대단하기도 하다는 생각이다.

지금 했던 이 말은 해방되던 이쪽 아니면 저쪽 때쯤이니까 한 80년 전 쯤의 일인가보다.

자아의 발견

내가 어릴 때 들은 이야기인데, 산에서 산삼을 처음 보는 사람도 그걸 보는 순간, '앗! 산삼이다' 하고 알아본다고 한다. 또 호랑이를 만나는 사람도 처음부터, '이크! 호랑이다' 하며 알아본다고 한다.

그 말이 사실인지 아닌지 알리야 없지만, 가끔 혼자서 산에 가다 보면 나도 그 말을 믿고 싶어질 때가 있다. 산삼을 본 적 없는데 그걸 꼭 캐고는 싶으니까.

산삼을 본적도 없는 사람들이 산삼을 알아보듯이, 호랑이를 처음 보는 사람이 호랑이를 알아보듯이, 어린아이들도 어떤 말의 뜻을, 막상 해석하라고 하면 그 말뜻은 잘 몰라도, 정확한 말의 쓰임새를 아는 경우가 있다.

십 여 년 전쯤 수원에 있을 때 동료 집에 놀러간 적이 있다. 우연히 그 집의 네 살 먹은 딸이 쓴 그림일기를 보았는데, '우리 집은 엄마가 예뻐서……' 하다가 '그래서 나는 행복하다.'라고 쓴 것을 본 적이 있다.

그 동료는 사실 두 딸을 키우며 행복하게 살고 있는 중이긴 했는데, '아니! 요 조그만 녀석이 행복이 뭔 줄 아는구나.'라는 생각보다, 그냥 미소가 절로 지어졌다.

오래 전에 방학을 맞이해 대전에 살던 고만고만한 조카들을 데리고 원주에 간 적이 있다. 어린 것들이 한참 신나게 뛰어놀다가 잠들었는데, 새벽 한시쯤 멀리서 기적소리가 들리니 그때껏 잠을 자지 않고 나와 둘이 도란도란 이야기를 나누던 만 세 살밖에 안 된 둘째 아들녀석이, 내 가슴 속으로 파고들며 심각하게 '아버지! 외로워요.'라고 말하는 것이다.

화들짝 놀랄 수밖에 없었다. 외롭다는 말을 가르쳐준 적도 없고, 그런 말을 사용할 거라고는 상상도 하지 못했으니까.

그렇지만 '아니, 니가 뭘 안다고 외롭다는 거야' 하는 생각은 들지 않았다. 그때 나도 갑자기 외로워지는 걸 느꼈으니 말이다.

우리가 마냥 어린아이라고만 여겼던 꼬마 녀석들, 그들도 우리와 같은 생각을 하며 자라고 있는 것이다. 이것도 어린 꼬마들에게 있어선 일종의 자아를 발견하는 계기가 되는 것 아닐까?

4부 기쁜 우리 젊은 날

.
.
.

크리스마스 선물

너는 너, 나는 나

기쁜 우리 젊은 날

추억의 오두막집

관산 장날 풍경

개꿈

신혼

결혼

돼지고기 한 근

한밤중에 개 짖는 소리

귀에 아름다운 소리

가는 날이 장날

수세식화장실의 추억

우리들의 일그러진 영웅

크리스마스 선물

군대에 다녀온 사람이라면, 누구나 군대와 관련된 재미난 추억 하나쯤은 다 갖고 있을 것이다. 나에게도 30여 년 전 논산훈련소에서의 잊히지 않는 추억이 하나 있다.

그때 22살이었는데 평소에 가깝게 지내던 친구 한 명과 같이 지원 입대를 했다. 입대 첫날, 정확히 말하면 수용연대의 첫날부터 우리는 손을 꼭 잡고 떨어지지 않으려고 무척 애를 썼다. 그런데 첫날부터 낮에는 인원 파악하랴, 어쩌랴 저쩌랴 바삐 시간을 보내다가 갈치국으로 저녁을 먹고 나면 밤에는 밤대로 이리 뛰고 저리 뛰며, 훈련복 받으랴, 모자 받으랴, 팬티 받으랴, 훈련화 받으랴, 양말 받으랴 정신없이 치뛰고 내리뛰다 보니 붙어있을 수가 없었다. 그렇게 언제 어디서 어떻게 되었는지도 모르는 사이 그 친구와 떨어지고 말았다.

내가 지원한 군대는 전투경찰대라 그때만 해도 시험을 보고 들어갔으므로 첫날부터 보급품을 지원 받아, 바로 그 다음날부터 훈련에 들어갈 수 있었지만, 일반 육군들은 며칠씩 기다렸다가 훈련을 받는 게 예사였다. 보급품 받는 곳을 수용연대라 하는데, 훈련을 받기 전에 며칠씩 빌빌대며 시간을 보내게 되는데, 훈련소에 들어가야 비로소 훈련병이 되는 것이다.

나는 그때 3중대로 떨어졌고 전혀 모르는 사람들뿐이었다. 나중에 알고 보니, 내 친구는 5중대로 떨어져 훈련을 받고 있었다. 훈련소 생활은 반복되는 제식훈련에 각개전투에 총검술, 쉴 틈 없이 불러대는 사역집단노동에 야간 침투훈련으로 눈코 뜰 새 없이 바빴다. '오줌 누고 ×× 볼 새가 없다'는 말이 정말 실감이 났다.

그렇게 하루하루를 보내는데 며칠 지나지 않아 내무반장이 담배 피우는 현황을 조사하고 갔다. 담배를 피우지 않는 훈련병에게는 사탕을 줬는데, 난 담배를 피우지 않았지만 담배를 신청했다. 함께 입대했던 친구가 담배를 즐겨 피우기에 그 친구를 주고 싶어서였다.

훈련소에서의 담배 한 개비는 무척 귀하다. 이틀에 한 갑씩 나오는 담배가 뭐 그리 귀할까 하는 생각을 할지 모르지만, 그건 훈련소의 분위기를 모르고 하는 말이다. 담배가 나와도 그날 저녁때쯤이면 다 떨어진다. 오죽하면 담배를 훔치다가 들켜 싸우겠는가. 한번은 아껴 두었던 담배를 폼을 잡고 피우고 있는데, 어떤 친구가 날 한참동안 쳐다보면서, 아주 조심스럽게 담배 한 대만 줄 수 없겠느냐고 물었다. 개 코에 방구를 뀌듯이 호기롭게 한 대 줬다가 꺼냈던 담배를 몽땅 다 빼앗기고(?) 말았는데, 덕분에 그 친구와 친해진 기억도 난다.

이틀에 한 갑씩 나오는 담배를 모으는 사이 20일이 흘렀다. 호시탐탐 기회를 노렸지만, 도무지 짬이 나지 않더니 비로소 기회가 왔다. 야외교장에서 사격예비훈련PRI을 힘들게 받고 들어온 저녁 무렵 씻지도 않고 그 사이 모아 놓은 담배를 챙겨들고 5중대를 향해 냅다 뛰었다.

그냥 막연히 세면장에 가면 그 친구를 만날 수 있겠지 생각했는데 지성이면 감천이라고 했던가, 둘 사이에 텔레파시가 통한 걸까. 그 친구가 세면장에 들어가는 순간, 우리는 딱 마주쳤다. 얼마나 반갑던지, 그걸 어떻게 말로 표현하겠는가. "야, 인마! 이거 받아, 담배야! 내가 너 주려고 모아놓은 거야. 그럼, 훈련 잘 받아. 나 갈께!" 하고 돌아서서 오려는데, 그 친구가 움찔 놀라더니, "조금만 기다려! 나도 너한테 줄 게 있어!" 하며 황급히 뛰어갔다 오더니, 조그만 꾸러미를 내미는 게 아닌가.

"이건 뭐야?"

"그거?"

"빨리 말해. 시간 없어."

"그거 사탕이야. 내가 너 주려고 담배 안 피우고 받아서 모아 놓았지. 너도 훈련 잘 받아라. 끝날 때 보자."

그 길로 숨 쉴 틈 없이 뛰어왔는데, 나중에 알고 보니 그 친구는 나와 반대로 피우던 담배를 끊고, 사탕을 받아놓고 날 만날 기회만 노리고 있었다고 한다. 그 날 이후 정말 힘든 줄도 모르게 훈련을 마쳤다.

세상살이가 힘들 때마다 그때를 생각하면서 힘을 얻곤 한다. 지금도 가끔 친구들을 만나면 그때 얘기를 주고받는다. 그런 추억을 함께 만들 수 있는 친구가 있으니 세상은 얼마나 살 맛 나는 곳인가.

너는 너, 나는 나

논산 훈련소에서 있었던 일이다. 지금은 어떤지 모르지만 그때만 해도 전우조戰友組라고 하여, 훈련병들끼리 세 명씩 조를 편성해주었다. 이유야 많겠지만 가장 표면적인 이유는, 군대에서의 낙오라던가 일탈 행동을 하지 말라는 것이었는데, 탈영을 막기 위한 방침이 아니었을까 싶다.

그렇지만 훈련소에서의 탈영은 들어본 적이 없는 시절이었다. 전우조로 편성이 되어 일단 세 명씩 묶어지면 셋이 꼭 행동을 같이 했다. 밥을 먹으러 갈 때나 일과가 끝나고 매점에 가서 무엇을 사먹을 때, 심지어는 작업을 하거나 화장실에 갈 때, 사역을 할 때에도 같이 했고, 식사 당번이나 그 외의 모든 일도 함께 했다. 같은 처지에 떨어진 입장인데다, 한창 젊은 녀석들이 각지에서 모이다 보니 같은 나이 또래의 동기애同期愛 비슷한 것이 생긴 탓이기도 했다.

그럴 수밖에 없는 것이 70일 동안그때는 전반기 6주 후반기 4주 조교들에게 시달릴 대로 시달리지, 툭하면 얻어터지지, 염천하의 더위 속에 훈련은 힘들지, 그러다보니 가까워질 수밖에 없었다. 지금 생각하면 훈련소의 조교들도 우리가 악머구리 같았을 것이다.

한번은 밥을 더 먹기 위해 동기생 한 녀석이 줄을 두 번 섰다가 조교한테 들켜 얻어맞아 코피가 났다. 그때 조교가 껄껄 웃으면서, "아나! 한 숟갈 더 먹어라. 이건 니 피 값이다." 하며 밥을 더 주던 장면이 생각난다. 지금 같으면 상상도 못할 일이다.

그때는 돈을 수용연대에서 다 압수당하는 바람에 빈손으로 들어 갔는데, 어떻게 돈을 숨겨 왔는지 저녁 식사를 하고 나면 가끔 매점 에 가곤 했다. 거기 가서도 꼭 전우조와 같이 군것질을 하곤 했다.

그런데 마침 우리 전우조는, 돈을 꿍쳐온 녀석들이 없어서 남의 눈치나 보고 있었는데 그 와중에 부산에서 온 한 녀석이 돈을 구해 와서, 가끔씩 우리를 먹여 살려주었다. 그리고 나도 친구를 만나 돈 이 생기면 그들을 먹여 살렸다.

그런데 또 한 명은 늘 얻어먹는 편이었다. 한번은 취침시간이 되 어 취침을 하려다 보니, 또 한 명의 전우 즉, 늘 얻어먹는 녀석이 담 요를 쓴 채 가끔씩 쿨럭쿨럭 거리며 부스럭거리고 있었다.

어디가 아픈 건가 걱정이 되어 이불을 들추니, 이 친구가 모포를 뒤집어쓴 채 빵을 서너 개 옆에 쌓아놓고 아이스크림을 먹고 있는 것이다. 그 모습을 늘 먹을 것을 조달하던 부산에서 온 친구도 봤 고, 다른 훈련병들도 봤으니…….

몰래 먹으려면 화장실이나 다른 데 가서 먹을 것이지, 내무반 한 가운데서 그게 뭔가. 그 녀석은 정말 자기밖에 모르는 녀석이었다. 그 후 부산 친구와 나는 아무 소리도 않고 약속이라도 한 듯이 그 친 구를 왕따 시켰다. 훈련을 받을 때는 물론, 사먹으러 갈 때도 둘이

서만 갔다. 둘이 얘기하고, 그 친구가 말을 걸어오면 모른 척하기 일 쑤였다. 그러니 그 친구는 나머지 훈련기간이 지옥 같았을 것이다.

한번은 그 친구가 숟가락을 잃어 버렸다. 그런데 우리는 챙겨주고 싶은 마음이 전혀 생기지 않았다. 숟가락 때문에 결국 그 친구는 조교한테 얻어맞았는데, 그때도 모른 척 하고 말았다.

우리 주위를 둘러보면 꼭 그런 사람이 있다. 사회생활을 하다 보면, 담배를 피울 때에도 꼭 얻어 피우는 사람이 있어 손가락질을 받는다. 그런 사람은 무얼 사러갈 때에도 꼭 꼽사리 끼어 남에게 피해를 주곤 한다.

그런데 그런 사람들은 자기가 욕을 얻어먹고 있는 것을 자기만 모르고 있다. 주위에 있는 다른 사람들이 수군대고 있다는 걸 정말 모르는 걸까. 그런 사람을 이기주의자라고 말하는데, 오히려 그런 사람들이 제 잇속만 챙기다 손해를 보는 경우가 더 많은 것 같다.

훈련소에서 나의 전우였던 그 녀석은 그 사건 이후 우리 빵을 전혀 얻어먹지 못했고, 우리로부터 어떤 도움도 받지 못했다. 그런 유형의 사람들은 눈앞의 이기심만 생각했지, 참 이기주의가 뭔지 모르고 있다는 생각이 든다.

남에게 잘하고 베푸는 이타심이 돌고 돌아 결국 나에게 도움이 되는 것 아닌가. 그래서 나는 이타주의가 '참이기주의'라고 생각한다. 그러면 나는 과연 어떤 유형의 사람인지 한 번 깊이 생각해 볼 일이다.

기쁜 우리 젊은 날

대전은 잊지 못할 추억이 서려 있는 곳이다. 추억이라면 아름다운 것도 있고 생각하기 싫은 것도 있겠지만, 나에게 대전은 도저히 잊을 수 없는 아름다운 기억으로 남아있다.

젊은 날의 무엇이 나를 그토록 행복하게 했을까. 숱한 이야기가 있지만, 제일 먼저 축제에 관한 기억이 떠오른다. 대학생활이 주는 기쁨은 무엇보다 자유를 만끽할 수 있다는 것인데, 그 중에서 축제 이야기를 어떻게 빼놓을 수 있겠는가.

1973년 가을이었다. 우리 과 친구들에게 숙제가 하나씩 떨어졌다. 그 숙제라는 게 이번 가을 축제에 각자 알아서 파트너를 데려오라는 것이었다. 아니, 파트너를 어디에 가서 구한단 말인가? 더구나 그런 자리라면 외모도 빠지지 않는 아가씨여야 할 텐데…….

나야 대전이 고향도 아니고, 늘 혼자 있기 좋아하는 고독한 사나이인데 어디서 파트너를 구한단 말인가. 그렇다고 이런 물 좋은 찬스를 놓칠 수는 없었다.

그래서 친구 둘을 대동하고 어깨에 힘을 빳빳이 세운 다음, 목원

대학교를 찾아갔다. 천만다행으로 안면이 있는 음대 학생을 만나는 바람에, 우리는 손쉽게 헌팅(?)에 성공할 수 있었다.

우리의 간곡한 부탁을 들은 그녀와 저녁에 다시 만나기로 하고 헤어지며, 나는 잊지 않고 그녀에게 흰소리 한마디를 덧붙였다.

"꼭 얼굴이 아가씨보다 예뻐야 합니다!"

그런데 그날 저녁 때 함께 나온 여학생들을 보니, 하나같이 몸매도 얼굴도 아름다운 게 아닌가. 우리는 입이 함지박만 하게 벌어져 여학생들과 탁구장에 갔다.

거기서 한 친구를 만났다. 그 녀석이 우리 파트너들을 보는 순간,

"야! 저 중에 쟤가 되게 예쁘네. 그 애 나에게 양보하지 않을래?"

했는데, 그때 무슨 착한 마음이 들었는지, 나는 순순히 양보를 했다. 그때부터 내 손해지심損害之心이 잉태되기 시작한 것 같다.

어쨌든 여학생들이 내 파트너를 한 명 더 데려오는 것으로 마무리가 되어 축제에 참석하게 되었다. 그리고 장기자랑 시간에 내 파트너인 ㅈ이 피아노를 쳤다. 어깨가 으쓱했다. 나중에 들었는데, 연주한 곡이 쇼팽의 즉흥 환상곡이란다. 첫 축제가 그렇게 무사히 끝나고, 그해 겨울쯤이었던 것 같다.

우연히 시내에 나갔다가 '정○○ 피아노 리사이틀'이라는 포스터를 보았다. 바로 내 파트너가 피아노 발표회를 한다는 거다.

친구들과 함께 쭈뼛거리며 연주회 구경을 갔다. 한참 연주를 보고 있다 보니, 내 친구들이 커다란 꽃다발을 준비해 갖고 와서,

"야! 이거 네가 갖다 줘라. 원래 이런 데서는 그렇게 하는 거야. 인마!" 한다.

그때 비로소 내 차림새를 살펴봤다. 헐렁한 티셔츠에 집에서 입던 면바지에 고무신을 걸치고 있는 몰골이라니! 친구들도 '너 우리 앞에서 잘난 척 많이 했지. 두고 봐라. 그런 몰골로는 못 갖다 줄 걸!' 하는 기대심리를 깔고 내게 도전장을 던진 것 같았다.

그 다음부터는 피아노 소리도 전혀 들리지 않았다. '갖다 줘야 하나 말아야 하나? 갖다 주자니 내 몰골이 말이 아니고, 안 갖다 주자니 친구들에게 평생 놀림감이 될 것 같고…….'

그러는 사이 발표회가 끝나고 꽃다발을 줄 사람은 앞으로 나오라는 사회자의 말이 들렸다. 나는 순간 총알처럼 튕겨 나가 꽃다발을 전해 주고 제자리로 돌아왔다. 그때 ㅈ에게 무슨 말을 했는지, 또 들었는지 전혀 기억이 나지 않는다. 다만 박수소리가 우렁차게 들렸고, 기분 좋게 취해 집에 들어왔다는 것밖에.

그 후 군대에 갔다 와서 복학생으로 참여한 마지막 체육과 축제는 가관이었다. 축제를 가기 위해 파트너를 소개받는 것은 그렇다 치고, 도대체 신고 나갈 양말이 없는 거다.

방구석에 쌓아놓은 양말을 뒤져보니 땀에 절은 채 빨지 않은 것뿐인데, 그 중에 흰 양말이 눈에 띄기에 우선 신고 보았다. 그런데 바닥이 없이 뻥 뚫린 게 아닌가. 그럴 때는 구두를 신을 때 발을 재주껏 구부려 떨어진 부분이 안 나오도록 신는 게 요령이다.

그렇게 양말을 신고 축제에 가서 즐거운 시간을 보낸 것은 좋았는데, 술도 한 잔 걸쳤겠다, 기분도 좋겠다, 파트너는 아이스크림을 핥으며 즐거워하겠다, 어찌 나의 특기가 아니 나올 수 있었겠는가.

"제가 재미있는 것 하나 보여드릴까요? 그런데 보시면 욕할지도 몰라서요." 하니, "아니, 욕이라니요." 하며 얼른 보여 달란다.

그래서 거리낌 없이 발을 쑥 뽑아 그녀에게 보여 주었다. 그렇게 우리는 양말 사건이 빌미가 되어 친해졌다. 나중에, "내가 어디가 마음에 들었어요?" 하자, 그 아가씨는 "양말이 그렇게 된 것도 숨기지 않고 보여주는데 이 남자 참 솔직하구나! 하는 생각이 들데요." 했다.

그해 가을, 대학생활에 마침표를 찍는 이벤트를 벌이기라도 하는 듯이, 친구와 나는 밤 12시가 넘은 시각에 문화동 캠퍼스 감나무에 달린 감을 털어 실컷 먹었다. 다음날 말끔히 털린 감나무를 보며, 사람들이 억울해 할 모습을 상상하니 어찌나 즐거운지…….

그렇게 내 대학생활은 재미있게 끝이 났다. 지금도 처음 대전에 가서 느꼈던, 뭐라 말할 수 없는 그 첫 느낌을 잊을 수가 없다. 그때 대전 인구는 육십만 명이었고 대전역 앞에는 '목척교'라는 다리가 대전역과 은행동 사이에 놓여 있었다.

문화동 캠퍼스는 목조건물로 되어 있었는데, 삐거덕거리던 그 소리가 지금도 정겹게 내 귓가에 남아 있다. 은행동에 있던 다방 이름도 아득하다. 예원이었던가. 그 다방에서 몇몇 친한 친구들이 해마다 두 번식 모이던 젊은 날이 떠오른다. 총각 때 모이다가, 결혼하고서도 모이고, 아이들을 낳고서도 모였던 정겨운 친구들. 지나가버린 날들이라 더 가슴 저리게 그리운 그 모습들이 지금도 눈에 선하다.

추억의 오두막집

기억 속에서 가물가물하지만, 옛날에 반곡 쪽으로 가다보면 조그만 주막집이 하나 있었다. 그 근처에 부대가 하나 있어서 군인들을 상대로 하는 술집이기도 했지만, 반곡에서 원주 시내 쪽으로 장을 보러 나오는 사람이 심심치 않게 있어서, 그들을 보고 흙담으로 지은 조그만 간이 술집이었다. 술을 먹겠다고 찾아오는 사람도 별로 없었고, 늘 파리 떼가 날아다니는 썰렁하기 그지없는 그런 집이었다. 반곡 사람들은 주로 저 밑에 있는 다리, 그러니까 원주경찰서 쪽의 쌍다리로 크게 우회해 시장을 보러 가던가, 자전거를 타고 볼일을 보러 나갔다.

그런데 우리는 '봉천내'라고 부르는 그 강에 있는 징검다리를 건너 반곡으로 놀러갔던 것이었는데, 징검다리를 건너자마자 술집하고 또 바로 연결이 되었다.

어느 날인가, 친구 녀석과 둘이 예의 반곡 쪽으로 놀러갔다가 집으로 가는 중이었다. 배는 출출한데 날씨는 춥지, 주머니를 뒤져보니 다 합쳐봐야 라면 두어 개에다가 막걸리 두어 되 값밖에 안 되는 돈이 남아 있었다. 너무 적은 돈이었지만 그렇다고 달리 허기를 때울 방법이 없어서, 우리는 그 간이술집 같이 생긴 곳에 들어가는 수밖에 달리 선택의 여지가 없었다.

들어가 보니 불도 밝히지 않은 주막 안에 어둠이 짙은데, 기다란 탁자와 고작 의자 서너 개만 휑하니 놓여 있었다. 그리고 한참 불이 잘 붙은 연탄난로 하나만 그런대로 여기가 사람 사는 곳이라는 것을 말해주고 있었다.

주인 아주머니도 없지, 안에서 어린아이 울음소리는 들려 나오는데, 아무리 불러도 개미 새끼 하나 나오는 기색이 없었다. 그래서 그냥 갈까 망설이는데 주인 아주머니가 어디서 나타났다. 그리고 그래도 손님이 왔다고 다급하게 아이를 들쳐 업고 밝지도 않은 호롱불을 붙이는 것이었다.

그런데 아……, 나는 호롱불이 그렇게 우리를 추억 속으로, 현재로, 미래로 마음대로 끌고 다닐 수 있다는 것을 그때 처음 알았다. 불이 켜지는 순간, 우리는 약속이나 한 듯이 마주보며 웃었고 술 먹는 분위기가 살아났다. 손님이라고는 우리 외엔 아무도 없는 술집에서 우리는 라면을 하나 끓여놓고, 그것을 안주삼아 기억 속에 있는 얘기, 현재의 얘기, 미래의 얘기를 마음 놓고 난도질 했다.

고대의 철학자부터 우리가 동원할 수 있는 현대의 철학자까지, 그날 우리에게 한 번씩 혼이 나지 않은 사람이 없었고, 모든 종교는 우리에게 낱낱이 정체를 밝힐 수밖에 없었다.

그 속에서 그와 나는, 청포도가 익어 가기만을 기다리는 어리고 꿈 많은 소년과 소녀였고, 천고의 뒤에 백마를 타고 나타날 초인이었으며, 시인에다가 가수였고, 돈을 많이 번 갑부였으며, 곧 백마를 타고 틀림없이 잠시 후에 나타날 페르시아의 왕자였다. 마지막 술을 들이켜고 일어설 때까지 이야기는 끝이 나지 않았다. 그리고 아직도 할 얘기가 바닷가 모래알처럼 남아 있었다.

숱한 시간이 흐른 지금도 가끔씩 그때 그 시절로 돌아가는 버릇이 있는데, 당연히 제일 먼저 떠오르는 것이 그 오두막 간이주점이다.

난 지금도 '괜찮게 생긴 애인이 하나 있었으면…….' 하는 바람이 있다. 그건 전적으로 그때의 기억 때문이다.

아직도 시골마을 초입에 있는 식당을 보면, 그곳에 들어가 술을 마시고 애인에게 투정을 부리고 싶고, 오늘처럼 이렇게 날씨가 춥거나, 아니면 바람이 불거나, 눈이나 비라도 내리는 날이면, 손님 없는 노래방에서 서로의 노랫소리를 듣고 싶다. 가끔 전화로 일상의 안부를 물으며 시시껄렁한 이야기를 주고받고 싶다. 그리고 젊은 날 못 다한 사랑도 마저 하고 싶다.

늦은 나이지만 애인의 치마폭에 머리를 박고 어리광도 부리고 싶으며, 시원한 바람이 부는 밤이면 가끔 산 위에 올라가 별을 헤며 못 치는 솜씨지만 기타소리에 맞추어 노래를 들려주고 싶기도 하다.

끝 간 데 없이 펼쳐진 바닷가 백사장에서 조개를 주워 소꿉장난을 하며 모래성을 쌓고 싶기도 하고, 마지막 한 번 뿐인 사랑을 확인하고 싶으며, 그리고……

진하게……. 정말 진하게, 영화처럼 농도 짙은 섹스도 하고 싶다. 다시 말하지만 이 모든 것은 그때 그 주막집 추억이 아직도 내게 깊이 남아 있기 때문이다.

관산 장날 풍경

　예전에는 전국 어디에서나 볼 수 있었던 장날, 그 흔했던 모습도 이제는 세월 따라 그 형태가 많이 변했다. 어릴 때 나는 혼자서 곧잘 장 구경을 다니곤 했다. 그때의 아련한 기억이 되살아나기 때문이기도 하지만, 풍성하고 푸짐한 장의 모습이 좋아, 지금도 가끔 장날이면 한 바퀴씩 장을 돌아보곤 한다.

　그리 넓지 않은 장터에는 백화점보다 더 많은 물건들이 곳곳에 자리를 잡고 쌓여 있다. 어물전 쪽으로 가면 명태는 얼음 위에서 동태가 되어 흰 배를 드러내고 있고, 게는 입에 거품을 문 채 기를 쓰고 옆으로 기어가려 한다. 제 딴에는 결사적으로 탈출을 시도하는 모양이다.

　이름도 모르는 수많은 생선들이 먼지를 부옇게 뒤집어쓴 채 누워 있다. 잡힌 시간이 꽤 지난 것 같아 보이지만, 소박한 이곳 사람들에게는 그런 건 문제가 되지 않는다.

　가축을 파는 쪽으로 가면 한결 생생한 생명의 호흡을 느낄 수 있어 좋다. 네 다리를 묶인 돼지는, 흙이 잔뜩 묻은 주둥이를 땅바닥에 처박은 채 소리를 지르고 있는데, 그 옆에선 소쿠리 속에 담긴 강아지가 힘없이 꼬리를 흔들고 있다. 작은 상자 속에서는 고양이가 자기 처지는 아랑곳하지 않고, 강아지를 불쌍하다는 눈빛으로 바라본다. 오월동주吳越同舟, 아니면 동병상련同病相憐의 느낌을 저들도 아는 걸까.

닭 파는 곳에서는 꽤나 많은 닭들이 얕은 철망도 뛰어 넘지 못한 채 서성이더니 눈을 감고 졸다가 화들짝 놀라곤 한다. 어미 품에서 태어나지 못하고, 기계 속에서 빼낸 닭들은 도망도 가지 못 하는가 싶어 새삼 서글픈 마음이 든다.

한 노인네가 그 중 실해 보이는 닭을 고르고 나서 머뭇거리니, 장사꾼이 밉지 않게 소리를 질러대며 독촉을 한다. 노인네는 가지고 있는 돈으로 세도를 더 부려보려는 심사인지, 헛기침을 하며 천천히 바구니에 닭을 담는다.

가축을 파는 장터는, 살아있는 동물의 호흡이 직접 느껴져서 좋기도 하지만, 축생畜生으로 태어난 저들의 업보와 윤회의 사슬을 생각해보지 않을 수가 없게 만든다.

한쪽에서는 중년을 막 벗어난 듯한 초로初老의 할머니가 이제야 시장기를 느꼈는지, 아니면 손님이 좀 뜸해졌는지 아침밥을 먹기에는 늦은 시간인데 찬밥으로 식사를 때우고 있다. 오가는 손님들을 바라보다가 낯익은 사람이 눈에 띄면 '식사 좀 하라'는 인사를 빼놓지 않는다.

이중에서 유난히도 시끄럽게 흥청거리는 곳은 옷가게일 것이다. 단 돈 몇 만원이면 머리끝부터 발끝까지 새단장을 할 수 있다. 장에 나온 어른들이 자식들에게 푸짐하게 선심을 쓸 수 있는 선물을 살 수 있는 곳이므로, 언제나 인기가 좋다.

웬 중년 남자가 바지를 고르고 있다. 사기로 작정한 듯한데, 연신 고개를 갸웃거리며 별로인 것 같다는 표정을 짓는다.

문득, 조금 전에 신발 파는 곳에서 가게 주인이 하던 말이 떠오른다. 생각했던 것보다 신발값을 너무 싸게 부르자 오히려 사기를 주저하는 손님에게 가게 주인은 이렇게 말했다.

"고급 신발이라 해봤자 이보다 더 좋지 않습니다. 선전비 다 뭐다 뽑아내느라 비싸게 팔 뿐이지, 실제로는 별 차이가 없어요."

삶의 현주소를 확인할 수 있는 곳, 모처럼 만남이 이루어지는 곳. 장보기를 끝낸 아낙은 머릿고기를 사서 머리에 이고 걸음을 재촉한다. 선술집에서 손님들의 노랫소리가 들리기엔 아직 이른 시각인데, 해는 벌써 중천에 떠 있다.

개꿈

한번은 우리 집사람이 꿈을 꾸었는데, 지금 생각해도 어떻게 그렇게 꿈이 잘 들어맞았는지 기가 막힐 정도이다.

아내가 말한 처녀 시절의 꿈은 이랬다. 전라도에서 근무할 때인데 한번은 아내가 꿈에 장미꽃이 봉오리를 맺은 것을 보았단다. 그리고 며칠 후에는 장미꽃이 활짝 만개한 것을 꿈속에서 봤고, 또 그며칠 후의 꿈에서는 바깥에 나갔다가 커다란 뱀을 봤는데, 그 뱀이아내를 보더니 쫓아서 집으로 들어오더란다.

무서워서 도망을 가다시피 안방으로 피했고, 장모님이 아내를 보고 '뱀은 나쁜 동물이 아니니 피하지 말아라.'고 하셨는데, 집으로들어온 뱀이 그 다음에, 커다란 흰 코끼리로 변해 아랫목에 앉더라는 것이었다. 그리고 얼마 후 우리 장모님이 꿈을 꿨는데, 하얀 목화송이가 탐스럽게 피어 있는 꿈을 꿨다고 한다.

그때 내가 전라도에서 근무할 때였다. 강진고등학교에서 전화가한 통 왔다기에 받았더니 다짜고짜 "딱 맞는 자리가 있으니 너 선좀 봐라."고 하는 친구 K의 전화였다. '선은 무슨 선, 나 장가 안

가!' 하고 말았는데, 그 전화 건이 끝내 결혼으로 연결이 된 것이다.

결혼을 하고 얼마 후에 아내가, "여보! 꿈이 이상하게 맞다니까요. 내가 이야기 하나 할게 들어볼래요?" 하더니 위의 '꿈 사건'을 얘기하는 것이었다.

그때 우리 집사람이 꿈을 꾼 것을 뒷날 맞추어 보니, 우연히 아는 사람의 집에 다니러 갔다가 선을 보라는 얘기를 들은 것이, '장미꽃 봉우리'를 본 것이고, '꽃이 만개한 꿈'을 꾼 날, 나와 선을 보기로 결정을 한 날이었다. 그리고 내가 뱀띠일 뿐만 아니라 뱀은 남자의 상징인데, 그게 우리 집사람을 쫓는 꿈이며, 마지막으로 흰 코끼리를 꿈에 본 것은 종교를 상징하는 것 같았다. 장모님이 꾸신 목화송이의 꿈은 결혼을 상징한다는 것을 그 후에 알았다.

그때는 좀 늦었다고 할 수 있는 29세의 나이였는데, 우리 처가에서는 그 꿈을 믿고 '곧 결혼을 하게 되나보다' 하고 걱정을 안했다고 한다. 그래서 '잘못 꾼 개꿈도 맞을 때가 있구나!' 생각했다.

그 후 결혼 후에도 가끔 남의 혼사 일을 꿈으로 맞추는 것을 본 적이 있으며, 남의 집안에 득남 아니면 득녀의 소식을 먼저 알아내는 경우도 가끔 있는 일이었는데, 예를 들면 '하얀 백조가 누구의 어깨에 앉아 있는 꿈을 꿨다'고 하면 틀림없이 딸을 낳는 꿈이었고, '누구 누구를 꿈속에서 뜬금없이 만났다'고 하면 그 사람이 병에 걸릴 거라든가, 아니면 병에 걸려 죽을 거라는 소식이었다.

그런데 어째서 로또 복권의 당첨번호는 못 맞추는지, 어떻게 하면 돈을 버는지, 그런 꿈은 왜 못 꾸는지 알다가도 모를 일이다. 그야말로 용꿈이 아니라, 개꿈만 가끔 꾸어대는 것같다.

신혼

나는 교사로서의 첫 근무지가 전라남도였다. 그때가 1980년도였는데 5월 15일자로 전라남도 교육청의 발령을 받아, 17일자로 학교에 가니, 바로 5·18 사태가 났다. 집에서는 내가 죽은 줄 알았다고 한다. 그럴 수밖에. 전화도 할 수 없지, 편지도 안 되지, 게다가 느려터진 성격이었으니⋯⋯.

진도 군내중학교에서 3년을 근무한 후, 장흥 관산고등학교에 6년 있었는데 그 곳에서 결혼을 했다.

그때는 진도가 왜 그리 멀던지⋯⋯. 지금이야 진도가 목포로 해서 연육교連陸橋가 놓여 수시로 차가 들어가지만, 그때만 해도 전라남도땅 끝을 지나 거기서 배철선를 타고 건너 진도읍까지 한 시간쯤, 진도 읍에서 하루 다섯 번 있는 차를 타고 학교까지 들어가면, 차에 앉아 있는 시간만 집에서부터 꼬박 12시간이 걸리는 거리였다.

그때 뜻한 바가 있어서 결혼을 뒤로 미루었으나, 강진고등학교에 근무하던 친구 K가 간곡(?)히 중매를 서는 바람에, 할 수 없이(?) 선을 봤는데, 그럭저럭 괜찮은 것 같기에 결혼을 했다.

원래 결혼은 그런 거다. 우리가 상식적으로 생각할 땐 사랑하는 마음이 없으면 결혼을 못할 것 같지만, 서로 비슷한 수준이거나 처지만 돼도 결혼은 되는 것이다. 못 믿겠다면 우리 주위를 한번만 둘러보라. 그리고 이제라도 결혼을 하는 부류들을 잘 살펴보라.

처가가 재 너머 강진군의 칠량면이라, 주말이면 수시로 처가 행을 하곤 했는데, 첫아이는 그 곳에서 자라다시피 하며 키웠다.

첫아이를 낳고 방학을 해 원주 고향집으로 가서, 식솔들은 바로 윗방에서, 나는 안방에서 부모님과 같이 생활을 했는데, 때로는 남의 흉도 보면서 때로는 싱겁을 떨기도 하며 부모님을 웃기며 생활하다가 어느 날인가, 하루는 사랑방에서 집사람과 밤늦게 이 얘기 저 얘기를 나누며 시간을 끌다 보니까 밤 열시가 넘었는데, 영 발걸음이 안방으로 안 떨어지는 것이었다. 그런데 가만히 생각을 해보니까 집에 온 지 일주일쯤 된 날이었다.

그래도 할 수 있나, 별 수 없이 안방으로 건너오는데, 늘 함께 잠을 자던 늙으신 모친이 무슨 생각이 들었는지 씩 웃으면서, "와 건너오노? 마 그 방에서 자거래이―" 하시는 것이었는데 아마도 신혼 초인데 일주일쯤 떨어져서 자는 게 좀 불쌍했던 모양이다. 순간 머릿속으로는 수십 번 망설였겠지만 시침을 뚝 떼고, "아니, 왜요?" 하면서 안방에서 잤는데, 노모의 웃는 모습이 그 날따라 더 환하게 보였다.

급기야 그 다음날 저녁 무렵 집사람과 살 것도 없는 시장을 보러 갔다가 산으로 해서 좀 늦게 돌아왔다.

결혼

　나는 결혼을 남들이 전부 다 기피하는 아주 추운 겨울에, 그러니까 1월 20일에 했는데 그게 사연이 좀 복잡했다. 그 당시에 나는 돈을 한 푼도 안 가지고 결혼을 했는데, 무일푼인 이유가 나의 성격 탓이기도 했지만, 그때는 돈을 모을 수 있는 여유가 없기도 했다.

　그때는 월급을 받으면 하숙비를 제하고 남는 돈을 집으로 보냈고, 매 학기에 내는 두 번의 계절 대학원 등록금을 냈으며, 거기서 남은 돈이 내 용돈이었는데 그게 몇 푼 되지도 않았다. 그러니 돈이 있을 리가 없었다.

　어쨌거나 저쨌거나, 내 나이가 서른셋인 1985년도에 결혼을 했는데, 요즈음 같으면 그게 늦은 결혼이 아닌지 몰라도, 당시로써는 결혼이 너무 늦었다고 난리였다. 나로서는 저물어 가는 젊음의 종점에서 선뜻 결혼하기가 그리 쉽지 않았을 뿐만 아니라, 한편으로는 씹을 당근(?)이 있었기 때문인지도 모른다.

　요즈음에는 신혼여행을 최소한 동남아로, 아니면 유럽으로 많이 가지만, 그때에는 제주도로 가는 게 보통이었다. 그리고 형편이 썩

나은 축들이 가끔 동남아나 하와이나 유럽으로 가기도 했었다.

그런데 나는 돈이 없어서 결혼을 1월 20일에 했다. 12월 상여금을 받아 결혼 예물을 해주고, 1월달 정근 수당을 받아 예식비를 대고, 나머지 축의금 들어오는 것을 봐서, 신혼여행을 동남아로 가던가, 아니면 가까운 제주도로 가려고 그리 결정한 것이었다.

그런데 결혼식 때 들어온 축의금이 예상을 못 미치는 금액이었다. 친구들 모임에 나가면, 신혼여행을 어디 다녀왔다느니 하고 이야기 하는 게 유행이었는데, 그때 나는 코가 석자나 빠져 있었다. 아내도 의기소침해지곤 했는데, 하와이에 갔다 왔기 때문이었다.

우리 부부는, 요즈음에는 신혼 여행지 지도에서도 찾아보기 어려운 부곡 하와이에 2박 3일로 버스를 타고 다녀왔다. 어쨌든 신혼여행은 빚을 내서라도 남들이 다 가는 그런 데로 가고 볼 일이다.

그 후 20년이 지나 우연한 기회에, 친구들끼리 제주도에 여행이나 한번 다녀오자는 말이 나왔다. '옳다구나!' 하며 내가 먼저 서둘렀다. 아내와 함께 처음으로 비행기를 타고 제주도에 갔다오고 나서 비로소 내 어깨가 조금 가벼워지는 것 같았다. 그리고 아내도 기를 펼 수 있게 되었다.

그런데 나는 내 결혼이 축복 받은 결혼이라고 생각한다. 다른 것은 다 잊어버렸지만, 큰 녀석을 볼 때마다 신혼여행 기념품이란 생각이 들기 때문이다. 그리고 동지섣달 기나긴 밤을 외롭지 않은 신혼의 단꿈으로 보낼 수 있었으니, 이 어찌 축복의 결혼이 아니라 할 수 있겠는가.

돼지고기 한 근

　신혼 초였다. 그날이 월급날이었는지 아내가 정성껏 저녁을 차려 들고 들어왔는데, 제육볶음이 접시에 수북히 담겨져 있었다. 밥상에 돼지고기가 오르는 것이 새삼스러운 일도 아닌데, 그 날은 기분이 좀 이상했다. 정식으로 내가 가장이 되고 나서 받은 밥상에 올려진 고기라 남달랐던 건지, 어쨌든 나도 모르게 눈물을 찔끔거렸다.

　울먹거리는 모습을 아내가 보고 묻기에, "고기를 보니 옛날 생각이 나서 그래. 저 고기, 옛날에 저 고기가 밥상에 저만큼 있었더라면 우리 식구들이 모두 포식을 했을 텐데……." 하면서 못살고 못 먹어 고생하던 어렵던 시절이 생각이 나서 그런다며 속에 있던 말을 했더니, 그 날 이후로 아내는 돼지고기를 더욱 자주 구워서 내놓았다.

　그 후 집사람이 첫 아이를 임신을 했는데, 임신 중독증이 심해 도우미 아주머니를 한 분 오시라고 해서 일을 시켰다. 돼지고기 삼겹살을 같이 먹으려고 아주머니에게 구워달라고 했더니, 몽땅 다 구워놓고 10분이 넘게 날 기다리는 게 아닌가. 아직도 고기를 맘껏 먹어보지 못해 그런 게 아닌가 싶어 가슴이 찡했다.

내가 어렸던 시절에는 고기를 먹는 게 정말 쉽지 않았다. 한해에 두어 번, 설날 아니면 추석 때 먹는 게 고작인데 그것도 반 근, 잘해야 한 근 정도만 사서 찌개를 해 식구들이 둘러앉아 먹었다. 그 날은 식구들이 더욱 분주히 밥을 더 먹었던 기억이 난다.

몇 해 전에 친구 아들이 이곳 연천 부대에 와 있다며 친구 부부가 면회를 오는 김에 우리 집에 들렀다. 저녁 때 돼지고기를 구워서 내놓았더니 그의 처가 웃으며 하는 말, "우리 저 이는 신혼 초에 돼지고기를 앞에 두고 눈물을 뚝뚝 흘리더라니까요!" 하는 게 아닌가.

짚이는 게 있던 내가 시침을 뚝 떼고, "아니! 왜요?" 했더니, "저고기만 보면 옛날에 못 살던 때가 생각난다며 눈물을 글썽입디다. 얼마나 못살았기에 돼지고기 구경도 제대로 못하고 살았는가 싶데요." 한다.

그 소리를 듣고 내 아내가 "아니, 그 댁도 그랬어요? 참나! 두 남자들이 동창인 게 틀림없네요!" 하며 덩달아 웃었다.

한밤중에 개 짖는 소리

결혼한 지 1년이 다 되어갈 무렵이었다. 만삭인 집사람의 모양새가 영 이상했다. 초저녁에 저녁을 먹을 때까지는 별 이상이 없었는데, 잠을 자려고 하다가 갑자기 끄응–끙 용을 써대는 것이 아닌가?

그러더니 급기야,

"아파서 못 견디겠어요. 아이가 나올 거 같아요." 한다. 나도 대충 들은 말이 있어서,

"참아! 아무리 아파도 애가 금방 그렇게 나오는 게 아니야. 더구나 초산인데 뭐! 그러니 조금만 참고 내일 새벽에 병원에 입원하자. 응?" 하며 졸린 눈을 붙이려는데, 아내가 방바닥을 설설 기어 다니는 게 아닌가.

전라남도 장흥 관산에 근무할 때였는데, 결혼한 지 얼마 되지 않은데다, 출산 경험이 없던 때라 어찌 해야 할 지 알 수가 없었다. 그러니 어떡하나. 아픈 사람이야 아프겠지만, 다음 날 새벽에 병원에 가기 위해서는 지금 잠을 청하는 수밖에.

그런데 영 이상했다. 내가 대학교 때 배운 상식으로는 산통이 시

작된 후, 대여섯 시간은 지나야 출산을 하는 것으로 알고 있는데, 아파서 쩔쩔매는 모습이 금방 숨이 넘어갈 것 같았다.

할 수 없이 옆집에 살던 O선생에게 달려가 이야기를 하니, 부인과 함께 달려왔다.

"참! 형님도 무던하우. 아니 사람이 이렇게 아픈데 잠이 와요? 금방 낳을 것 같은데요?" 하더니, 즉시 병원에 가자고 한다.

집사람에게 일어나서 걸을 수 있겠느냐고 물어보니, 걷기는커녕 한 발짝도 움직일 수가 없는 모양이다. 그래서 팔로 가마를 만들어 태우려고, 집사람에게 내 팔에 한번 앉아보라고 했더니, 아무리 다급해도 남자들 팔에 엉덩이를 걸칠 자신이 없는 모양이다.

그래서 O선생이 자전거에 태우려고 배달용 짐차를 어디 가서 끌고 왔다. 그런데 거기에도 올라탈 수가 없다는 거다. 이번에는 내가 리어카를 끌고 와서 타라고 했더니, 그걸 탈 수 없을 정도로 아프다고 한다.

다행히 걸어서 6~700미터도 안 되는 곳에 병원이 있었으므로, 진통이 오면 이를 악물고 참다가 진통이 잠깐 멎으면 다급한 걸음걸이로 걸음을 재촉하며 걸어갈 수밖에 없었다. 몇 번을 쉬었다가 간신히 병원에 갔는데, 그때 왜 택시를 부를 생각을 안했는지 지금도 이해가 안된다.

간신히 병원에 도착해 자고 있는 의사를 찾았다. 의사는 곧 아이가 나올 거라며 왜 이제야 왔느냐고 호되게 나무랐다.

의사가 급히 출산 준비를 해 분만실에 들어간 지 삼십분쯤 지났을까? 첫째 녀석이 세상에 나왔다. 나는 그렇게 쉽게(?) 아이가 나오리라고는 상상도 하지 못했다.

그런데 그 다음이 또 문제였다. 출산에 관해 무식하기 짝이 없는 나의 황당함이 맘껏 돋보이는 순간이었다. 그냥 여기서 산후 조리를 하다가 집으로 가면 좋겠다는 나의 바람과는 달리, 이번에는 아이 엄마가 집에 가서 산후 조리를 하고 싶다고 우기는 것이었다.

새벽 2시를 지나고 있는데, 하는 수 없이 한 손에는 갓 태어난 아기를 안고 또 한 손으로는 방금 출산한 집사람을 부축해 집으로 돌아와야 했다. 그런데 날마다 술 마시고 당구 치느라 놀러 돌아다니던 바로 그 길이 이렇게 멀 줄이야. 그 조용한 시간에 우리 발소리를 듣고, 온 동네의 개라는 개는 전부 다 짖어대니, 혼이 쏙 다 빠지는 것 같았다.

그렇게 낳은 녀석이 어릴 때는 갖은 속을 다 썩이며 온갖 해괴망측한 짓을 다 하더니, 그로부터 20여 년이 지난 지금은 군대에 가서 벌써 제대 말년이라고 갖은 똥폼을 다 잡고 있다. 참으로 세월은 빨리도 흘러간다.

귀에 아름다운 소리

'노래를 찾는 사람들일명 노찾사'이 부른, '일요일이 다 가는 소리'를 들어 보면 각종 듣기 좋은 소리들이 나온다.

'엿장수가 아이 부르는 소리, 아이들이 몰려드는 소리'부터 '그러나 군침만 도는 소리'에다가, '두부장수 짤랑대는 소리'에 '가게 아줌마 동전 세는 소리' '채석장에 돌 깨는 소리', '공사장에 불도저 소리', '대폿집의 술잔 들이는 소리' …… 등, 각종 소리들이 망라되어 있다.

그런데 그 '소리'들은 '이제는 다 가 버린 소리'이고 '들리지 않는 소리'이며, '모두가 바쁜 그 소리'이고 '아쉬움이 쌓이는 소리'인데, 그 소리들은 작가가 그리워하는 소리이다. 비단 작가만이 그 소리를 그리워할까?

훨씬 전에 살았던 조선시대의 어느 대감은, '달밤에 뜨락에 오동잎 지는 소리'를 좋다고 했고, 또 어느 대감은 '월야삼경에 여자가 옷 벗는 소리가 제일 듣기 좋은 소리'라고 했다. 이 얼마나 운치 있는 얘기인가.

이렇게 모든 소리에는 운치가 있는데, 그래서 그런지 깊어 가는 이 가을에는, 뜨락에 있는 나무의 낙엽 지는 소리며, 귀뚜라미의 울음소리가 한결 운치 있는 소리임에 틀림이 없다.

늦은 겨울밤에 어디론가 떠나는 기적소리도 좋고, 군인들의 취침 나팔소리도 좋고, 특히 고즈넉한 산사의 풍경소리는 더더욱 좋으며, 어린 아기가 쌔근쌔근 코를 골며 자는 소리도 나는 좋다.

내가 어릴 때 형은, 일요일에 텅 빈 학교에서 나오는 풍금소리가 그렇게 좋더라고 종종 말하곤 했는데, 진짜 그 소리를 듣고 말하는 건지는 아직도 알 길이 없다.

누구나 기억에 남는 아름다운 소리가 있기 마련이지만, 나는 젊은 시절 아지랑이가 피어오르는 어느 봄날 일요일에, 앞산 위에서 이름 모를 청년이 불던 '아, 목동아! Oh! Danny Boy' 트럼펫 소리를 기억에 남는 좋은 소리로 기억하고 있다.

가는 날이 장날

　강원도 원주에 가면 반곡동이란 곳이 있다. 지금은 땅값이 금싸라기처럼 뛰었지만, 내가 어릴 적엔 빗자루를 만들 싸리를 베러 가거나 칡을 캐어 먹기 위해, 아니면 참꽃진달래을 따먹기 위해 드나들던 반곡리라는 동네였다.

　그 곳에는 원주에서 부산 쪽으로 가는 중앙선 완행열차의 첫 번째 간이역이 있었으며, 산들이 아기자기 하게 많아 산세가 좋고, 주민들은 농사를 지어 먹고 사는 소도시 속의 한적한 시골 동네였다.

　그러니까 그게 스무 살 때던가, 스물한 살 때던가. 봄날 일요일 오후, 차도 없던 시절에 친구와 그곳에 놀러 간 적이 있다. 지금은 이십 리나 되는 길을 걸어서 갈 리가 없지만, 그때는 가만히 있으면, 발에 무좀이 생기고 겨드랑이에 날개가 돋던 시절이 아닌가.

　이 산 저 산을 돌아다니며 뛰어다니다가 해가 설핏 기울 무렵 배도 출출한 데다가 이제 집에 가야겠다고 생각하며, 고등학교 때 같은 반 친구였던 S를 만나 안부나 묻고 가려고 물어물어 친구 집을 찾았다.

그런데 아니, 이게 웬 일인가! 가는 날이 장날이더라는 말을 이런 때 쓰는 건지 모르지만, 그 날이 바로 친구네 집 잔칫날이었다. 지금은 오래되어 기억이 잘 나지 않지만, 아마 친구 아버지 환갑잔치였던 것 같다.

잔치가 끝나고 상을 거의 치울 무렵이었는데, 손님은 다 갔지, 음식은 많이 남았지, 친구가 우릴 보더니 큰 잔칫상을 다시 한 상 가득 차려 내놓는데 얼마나 반갑고 고마웠는지 모른다.

그때는 먹을 것이 없어서이기도 했지만, 돈이 없어서라도 잘 먹지 못하던 시절이 아니었던가. 그런데 상 위에 있는 음식은, 그 당시에는 보기 드문 잡채와 식혜, 각종 고기반찬과 말로만 듣던, 그릇에 고봉으로 담긴 쌀밥, 그리고 돼지고기 볶음에 소고기국에 그 집에서 직접 담갔다는 술…… 친구와 나는 입을 떠억 벌리고, 눈이 휘둥그레졌다.

한 상 잘 차려준 친구에 대한 고마움을 어찌 말로 다 할 수 있으랴. 하지만 고맙다는 말이 공중에서 채 사라지기도 전에 우리는 인정사정 볼 것 없이 그 음식을 싹쓸이해 먹었다.

그날 술까지 거나하게 한 잔 하고 집에 돌아오는데 기분이 어찌 그리도 도도하고 흐뭇하던지……. 우리는 치기稚氣가 넘쳐 어느 무덤가에 누워 별을 보았다. 그리고 시흥을 돋워가며 어설프게 옛 시인들의 흉내를 냈는데, 결국에는 다음과 같은 시를 짓고 요즘 말로 빵! 터져서 둘이 배꼽을 잡고 웃었다.

'북두칠성으로 하늘을 되니 하늘은 몇 되나 되는 고……,' 하니 '자벌레가 땅을 기니 땅은 몇 자나 되는 고……,' 하며 말이다. 누가 먼저인지 모르지만 평소에 읽던 김삿갓의 시를 읊었는데, 거기 운을 맞추어 화답한 시도 결국은 그것이었던 것이었다.

그 후 원주에 가면 그때 생각이 나서 반곡에 가끔 들르곤 한다. 반곡에는 새로운 길이 나고 동네가 번화해졌는데, 옛날의 그 친구는 그 곳을 떠나 어디론가 가고 없었다.

흔히들 맛있는 음식이나 배부르게 먹은 기억을 이야기 하곤 한다. 나는 지금도 가장 기억에 남는 맛있는 음식을 꼽으라면, 단연코 그때 친구 S 집에서 먹었던 음식을 첫 손가락으로 당당히 꼽는다. 그리고 가장 배부르게 먹은 음식도 그때를 꼽을 수밖에 없다.

당연하지 않은가. 근 사십 년이 다 되어 가는 지금도, 그때 그 맛을 친구와 함께 잊지 않고 얘기하고 있으니 말이다.

수세식화장실의 추억

어딜 가도 화장실이 깨끗하다. 거기다가 감미로운 음악까지 나와서 꼭 남의 집 사랑방이나 휴식공간에 앉아 있는 느낌이 들 정도이다. 이 모든 것이 88올림픽과 2002년 월드컵 때 부지런히 홍보하고 자극을 주어 이리 깨끗해지게 되었다는 데, 이의가 없을 것이다.

내가 어릴 때는 화장실이 전부 다 푸세식 화장실이었으며, 공중화장실이 많았다. 학교 화장실 역시 푸세식이었다. 냄새는 둘째 치고 여름에는 구더기가 들끓어 얼마나 파리와 모기가 날아다니는지, 용변을 한 번 보려면 두 손을 아래위로 휘젓거나, 그 놈들이 깨어나 활동을 하기 전에 얼른 일을 처리하고 나오는 게 상수였다.

겨울은 겨울대로 분뇨가 꽁꽁 얼어 뾰족한 탑을 이루고 있어서, 그 사이로 용변을 보려면 여간 괴로운 것이 아니었다. 그래서 집집마다 '똥지게'를 변소 옆이나 사람들이 많이 다니지 않는 곳에 걸어두었다. 그리고 분뇨가 가득 차면 퍼내어 따로 묵혀두었다가 거름으로 쓰곤 했다.

우리 이웃에 조 영감이라고 불리는, 키가 아주 작은 애숭이 늙은

이가 살고 있었다. 어느 해 겨울이던가. 그 영감이 변소를 퍼서 분뇨를 밭으로 나르고 있었다. 그런데 그 탑처럼 뾰족한 커다란 대변 덩어리가 떼굴떼굴 굴러가는 바람에, 조 영감이 그걸 멈추려고 쫓아가다가 넘어지는 걸 멀리서 놀던 우리가 보고, 크게 웃음을 터뜨린 적이 있었다.

화장실의 위생상태도 불결하기 짝이 없었다. 벽에는 각종 낙서에, 이상하고도 얄궂은 영어 문자에 그림하며, 벽에는 웬 손가락자국이 그리 많았는지, 사방이 온통 검게 변색된 손가락자국이었다.

휴지는커녕 종이도 변변한 것이 없어서, 우리 집이야 다 본 신문지라도 오려서 놓아두었지만, 그것도 없는 집은 낡은 책이나 거멓게 기록 된 다 쓴 공책들을 대부분 갖다 놨었고, 그것도 없으면 시멘트 포대라던가 밀가루 포대, 아니면 못 쓰는 헝겊 쪼가리도 더러 있었던 것이었다.

어느 해이던가. 전라남도 끝에 있는 천관산으로 등산을 간 적이 있다. 갑자기 뒤가 급해, 사람들의 눈길이 뜸한 곳으로 들어가 용변을 본 적이 있다.

그런데 일을 끝내고 보니, 가져 간 화장지가 없어서 대충 뒤처리를 했더니, 산을 내려올 때까지 따끔따끔해 흡사 치질에 걸린 사람들처럼 어기적거리며 걸었던 적이 있었는데, 그때 생각한 게 '옛날 사람들은 뒤처리를 어떻게 했을까' 하는 것이었다.

헝겊도 없고 종이도 없던 시절에 어떻게 일을 처리 했을까? 그냥 조약돌이나 호박잎 같은 것으로 했을까?

우스갯소리로, 강원도 산골에 가면, 문 앞에서부터 변소까지 새끼줄이 하나 쳐져 있는데, 그걸 왔다 갔다 하며 처리했다고 하는 말이 있다. 그거야 워낙 산골 촌놈이라고 얕봐서 한 소리지만, 지푸라기도 한 가지 방법이 아니었을까', 하는 게 내가 내린 결론이다.

지금부터 10여 년 전1993년도 여름방학에 중국으로 연수 차 떠날 기회가 있어, 시인 윤동주가 다녔던 연변의 중학교에 들렀을 때, 여기 아이들은 무슨 낙서를 하나 싶어 화장실에 가봤더니, 하얗게 백회로 바른 벽이 얼마나 깨끗한지 그 정결함과, 그 재래식 화장실의 분위기에 맞지 않게 화장지를 휴지로 쓰고 있는 것에 놀란(?) 적이 있다. 그래서 나름대로 내린 결론은, '잘 먹고 잘 산다고 문화국민은 아니구나!' 하는 생각이 드는 것이었다.

1971년도인 고등학교 3학년 때였다. 난생 처음으로 서울을 올라와서 어느 집에 묵었는데 이게 또 이상했다. 화장실을 들렀는데 바닥이 야트막한 것이 아닌가? 여태까지 보아 온 내가 쓰던 모든 화장실은 밑에 있는 네모 칸 깊이가 1미터 전후였는데, 이 화장실은 깊이가 10센티미터는 될까 말까 했으니, 암만 보아도 답이 나오지 않았다.

그러니 급한 김에 먼저 볼일을 보며 가만히 생각했는데 도무지 정답이 없었다. '가만 있자, 이렇게 얕은 걸 보니 이곳 서울사람들이 양이 적어서 그런 것은 아닐 테고…….' 그래서 생각 끝에 운동화로 대변을 구멍으로 쓸어내리려다가 보니 암만해도 이렇게 하는 건 아닌 것 같았다.

그렇다면 신발에 대변이 안 묻어야 할 것이고……. 그러니 다시 머리를 써 볼 수밖에……. 다시 가만히 보니 문간에 휴지통과 쓰레기 집게가 있었다. 그제야 '아하! 이 집게로 쓸어내리라 는 걸 모르고…….' 하면서 집게로 쓸어내리는데, 아니! 이것도 이상했다.

'곧 이어 남들이 화장실을 올 텐데……. 빨리 끝을 내야 될 텐데 이것을 어찌 하노?' 하고 가만히 생각하는데, 중학교 때 영어선생이 수업시간에, '외국에 나가면 수세식화장실이라는 게 있는데, 이것은 줄을 잡아당기면 물이 나와서 청소를 깨끗이 해준다고 하신 말씀이 기적같이 퍼뜩 떠올랐다.

그래서 혹시나 하는 마음에 정면을 보니 거기에 거짓말 같이 손잡이가 달린 줄이 있는 것이었다. 그래서 줄을 잡아 당겨 처리를 하고, 한결 의젓해진 것 같은 마음으로 화장실 문을 나선 적이 있다.

훗날 내가 이런 이야기를 했더니, 수원에 사는 동료 H 선생이, 자기는 벽에 있는 줄을 잡아당기는 순간, '와르르…….' 소리와 함께 물이 엄청나게 쏟아지는 것을 보고, '이크! 큰일 났다. 뭔가 잘못 되었구나' 싶어, 재빨리 문을 닫고 제기동에서 청량리까지 도망갔다가 온 적이 있다고 하면서 껄껄 웃었다.

그러니 수세식화장실이라고 하는 말만 나오면 나의 무용담이 보태졌는데, 지금은 어떤가? 수세식화장실에도 양변기가 있고 좌변기가 있다. 내가 어떤 것이 좌변기인지 양변기인지도 제대로 모르는 사이 지금은 비데라는 것이 유행을 한 지 이미 오래다.

얼마 전에 친척집을 갔더니, 이 비데라는 것이 있는 것이 아닌가? 그래서 '희얀타!' 하며 무심코 아무 단추를 눌렀다가, 물을 흠뻑 맞고 말았다.

이런 이야기를 동료들한테 했더니, 자기는 눌렀는데 물이 뿜어져 나와, 머리 감는 것인 줄 알고 들이대고 머리를 감았다고 해 함께 박장대소 하였다.

하지만 아직까지도 화장실이 수세식이 된 줄 모르는 사람들이 가끔 있어서 나를 우울하게 한다. 얼마 전에 공중변소에 갔는데, 앞 사람의 흔적이 고스란히 남아있는 것이다. 화장실이 고장 났나 하고 조심스레 스위치를 눌렀더니, 물이 잘 내려가는 것이 아닌가.

이런 이야기를 동료들과 하다가, 좌변기 위에 난 발자국의 정체를 알아냈다. 그 '정체'라는 것이, 좌변기 위에 올라가 뒤로 앉아 끌어안아도 봤다가 앞으로도 앉아봤다가 하며 나의 경험을 통해 알아낸 것이다.

그런데 이 비데라는 것이 앞으로 더 인기를 끌 것 같은 예감이 든다. 용변을 마친 후 시원하게 물을 뿌려주어 산뜻한 전율을 느끼게 해주니, 더없이 상쾌한 물건이라는 생각이 들기 때문이다.

우리들의 일그러진 영웅

나는 전쟁세대다. 정확히 말하면 전쟁이 끝나던 해인 1953년에 태어났는데, 우리가 어릴 때는 인구가 폭발적으로 늘어 '아들 딸 구별 말고 둘만 낳아 잘 기르자' 하는 표어가 있었다. 그러더니 슬며시 '둘도 많다'는 표어로 바뀌며 가족계획을 국가 정책 사업으로 꼽더니, 요즘에는 다시 다산을 유도하는 시책을 쏟아내고 있다.

그런데 미안한 얘기지만, 나는 인구 과밀이 문제를 일으키는 원인이라고 본다. 생각해 보라! 앞으로는 노령 인구의 증가로 젊은이 한 명이 노인을 몇 명 모시는 시대가 온다고 하지만, 그 고비만 넘기면 상황이 달라질 거라 생각한다. 늘어나는 노령인구의 노동력을 활용할 수도 있을 테니, 결국에는 인구밀도가 낮아져 더 살기가 좋아지지 않겠는가.

그런데 인구가 많이 늘면, 우리 시대에는 괜찮을지 모르지만, 악순환이 반복되지 않을까 하는 생각이 든다. 이렇게 인구가 증가하면 다시 또 인구정책을 바꿔야 한다.

프랑스의 경우를 보면, 땅은 우리나라보다 몇 배나 넓은데, 인구는 거의 비슷하다고 알고 있다. 인구가 자원이 되는 시대가 온다고는 하지만, 우리 세대 사람들이 적게 태어났더라면 지금 우리가 당면하고 있는 여러 문제들에 대한 부담이 좀 덜하지 않을까 하는 생각이 들기 때문이다.

그런데 그때 태어난 사람들의 부모님들에게도 문제가 좀 있지 않나 하는 생각이 들기도 한다. 나라는 전쟁이 일어나, 부산까지 밀렸느니, 빨갱이 부역이니, 공출이니, 맨발로 이불 보따리를 이고 지고 피난을 가느니 하며 생고생을 하는데, 또 다른 한편에서는 사랑을 하고, 임신을 하고 또 아이를 낳고 했으니 말이다. 그야말로 불난 집의 부채질이 아니라, 불난 집 옆에서 고기를 구워 먹은 게 아닌가 하는 생각이 든다.

지금도 우리는 초등학교 반창회를 한다. 우리 반은 학생 수가 70여 명쯤 되는 남녀 혼합반인데, 신기하게도 단 한 번도 다른 반 학생들과 섞이지 않은 채 6년 동안 함께 공부하고, 또 졸업을 했다.

그러다 보니 그 얼굴이 그 얼굴이라 급우들끼리 랭킹이 정해져 있었다. 학급 간부인 반장부터 분단장까지 남녀로 나누어 거의 모든 직책이 바뀌지 않은 채 6년 동안 무사고(?)로 했다.

가끔 전학 온 아이들이 있었지만, 특출하게 공부나 싸움을 잘하지 않고서는 눈에 뜨이지도 않았다. 몇 차례 다른 곳에서 공부를 곧잘 하는 학생이라던가, 얼굴이 제법 예쁜 여학생이 우리 반으로 편입이 되어 온 적은 있지만, 결국 그 아이도 우리 체제에 젖어들거나 외톨이로 학교를 졸업할 수밖에 없었다.

그러니 '우리들의 일그러진 영웅'이 등장하는 것은 필연적이었다.

청소나 가끔 체육시간, 아니면 집에 가지 않고 단체로 하는 놀이가, 나는 그렇게 싫을 수가 없었다. 그뿐만이 아니었다. 그때는 비가 올 때 비닐우산만 쓸 수 있어도 다행이었는데, 남이 가져온 그런 것들은 독재자들에게 심심풀이 놀이기구와 같은 것이었다.

중학교 때는 1학년 때 학급 반장이 또 영웅이었다. 담임 선생님의 막강한 권한이 그대로 옮겨진, 글자 그대로 담임 선생님의 대리자였다. 그때 한 아이가 그 영웅의 똘마니 노릇을 했다. 아이들에게 돈을 빌려 영웅에게 아부를 했는데, 결국 부모가 와서 그 돈을 아이 대신 갚아주었다. 그때로서는 거금인 오천 원이었다.

끊임없이 이어지던 학급비 독촉, 조금만 늦으면 날아오던 회초리, 회초리보다 더 무서운 친구들 앞에서의 모멸감, 끊임없이 이어지던 청소와 소지품 검사, '이번에 소풍을 갈 때 담임선생에게 무엇무엇을 선물해야 하니 얼마씩 내라'며 걷는 돈, 아니면 과자류……

나중에야 안 일이었지만, 수시로 했던 소지품 검사는 '왕'을 위한 것이었으며, 수시로 걷는 학급비도 그의 용돈이었다. 그 영웅은 그렇게 1년 동안 왕 노릇을 하다가, 급우들이 2학년으로 올라가게 되자 아이들의 투표에 의해 밀려났다.

그런데 그 자리에서 밀려나자마자 학급 꼴찌에게도 얻어맞는 지경이 되었다. 그 왕을 때리지 않은 녀석이 없을 정도였다. 결국 아이들의 업신여김을 견디다 못해 학교를 그만 두고 말았다.

최근에 나간 반창회에서, 그 영웅들 중의 한 명이 나이 마흔도 안 되어 병이 들어 시름시름 앓다가, 중풍이 들어 반신불수가 되어 죽었다고 들었다.

또 학교를 그만 두고 말았던 또 한 명의 영웅을 지금부터 삼십 여 년 전, 그러니까 그 일이 있고 나서, 오, 육년 정도가 지난 후 만난 적이 있다. 그는 군인 모자를 쓴 조그만 남자로 변해 있었다. 지금 은 어디서 뭘 하고 있는지…….

5부 복되어라, 짜장면 집

.
.
.

사람 살려!

뱀 알

개구리와 뇌진탕

복되어라, 짜장면 집

부조扶助 유감

겸손은 아름다워

똥개와 보신탕

쥐가 삼겹살을 훔쳐 먹는 방법

지극한 사랑

꿈 이야기

펄 벅 여사와 밀짚모자

산산이 부서진 이름이여

중풍

아, 가을이여!

신비로운 인체

하나님! 우리 하나님!

나의 종교관

사람 살려!

고등학교에 갓 입학했을 때 수학선생님이 젊었을 때 이야기를 해 주셨다. 겨울철에 잘 아는 절이 있어서 며칠 묵은 적이 있는데, 하루는 스님이 그 선생님을 부르더니 이것저것을 물어 보시더란다.

"처사님, 그런데 이 절에 있으면서 무슨 소리를 못 들었습니까?" 하시는데 아무리 생각해 봐도 무슨 소리가 들린 적이 없어서,

"아무 소리도 못 들었는데요?" 하니,

"거 이상하다. 그런 소릴 못 듣다니! 난 시끄러워 못 견디겠던 데……." 하셨다.

그런데 며칠 후에 다시 또 부르더니 똑같은 질문을 하시더란다. 그래서 또 다시 못 들었다고 했더니,

"아니! 새벽에 무슨 소리 안 들려요?" 하기에,

"아! 그거야 들리지요. '두부 사려!' 소리라든가 '꽁치 사려!' 하는 소리요."

"흠! 듣긴 들었는데 나하고는 좀 다르게 들었구먼. 난 그게 꼭 '사람 살려……. 사람!' 이렇게 들린단 말이야!" 하시더란다.

그런데 그 다음 날 새벽부터는 선생님 귀에도, '사람 살려……. 사람' 이렇게 들리더라는 것이다.

그 후부터 텔레비전에서 노래 부르는 가수를 보거나, 영화를 보거나 전부 다 내 귀에는 '사람 살려……. 사람' 소리로 들렸다. 선거 때가 되어 유세하는 사람들까지, 학생을 가르치는 선생님들의 목소리까지 그렇게 들렸으며, 심지어는 춤추는 무용수들의 몸짓까지 사람 살리라고 절규하는 것으로 보였다.

몇 년 후 시집간 누나가 초등학교에 들어가기 전인 어린 조카들을 데리고 친정 나들이를 왔다. 그때 어머니에게,

"어무이! 둘째 놈이 뭘 잘못해서 내가 때렸더니 '사람 살려……. 사람' 하고 소리를 지르는 바람에, 창피하기도 하고 어찌나 우습던지요." 하는 것이다.

그때 아버님이 조카 머리를 쓰다듬으시며,

"야! 니가 벌써 사람이가?" 하셔서 우리 모두 따라 웃었다. 그 '사람 살려……. 사람'과 이 '사람 살려……. 사람'이 서로 뭐가 다른 걸까.

뱀 알

전곡에서 철원 쪽으로 가다가 보면, 절반 정도 즈음에 멀리서 보면 부처님을 닮은 산이 하나 눈에 띈다. 그래서인지 그 산 이름이 지장산이다.

그 산을 더듬어 들어가다 보면, 지장계곡이라는 골짜기가 있어 동송의 담터 계곡과 연결이 된다. 경치가 좋고 맑은 물이 흐르고 있어서 해마다 여름이면 곳곳에서 많은 사람들이 찾아와 피서를 즐기곤 한다. 그리고 그 지장산에 지장암이라는 절이 하나 있었는데, 몇 년 전인가 군부대 사격장이 절과 가까워 그 절을 폐사시키기로 결정을 했다고 한다.

지금부터 하려는 이 이야기는 몇 년 전에 실제로 내가 직접 들었던 이야기인데, 하도 신기해서 잊지 않고 가슴에 새겨 둔 것이다.

어느 날 장에 아내를 따라갔다가 우연히 장터 바닥에 앉아, 약초와 산나물을 파는 할머니와 이런 저런 살아가는 이야기를 나누게 되었다. 아내가 시장을 보는 동안 시간도 보낼 겸 그 옆에 앉아, 할머니 말씀에 귀를 기울였다.

할머니 말씀이 영감님을 전쟁통에 잃었는데 이렇게 약초를 캐다 팔아서, 자식을 서울에서 대학에 보낸다고 했다. 그리고 하나 있는 딸도 시집을 보내어 유복하게 살고 있고, 결혼한 아들도 있다고 했다. 이렇게 약초를 팔아 아들의 학비도 보내고 자기도 먹고 사는데, 이렇게 사는 자기 신세가 더 부러울 것 없이, 세상에 제일 편하다는 것이었다.

그래서 내심으로는 '세상에 그럴 리가 있나. 이까짓 약초 팔아서 얼마나 남는다고' 하는 마음으로 물어 보았다. "할머니! 이제 그만 두시고 아들한테 가서 편하게 지내시지 그러세요?" 했더니, 자기는 이렇게 사는 것이 자식들에게 신세도 지지 않고 훨씬 편하다며, 그런저런 이야기를 하고 헤어졌다.

그 후에 다른 사람들이 할머니 이야기를 하는 것을 들었는데, 자식 교육이며 결혼 시킨 아들과 딸에 관한 이야기 등, 전부 할머니 말씀과 일치했다.

그 후 장에 갈 때마다 가끔 그 할머니를 보곤 했는데, 하루는 거짓말 같은 사실을 내게 말해주었다. 봄부터 가을까지 산에 가서 나물을 캐는데, 나물이나 약초를 캐다가 가져간 비닐을 덮고 조용한 산속에서 낙엽에 묻혀 잠을 자면, 멧돼지나 노루, 토끼, 꿩들도 곁에 와 함께 잠을 잤다는 것이다.

내가 '안 무섭더냐, 안 춥더냐?'고 물어보면 '아, 무섭기는 뭐가 무섭쑤. 내가 저들을 헤칠 마음이 없는데 저들이 나를 해치겠수? 그리고 춥지도 않아요. 비닐을 덮고 잠들어 보구려. 얼마나 잠자리가 편한지 아슈?' 하신다.

그러면서 덧붙여 한다는 얘기가, 산에서 잠을 자면 맑은 공기에 누가 뭐라고 하는 사람이 없어서 더없이 좋다는 것이다.

　사람은 자기 집에서, 이불을 덮고 잠을 자야만 하는 줄 알고 있는 나로서는, 그렇게 잠을 자는 사람이 있다는 사실이 놀라웠을 뿐만 아니라, 그 자체가 경이로운 사건으로 느껴졌다.

　그후 꽤 시일이 흐른 후 들렸다. 그런데 할머니가,

　"이제 곧 죽을 지도 모르겠어. 아니 글쎄 약초를 캐다가 뱀 알을 잘못 건드려 터뜨렸지 뭐유! 에구, 그게 바로 업이라는 거 아니겠수? 그 불쌍한 새끼들을 내가 죽였으니, 쯧쯧……." 하시는 것이다.

　그래서 속으로 '무어 그런 일로 저리 엄살을 떨꼬.' 하며 그 말을 무심히 넘기고 말았는데, 그 몇 달 후에 장에 나갔을 때 그 할머니가 보이지 않는 것이었다.

　그래서 옆에 있던 장꾼들에게 물어 보았더니, 그들도 그 할머니가 안 보이기에 바람결에 들려오는 소문을 들어보니 저 세상으로 가셨다고 한다. 나에게 뱀 알을 터뜨린 사건에 관해 얘기를 해주셨던 바로 그 무렵이었다.

　그 후로 나는 이 신기한 사건을 잊지 않고 만나는 사람들에게 이야기해 주곤 한다. 물론 그 할머니가 자기의 생명줄이 다해 돌아가신 것이겠지만, 그걸 '업'으로 생각하는 마음이 얼마나 갸륵한가, 하는 생각이 들기 때문이다.

　업이 가장 무섭다는 생각이 든다. 이 대자연의 질서, 우주의 질서가 곧 업 아닌가. 그 업을 피할 자신이 내게는 없다. 업에 의해 우리 인간은 자기 갈 길을 간다. 봄이 오면 반드시 꽃이 피는 것처럼, 우리는 각자 자기의 업에 의해 갈 길이 주어지는 것이다.

그 할머니는 지금도 천국에서 약초를 뜯으며 멧돼지들과, 노루, 꿩, 토끼들과 이야기를 나누며 지내고 있을까? 지금도 조용한 곳에서 맑은 산의 공기를 마시며 비닐을 쓰고 잠을 잘까?

개구리와 뇌진탕

벌써 한 삼, 사 년은 되었을 것이다.

어느 여름날 방학 중에, 빈 학교를 지키러 학교에 갔다가, 우체국에 볼일을 보러 자전거를 타고 나갔다 들어오는 길에 길옆을 보니, 무언가가 길 한쪽에서 기어가고 있었다. 가만히 보니 달팽이였다.

어디에서 기어와 어디로 가는지는 모르지만, 이 녀석이 뿌옇고 진한 액체를 질질 끌고 가는 게, 넉 다운 되기 일보직전의 힘든 모습이었다. 그때 또 태양은 얼마나 뜨거웠는지……. 가만히 있어도 땀이 줄줄 흐르는 그런 날이었다.

그것을 보고 안 되겠다 싶어서 주워 가지고 오다가 물가에 던져주니, 한참동안 숨을 죽이고 가만히 있었다. 아마 죽음의 일보 직전에서 기적적으로 살아나 안도하는 모습인지 몰라도, 그렇게 한참을 시원한 물속에 떠있던 달팽이는, 잠시 후에 다시 가 봤더니 어디인가로 사라졌는데, 살아 난 게 틀림없었다.

그 달팽이는 그 더위에 얼마나 죽을 정도로 고생을 했을까? 길 위에서 나에게 발견되기까지 달팽이 입장에서는 한없는 사막 길을 죽을힘을 다해 기었을 것이고, 내가 그 녀석에게는 생명의 신이나 다름이 없었을 것이다.

이처럼 작은 선행을 했을 뿐인데도 흐뭇하게 생각한 적이 있는데, 그 반대의 경우도 있었다.

이번에는 진도에서 근무할 때 일이다.

장마철이어서 그 전날부터 비가 많이 왔지만, 그 날이 월급날이었기에 비가 잠깐 그친 사이, 수업이 없는 시간을 이용해 집으로 송금하려고 우체국을 향하고 있었는데, 물이 흐르는 길옆의 도랑에서 개구리들이 몇 마리 놀고 있었다.

요놈들이 얼마나 조그마한 지 길이가 꼭 내 손톱만큼 밖에 안 됐는데, 그 중의 몇 놈은 수영을 하며 놀다가 지쳤는지 도랑의 풀잎위로 올라와 햇볕을 쪼이고 있었다. 꼭 천렵이라도 나온 것 같은 모습이었다.

그것을 보는 순간 '야! 이놈들 봐라? 굉장히 귀여운 녀석들이네?' 하면서 콩알만 한 돌을 하나 들어 고놈들에게 던졌는데, 아뿔싸! 그 돌이 햇볕을 쬐던 어느 한 마리의 머리에 정통으로 맞는 게 아닌가? 그리고 맞자마자 이놈이 힘없이 몸을 획 틀더니 물에 거꾸로 뒤집어지는 것이었다.

꼭 사람이 물에 빠져 죽었을 때 그렇게 눕는 식으로. 그러니 나는 그 조그만 돌에 개구리가 맞아 죽었다는 사실이 너무 신기하고 죄스러워, 나무막대기를 주워 건드려 보았다. '설마 죽지는 않았겠지 하는 생각으로' 그랬더니 이 녀석이 나무가 몸에 닿기도 전에 물속으로 쏙 들어 가는데, 나는 그제야 '하이고! 죽을죄는 안 지었구나.

아마도 저 개구리가 그 순간 가벼운 뇌진탕을 일으킨 모양이네.' 하면서 회심의 미소를 짓고 다시 길을 가려는데, 마침 건너편에서 한 여고생이 오고 있었다.

나는 내가 방금 겪었던 일이 하도 신기해 그 여고생을 보자마자, "학생, 혹시 개구리가 기절하는 것 봤어?" 하고 물어 보았다. 이 여고생은 길 가는 사람을 갑자기 세워놓고 밑도 끝도 없는 질문을 하자 어이가 없는지 멍하니 서 있었다.

나중에 알고 보니, 그 여학생은 내가 가르치는 학생의 언니였다. 그때 어이가 없다는듯이 신기해하던 내 모습을 상상하며 둘이서 떼굴떼굴 구르며 웃었다고 한다.

나는 '개구리에게 돌을 던지는, 어쩌고…….' 하는 것이 말로만 있는 줄 알았다. 그런데 이런 기가 막히는 일이 실제로 벌어지니, 놀랄 수밖에.

복되어라, 짜장면 집

1960년대 중반쯤이었다. 우리 동네에서 약간 떨어진 오막살이 초가집에 가난한 부부가 살고 있었다. 이 사람들이 거지가 아닌 이유는 잠을 잘 집이 있고, 딸린 식구가 몇 명 있기 때문이었다.

남편의 머리에는 언제나 다 떨어진 수건이 얹혀져 있었고, 체구는 쪼그랑 망태기처럼 형편없이 작았다. 그는 치악산에서 지게로 갈대를 꺾어와 조리를 만들어 파는 사람이었는데, 그의 처는 흰 눈을 희번득거리는 맹인이었다.

슬하에 자식이 셋이나 되었는데, 위로 딸이 하나 있고 나머지 둘이 아들이었다. 친구들이 놀 때, 언제나 그 아이들이 왕따를 당했음은 물론이며, 놀이에 끼어주지도 않았다.

못 먹어서 덩치가 남보다 유난히 작았던 그 아이들 중에서, 큰 사내아이는 내 동생보다 한 살 많았고, 작은 아이는 한 살 적었는데, 늘 애꿎게 다른 아이들의 화풀이 대상이었다.

그런데 나보다 네 살 어린 내 동생도 몸이 가냘팠다. 내 동생은 남들에게 욕은 물론, 싫은 소리도 못하는 데다가 그 흔한 다툼마저도 한 적이 없었으며, 매일 힘없이 방에만 있어서 우리 형제들의 속을 썩였다.

하루는 작은 형이 동생을 방에 불러 앉히고,

"왜 그렇게 약하냐. 이 바보야. 친구들과 싸울 수도 있고, 때에 따라서는 욕도 해도 되는 거여, 알어?" 하고 혼을 냈는데, 그 말을 들은 동생의 눈에 어떤 비장한 결기(?)가 도는 것을 나는 보았다.

그런데 이 동생이 작은 형에게 그렇게 교육을 받고 문을 열고 밖으로 나가는데, 마침 이 봉사의 작은 아들이 그 앞을 지나가는 중이었다. 다짜고짜 우리 동생이 그 녀석에게, 비장한 목소리로, '××아, 이 ×새끼야!' 하고 욕을 하는 게 아닌가? 그 욕을 듣는 순간 나와 형은 배꼽을 잡고 주저앉았다. 그 다음부터 그 녀석의 별명은 '×새끼'가 되었다.

초년교사 시절이었다. 방학을 하여 원주를 갔다가 마침 점심때라 배가 출출하기에 시장의 허름한 음식점을 골라 들어갔다. 그리고 짜장면을 주문하는데, 아니! 그 '×새끼'의 형이 거기서 주문을 받고 있는 것이 아닌가?

그러더니 나를 첫눈에 알아보며, "어이구, 형님. 아니세요? 어디서 교직에 계신다면서요?" 하며 몸 둘 바를 모르는 모습으로, 나를 반갑게 맞아주었다.

알고 보니 그 녀석은 거기에서 잔심부름을 하고 있었는데, 몰골도 여전히 꾀죄죄하고 체구도 보잘 것 없이 작아, '이 녀석이 아직도 굶어 죽지 않고 살아있었구나. 참, 그리고 보니 세월이 많이도 흘렀네. 그런데 도대체 이 녀석이 내가 무엇을 하고 있었는지 어떻게 알았단 말인가.' 싶을 정도로 동네의 아이들과는 연락을 끊고 살았던 녀석이었다.

어쨌든 그렇게 헤어진 나는 그 후에는 그들의 소식을 못 들었고, 바람이 불어오듯이 아니면 물결이 치듯이, 때로는 잊기도 하고 때로는 옛날 생각을 할 때가 더러 있는데, 그 형제들도 그렇게 내 기억 속에서 나타났다가 사라지고는 하였다.

그리고 추석 때나 설 때에 원주에 가게 되면 유년의 기억으로 돌아가 가끔씩 그 집 앞을 지나가며, '명절 때도 이 집에서만 연기가 안 났지.' 하는 상념에 젖어들고는 했는데, 그 집은 부모들이 저 세상으로 떴는지 어쨌는지 모르겠고, 여전히 썰렁한 것이 '그때 그 집'이었다.

그런데 몇 년 전에 원주를 갔다가 동생에게, 이런 저런 이야기를 주고받는 끝에 그 집이 생각나기에 물어 봤더니 '아! 그 ×새끼 말이지? 걔 흥업 가는데 어디서 짜장면 집을 하는데 잘 살아. 한 번 가볼까요?' 해서 동생과 같이 가게 되었다.

그래서 찾아간 그 집은 제법 번듯하게 넓은 집인데 손님도 좀 있는 것 같았고, 손님을 맞이하는 젊은 처녀가 아마도 딸인 듯 했으며, 왠 중년 부인이 카운터에 앉아 있는 것이 아마 안식구인 듯 싶었다.

특히 그럴 듯하게 잘 생긴 외모가 우리 집사람과 비교가 되어 영기분이 나쁜 것이었다. 음식을 시켜 먹은 끝에 내 동생이 '주인 좀 봅시다.' 해서 녀석이 나오는데, 못 먹어서 찌들었던 옛날의 보잘 것 없던 모습과는 달리, 헌헌장부가 나타나는 것 아닌가.

내 동생이, 우리가 어디에 살던 누군지 어릴 때의 기억을 이야기

했더니 그 녀석이 금방, '아아! 그때 그 집 형님이시군요. 생각납니다. 생각이 나고 말고요.' 하면서, 한참동안 어렵게 살았던 그 시절 비참하게 지내던 이야기 하며 감상에 젖는 것이었다. 그러면서 나를 가르키며, '그런데 큰형님은 생각이 잘 안 나는데요?' 하며, 나는 기억이 없다는 것이었다.

너무도 당연한 것이었지만, 온전히 나만의 기억 속에 있었던 그들에 대한 미안함에다가, 그들의 모습이고 생활이었던 것이다. 이야기를 나누고 그곳을 나오면서 동생이,

"잘 사네. 쟤네들이 복을 많이 받아 더 크게 더 잘 되었으면 좋겠소. 그지요?" 하며 정감 있는 말을 했다.

부조扶助 유감

　살다보면 남을 도울 일도 많고, 도움을 받을 일도 많다. 그래서 집에 큰 일이 생기면 부조를 하고 또 받게 되는데, 그 중에 터무니없는 것들이 더러 있으니 그것이 문제다.

　백일잔치에서부터 돌잔치, 결혼에다 환갑, 칠순, 팔순잔치에 어디 그뿐이랴, 사무실이나 가게 개업에 이전까지 이런 경우 상부상조相扶相助를 해야 하는 건지 말아야 하는 건지, 또 얼마를 해야 괜찮은 건지 한두 번 망설이지 않은 사람이 없을 것이다.

　수많은 경조사 중에 특히 환갑이나 칠순, 팔순잔치에 관해 할 말이 좀 있다. 생각해 보라. 환갑이나 칠순, 팔순잔치는 당사자의 식구들, 주로 아들이나 딸들이 부모에게는 '그동안 우리를 키워주셔서 감사합니다.' 이웃에게는 '여러분 덕분에 오늘날 우리가 있는 겁니다. 부디 오셔서 마음껏 드시고 부모님과 함께 재미있게 즐기다 가십시오.'라며 한 상 차려놓고 공개적으로 인사를 하는 자리이다. 그게 아니라면 남들 모르게 표시가 나지 않게 가족끼리 조촐하게 해야 한다.

그런데 현실은 어떤가. 잔치를 안 하면 큰 일이 나는 것처럼 너도 나도 앞다투어 하는데, 옛날처럼 집에서 음식을 준비하는 것도 아니고, 뷔페에서 간단히 해결한다. 그러니 돈으로 남의 손을 빌려 잔칫상을 차리는 것이다. 손도 안 대고 코를 푼다는 말이 있는데, 이 거야말로 그렇지 않은가.

물론 잔치를 하는 것은 좋은 일이다. 그리고 잔치를 하는 사람 입장에서는 지인들에게 연락을 어찌 생략할 수 있겠는가. 당연히 가야할 뿐만 아니라, 안 부르면 오히려 서운해 할 관계도 있다. 그런데 관계가 그리 깊지도 않은 사람들에게까지 고지서(?)를 보내니 문제가 심각하다.

이 이외에도 난감한 때가 있다. 이를 테면 개업식이라든가, 어느 선생이 결혼을 할 때 학부모들에게 청첩장을 보내는 경우가 이에 속할 것이다. 모르면 할 수 없지만, 학부모 입장에서 청첩장을 받고 어찌 안 갈 수가 있겠는가.

아는 서점에 들렀더니, 그날따라 주인이 떫은 감 씹은 표정을 하고 있었다.

"우리 서점에 딱 한 번 와서 책을 한 권 사갖고 간 손님인데, 며칠 전에 초대장을 갖다주며 군생활 30주년 기념이라나 뭐라나……. 얼굴도 잘 모르는데 안 가자니 찍힐 것 같고, 가자니 친분도 없는 사이라 어떡해야 할지 모르겠네요." 한다.

그 후 얘기를 들어보니, 결국 봉투를 가져갔더니 자기처럼 그렇게 온 사람이 대부분이더란다. 사람이 얼마나 많은지 그렇게 사람이 많이 모인 건 난생 처음 보았다고 했다.

한번은 아는 분이 연락을 했다. 사무실을 옮길 예정이니, 다른 지인 이름을 지목하며 꼭 그와 같이 오라는 거다. 그래서 그 사람에게 전해주었다. 그리고 신세를 지거나 잘못한 게 있느냐고 물으니, 십 년쯤 전에 집안에 상을 당했을 때 다녀갔는데, 아마 그것 때문일 거라며 쓴웃음을 지었다.

그 이야기를 아내에게 해주었더니,

"그 사람 어지간하네요. 먹고 사는 거 걱정 없는 사람인데……. 하기야 있는 사람이 더 하다니까요. 그 사람 그걸 십년도 더 되게 마음속에 담아 두느라 꽤 무거웠겠네요." 한다. 그 다음부터는 그 사람이 달리 보였다.

몇 십 년 동안 모임에 나타나지도 않다가 자기 집안 어른이 돌아가셨다며 부고를 보낸 경우도 있다. 심지어 삼촌이 돌아가셨다고 연락하는 경우도 보았다.

그런데 그렇지 않은 사람도 있어서 나를 미소 짓게 한다. 가까이 지내는 윤 모某라는 이웃분이, 어머님의 칠순잔치가 있으니 꼭 오라고 해서 봉투를 준비해 간 적이 있다. 사람이 미어터지게 많았다. 기다리다 접수를 하려고 했더니, 그제야 커다란 안내문이 눈에 띄었다. '접수는 일절 안 받습니다. 오셔서 재미있게 놀다 가십시오.'

쉽지 않은 결정이었을 텐데, 어쨌든 그날 나는 큰 감동을 받았다. 그리고 그 사람이 정말 우리 이웃이라는 느낌을 갖게 되었다.

겸손은 아름다워

우리 집은 아파트 9층인데, 여름이면 시원하고 사방이 틔어 내려다보이는 게, 여간 좋지 않다. 작년에 처음 이사 왔을 때부터 바로 앞에 굽이치는 한탄강이 내려다보이는 것도 좋았고, 시선을 뒤로 돌리면 시내의 전망이 한눈에 들어올 뿐만 아니라, 저 멀리 철원 쪽까지 보이니 더 할 나위 없이 좋았다.

특히 더운 여름이면 그야말로 달콤한 낮잠을 자는데, 이 세상을 내 발 아래 두고 오수에 드는 기분이란, 신선이 따로 없었다.

그렇게 며칠 기분좋게 지내고 난 다음이었다. 그 날이 토요일인지 일요일인지 모르지만, 낮잠을 자려는데 위층에서 쿵쾅거리는 소리가 나는 게 아닌가? 가만히 들어보니 어린아이의 발자국 소리였는데, 무엇을 하는지는 몰라도 그냥 걷는 것이 아니라, 분명히 공을 던지고 잡는 그런 소리였다.

아내가,

"아유! 꽤 시끄럽네요. 뭐라고 얘길 좀 할까요?" 하기에,

"아! 세상사는 게 그렇지 뭘 그래. 나는 오히려 사람 사는 것 같

은 생각이 든다. 뭐! 그리고 오늘 같이 노는 날 아니면 언제 뛰겠어. 놔둬!" 하고 말았다.

그런데 그 후에도 자주 뛰는 소리가 들렸는데, 아닌 게 아니라 그 소리는 내가 생각해도 좀 심한 것 같았다. 그러다가 고3 수험생인 막내 녀석이 중간고사인가 기말고사를 보던 어느 날, 밤늦게까지 공부를 하다가 기어이 우리에게 왔다.

"아버지! 시끄러워서 도저히 못 견디겠어요." 한다.

"그래! 그럼 지금은 밤이 깊었으니 내일 또 뛰면 네가 얘기해." 하면서 상대편이 기분 상하지 않게 이야기하는 법까지 자세히 일러줬다.

그리고 그 다음날 밤, 예의 시끄러운 소리에 작은 녀석이 큰마음을 먹고 올라갔다. '저는 아래층에 사는 고등학교 3학년 수험생입니다. 뛰는 게 너무 시끄러우니 시험 끝날 때까지만 좀 조용히 해주면 어떻겠습니까?' 하며 얘기했다고 한다.

그랬더니 아주머니가,

"아니, 뭐가 시끄럽다고 그래! 사람 사는 집인데 이 정도 소리 안나는 집이 어디 있어. 그리고 시끄러우면 어른이 와야지 왜 네가 오고 난리야. 너는 아직 이런데 신경 쓸 때가 아니야!" 하고 문을 소리가 나게 닫더란다.

그 집 아이들을 내가 가르치고 있다는 것을 알았을 텐데, 그 배짱을 도무지 이해할 수 없었다. 그야말로 혹만 붙이고 온 꼴이었다.

잠시 후에도 여전히 시끄럽기에 다시 올라 갔더니, 이번에는 아저씨가 나오더란다. 그리고 막내 녀석이 하는 말을 듣더니,

"그러냐? 미안하다. 그래! 공부 열심히 해라." 하더란다.

그리고는 한동안 조용했는데 그것도 잠시뿐이었다. 정말 아파트에 사는 사람들은 조심할 노릇이다.

얼마 전, 동료 두어 명과 저녁 겸 술이나 한잔 하려고 들른 조그만 식당에 손님들이 열 명 가까이 있기에, 다른 곳으로 갈까 하다가 그냥 들어갔더니, 아니, 이 사람들이 술병은 비어서 얼굴은 불콰한데, 영 떠드는 소리가 들리지 않는 것이었다. 얼마나 조심조심 말을 하는지 오히려 우리 쪽에서 더 조심스러웠다. 다른 손님들을 배려하는 게 얼마나 고마운지 정말 기분 좋게 술을 마셨다.

그 후로 나는 '인격의 완성이라는 것'이 곧 '배려'라는 등식을 깨달았다. 이제는 우리도 그런 문화를 정착시켜야 할 때가 된 것 같다.

똥개와 보신탕

특히 여름이면 연중행사를 하듯 직원들끼리 보신탕을 먹으러 간다. 88올림픽 때나 2002월드컵 때는, 보신탕을 먹으면 큰일이라도 나는 것처럼 난리더니, 그것도 잠시 지금은 다시 옛날 먹거리 문화로 돌아간 모양이다.

'개고기를 먹는 야만인 운운…….' 하며 외국 사람들, 특히 프랑스 사람들이 우리 보신탕 문화를 욕하고는 하지만, 남의 나라 먹을거리 문화에 대해, 콩 놔라 팥 놔라 말하는 것은 옳지 않다고 생각한다.

말은 이렇게 하지만, 나는 정작 보신탕을 입에도 대지 못 한다. 어릴 때부터 우리 집 누렁이를 예뻐하며 살아서 그런 모양이다.

그런데 흔히 보신탕은 누렁이 똥개가 가장 맛있다고 이야기 하는데, 그건 주둥이를 땅에 박고 똥을 먹으며 자랐기 때문이라고 한다. 하지만 요즈음도 개가 똥을 먹는 경우가 있을까.

옛날에 집에서 아이가 똥을 싸면 어머니가 문을 활짝 열어 놓고, '워리! 워리!' 하고 밖에 있는 개를 부르면, 개가 좋다고 방안으로 뛰어 들어와 깨끗이 배설물을 청소하는 것을 본 적이 있다.

내가 어릴 때 우리 집에 있는 누렁이 탱구가 그랬다. 같이 뛰어 놀고 입도 맞추고 하는데, 얼굴을 비롯해 내 몸 여기저기에서 좋지 않은 냄새가 나는 게 아닌가. 냄새를 맡아 보니, 이 녀석이 어디서 똥을 핥아 먹고 나서 내 얼굴을 부비며 신나게 논 것이다.

내 친구도 그와 비슷한 경험을 했다고 한다. 하기야 개 입장에서는 달고 짜고 맵고 고소하고 비린 맛이 다 섞여 있는 그것이 무지하게 맛있을 수도 있을 것이다.

그런데 요즈음에는 사람의 배설물을 먹는 개를 본 적이 없다. 사람 따라 개도 입맛이 고급화 되어서인지 개들이 웬만큼 맛있는 게 아니면 잘 먹으려고 들지 않는다. 밖에서 키우는 개도 사료를 먹지, 옛날처럼 찌그러진 냄비에 담긴 다 쉬어빠진 밥 따위는 좋아하지 않는다.

요즈음의 똥개는 똥을 먹는 개가 아니다. 잡종 내지는 혈통이 없거나 별 볼일이 없는 개들이 똥개 취급을 받는 것이다. 바야흐로 사람뿐만이 아니라 개들도 살만한 세상이 온 것이다. 삼복더위에 가마솥에 들어가는 똥개 빼고 말이다.

쥐가 삼겹살을 훔쳐 먹는 방법

언젠가 정주영씨가 쓴 자서전 '시련은 있어도 실패는 없다'를 읽으면서 감동을 받은 일이 있는데 거기를 보면 빈대 이야기가 나온다.

어떤 내용인가 하면, 정주영씨가 젊은 시절 공사판에서 일할 당시, 저녁이 되어 잠을 자는데 몸이 가려워 잠을 잘 수가 없었다고 한다. 그래서 불을 켜고 몸을 비추어 보니 빈대들이 자기 몸을 공격하는 것이었는데, '옳지. 그렇다면 침대의 네 다리를 세숫대야로 받치고 이 세숫대야에 물을 담으면 이놈들이 못 쳐들어오겠지.' 하는 생각이 들어 그렇게 했더니 잠을 잘 잘 수 있었다고 한다.

그런데 얼마 후 또 몸이 스멀거리는 게 아닌가. 그래서 다시 불을 켜보니, 빈대들이 벽을 타고 올라가 정주영씨 몸으로 점프를 하여 공격을 하더라는 것이다. 그때 그 모습을 보고 정주영 씨가 '아하! 미물이지만 이렇게 살려고 노력을 하는구나.' 하면서 무릎을 치며 크게 깨달았다고 한다.

얼마 전에 서울에서 조그맣게 살아가고 있는 친구를 만난 적이 있는데, 그 친구에게서 들은 이야기이다.

이 친구가 나와 이야기 끝에, 언젠가 식당을 하다가 그 놈의 쥐들이 하도 말썽을 부리기에, 끈끈이를 사다가 바닥에 빙 둘러 붙여놓고, 바닥 한가운데 삼겹살을 놔두었더니 끈끈이에 쥐들이 몇 마리 붙잡혔더라고 한다.

그렇게 잡은 쥐 한 마리를 끈끈이에 붙어 있는 채로 나무에 걸어 두었더니, 여름이라 끈끈이가 녹는 바람에 쥐가 땅에 떨어져 도망을 갔더란다. 그 놈의 쥐가 끈끈이에 털이 다 빠졌는데도 홀딱 벗겨진 그 몸으로 새끼들을 데리고 다니더라는 것이다.

그런데 그 다음부터는 아무리 전과 같은 방법으로 쥐를 잡으려고 해도 잡히지 않고 삼겹살만 없어지더란다.

내가 '아니, 어떻게 삼겹살만 없어져. 그놈들이 하늘을 날아다니는 박쥐에게 연락을 해 나누어 먹는 모양이지?' 하면서 빈정거리는 투로 말하니까, 그 친구가,

"그걸 안 본 사람은 누구나 그런 식으로 얘기 할 거야. 나도 그게 이상했으니까. 그래서 저 놈의 삼겹살만 어떻게 귀신같이 없어질 수 있나 하고 숨어서 봤다니까." 하며 이야기를 계속했다.

삼겹살을 그렇게 놔 둔 다음 끈끈이를 또 그렇게 준비해 놨더란다. 그리고 문틈으로 지켜보는데 이 쥐가 다른 쥐와 같이 나왔다. 이 두 마리 쥐가 삼겹살이 놓여있는 끈끈이 앞에서 한 마리는 구부리고 나머지 한 마리는 구부린 녀석의 등에 올라가더니 흡사 사람들이 무등을 태우듯이 하여 몸의 길이를 두 배로 늘리더니 정확하게 삼겹살을 집어가져가더라는 것이다. 몸에 힘을 줘 팽팽하게 해서 전혀 끈끈이에 몸이 닿지 않도록 조심하면서 말이다. 그래서 그

모습에 감탄을 했다고 한다.

쥐가 달걀을 훔쳐갈 때 한 마리는 달걀을 끌어안고 또 한 마리는 끌어안은 녀석의 꼬랑지를 입으로 문 다음에 끌고 간다는 등, 쥐의 지혜에 관해 여러 가지의 말을 들은 적이 있다. 이 모든 게 사실이라면 참으로 쥐의 묘기가 기가 막히다 하겠다.

인간이 이 세상에 없다면 쥐들이 판을 치는 세상이 되지 않았을까 싶다. 이런 쥐로부터 살아가는 지혜를 배울 수는 없는 걸까? 어리석기 짝이 없는 우리에게, 무언가를 배울 수 있는 얘기가 아닐까?

그렇게 쥐의 지혜롭게 살아가는 모습을 본 그 친구는, 여전히 서울의 한 구석에서 조그맣게 살아가고 있다.

지극한 사랑

이 이야기를 믿어야 할지 안 믿어야 할지는 읽는 이의 판단에 맡긴다. 포천의 작은 학교에서 교감 노릇을 하던 때인데 새 학기가 시작되었던 3월 어느 날이었다. 지금도 그렇지만 작은 학교에서는 새 학기가 되면 인근 학교에 순회 교사를 내보낸다.

이 이야기는 여교사가 순회수업을 하러 떠나던 날 그를 데리고 이웃 학교에 인사도 시킬 겸 함께 갔다가, 그 학교 교장에게 직접 들은 이야기이다.

그 교장에게는 아들이 하나 있었는데 사업을 하다가 안 되고 또 회사에 취직을 해봐도 안 되고, 그야말로 사주팔자가 안 좋은지 하는 일마다 잘 풀리지 않았다고 한다. 그래서 뒤늦게 본인이 하고 싶어 했던 신학을 공부하려고 한 신학교에 들어갔다.

아들이 그 학교에 열심히 다니기에 이렇게 좋아할 줄 알았으면 진작 여기 다니게 할 걸 하는 생각이 들더란다. 그렇게 열심히 학교를 다니던 어느 날, 어떤 처녀를 한 명 데리고 나타나 인사를 시키면서, 이 여자와 결혼을 하겠으니 허락을 해달라고 했다.

자기 아들이 그 처녀에게 매우 헌신적이었는데, 그 헌신적인 것마저도 이 교장 선생에게는 예비 공처가쯤으로 보이는 게 그리 좋아 보이지 않더란다.

그래서 그 여자에게 부모님은 무얼 하시는 분이냐는 둥, 이것저것 물어보며 눈여겨보았는데, 얼굴은 파리하고 몸가짐도 영 조심스러울 뿐 아니라, 몸이 약해 보였다.

그 날 저녁에 그 여자에 대해 자세히 물으니, 집은 진도에 있고, 암 때문에 호스를 옆구리에 박아놓고 생활하는데, 암 때문에 몸이 그렇게 약하다는 것이다. 자기와 같이 신학을 공부하기 위해 학교에 다니는데, 이 여자와는 필연적인 어떤 운명 같은 것을 느끼고 있고, 자기는 꼭 그 여자와 결혼을 해야 할 운명인 것 같으니 허락해 달라고 했다.

사실로 말하자면, 이 부모에게는 절차상 알리려고 데리고 왔을 뿐, 아들의 의지는 완강해서 이미 이 여자와 결혼을 할 생각을 하고 있는 것 같았다.

말이 그렇지 부모로서 며느릿감이라고 나타난 여자가 허약하고 병들어 있으니 쉽게 결혼을 허락할 부모가 어디 있겠나, 하지만 요즘에는 결혼을 하는 본인이 짝을 구해오는 세상이라 안 된다고 할 수도 없고 참으로 낭패스럽더란다.

그래서 마음이 안 내키는 것을 숨기고 시간도 벌 겸, 바로 즉답을 피하려고,

"일생에 한 번뿐인 결혼을 그렇게 빨리 만나 결정하면 안 되는 거여. 좀 더 사귀어 보고 몇 달 후에 그래도 좋다면 할 수 없지. 그때

해.”하고 말해 주었는데, 그 다음부터는 자기 집에 하루가 멀다하며 놀러오고, 한 식구처럼 지냈다고 한다.

그런데 여자가 한동안 발길이 뜸하더란다. 아들도 집에 들어오지 않다가 며칠 만에 나타나는데, 완전히 풀이 죽은 모습이라 무슨 일이냐고 자초지종을 물어보니 그 여자가 죽은 지 삼일이 지났다며 흐느끼더라는 것이다.

애비 입장에서야 결혼을 할 뻔 했다가 안한 게 천만 다행이라고 생각했는데, 아들이 죽은 처녀를 못 잊어 식음을 전폐하고 말도 않고 괴로워하는 것이, 옆에서 보기에도 딱할 정도였다.

하루는 아들 방을 들어가 보니, 책상위에 흰 가루가 든 작은 병이 하나 있어서 물어보니 그 여자를 화장하고 난 분골로 목걸이를 만들어 꼭 지니고 다닌다고 하더란다.

그러던 어느 날, 아들이 그 여자 꿈을 꾸었다고 했다. 죽은 여자가 나타나서 함께 서해바다 쪽으로 놀러 가 거기서 국수를 한 그릇씩 먹고 왔는데, 앞으로 행복하게 살라고 하면서 ‘사랑과 영혼’ 영화 속의 한 장면처럼 사라지더라는 것이다.

꿈속이지만 함께 갔던 곳이 어느 최서단의 섬인 것 같았는데, 분위기까지 생생하게 말하더란다. 이 교장 선생은 그냥 흘려듣고, 그 내용을 잊어버리고 말았다.

그 후 몇 년의 세월이 흘러, 아들이 신학대학원을 졸업할 즈음 새 애인이 생겨 데이트를 했는데, 몇 년 전에 사귀던 여자하고는 비교도 안 된다면서, 이 여자와 결혼은 안하겠다는 것이었다.

그런데 우연히 그 여자의 안내로 서해지방으로 여행을 가서 그곳에서 점심을 먹는데, 함께 간 여자에게 무엇을 먹겠느냐고 물었더니 국수를 먹겠다고 하더란다.

국수를 먹으며 비로소 이상하다는 생각이 드는데, 어디서 많이 본 듯한 풍경이더라는 것이다. 돌아가고 있는 바람개비에, 건물의 입구와 주위의 건축물, 실내구조와 사람들이 낯익은 게 언젠가 꼭 한 번 와 본적이 있는 곳 같았다.

아들이 흠칫 놀라 가까이 있는 사람에게 여기가 최서단이냐고 물으니 그렇다고 대답을 하더란다. 아들은 전율을 느끼며, 지금 같이 있는 여자와 결혼을 하라는 계시라는 생각이 들었다. 그래서 그 여자와 결혼해 지금은 목회활동을 하며 열심히 잘 살고 있다고 했다.

그 얘기를 전하는 교장도 지금까지 아들에게 일어난 일이 이해가 잘 되지 않는 것 같았다. 숭고하고 슬픈 사랑 이야기에 나도 가슴이 먹먹해졌다. 그 교장은 지금도 포천에서 교장을 하고 있다. 아들의 지극한 사랑에 하늘이 감동해 그런 일이 생긴 게 아닐까 싶어, 나도 마음이 숙연해졌다.

꿈 이야기

참으로 세상에는 신기롭고 기이한 일이 많기도 하다. 이것도 꿈 이야기인데 그리 멀리 갈 것도 없이 우리 집사람이 재작년에 꾼 꿈이다. 덕분에, 꿈이라는 것이 어떤 예지의 능력이 있다는 걸 믿는 계기가 되었다.

정말 '이렇게 꿈을 감쪽같이 족집게 같이 맞출 수가 있을까?' 하는 의문이 여전히 남아있지만, 나는 집사람의 꿈 이야기를 듣고 이런 감정을 없애기로 하였다. 그리고 정말 어느 성인의 말대로 세상을 순리에 따라 살기로 하였다.

우리가 잘 아는 스님이 한 분 계시다. 이 스님이 군대의 법사로 계시면서 군종감까지 하고 제대를 하셨는데, 그 옛날 성철스님을 시봉하신 적도 있다. 1994년에 처음 만났는데, 첫인상은 키도 작고 좀 못생긴 얼굴에 나보다 좀 늙어 보였다. 가끔 이 스님이 우리 집에 들르시다가, 이 스님이 정년을 하시면서 계룡산에 조그만 땅을 사고 절을 지었는데, 내가 사는 연천에서 거기까지, 절에 일이 생길 때마다 우리 집사람이 더러 도와드렸던 적도 있었다.

2013년 봄, 집사람이 무슨 일을 하다가 어슴푸레 잠이 들며 꿈을 꾸었다고 한다.

꿈에 보이는 곳은 계룡의 절이더란다. 들어가 보니 스님이 열심히 무엇을 하고 계시기에, 뭐 하시느냐고 물으니 손님이 온다고 해서 음식을 만들고 있는 중이라고 하시더란다.

그래서 "제가 도와 드릴까요?" 하며 부엌일을 함께 했다. 시간이 좀 지나자 잘 알고 지내던 돌아가신 여자신도분이 친구를 데리고 나타나더란다. 그 순간 꿈에서 깼다고 한다.

그런데 혹시 '스님이 돌아가시려고 죽은 사람이 꿈에 나타난 것은 아닐까?' 하고 전화로, '스님, 요즈음 별 일 없으셔요?' 하며 안부를 물으니 아무런 일도 없다고 하시더란다. 그때 집사람 머리에 번쩍 꿈이 생각나며 49제가 떠오르더라는 것이다. 그래서 '오늘 49제가 들어올 테니까 어디 가지 말고 기다려 보세요.'라고 했다.

저녁때가 다 되어도 개미 한 마리 안 찾아오기에, 스님이 아내에게 전화해,

"헛꿈을 꾸신 모양이네요." 하시며 껄껄 웃으시더란다.

그런데 스님이 잠자리에 들려고 하는 순간 전화벨이 울렸다. 아는 스님이 전화를 해서 '49제를 좀 해줄 수 있겠느냐'고 물었다. 그러면서 하는 말이, 자기가 아는 사람이 하나 있는데, 지금은 천주교신자이지만 돌아가신 아버지가 불교신자여서, 유족들이 아버지의 마지막 소원인 49제를 해드리고 싶다는 것이었다.

그래서 아내가 계룡에 가서 49제에 쓸 음식들은 준비하느라 장보러 갔는데, 이상하게 요플레가 눈에 밟히더라는 것이다. 열두 개를

사긴 샀는데, 원래 이런 것들은 49제때 쓰지 않는 음식이 아닌가. 어쨌든 상을 차리면서 집사람이 자기도 모르게 사가지고 온 그것을 무심코 제사상에 올려놓았는데, 유족들이 제사상 차린 것을 보더니 요플레를 가리키며, '이런 것을 누가 왜 사다놨느냐'고 묻더란다.

아내가 '아차!' 싶어서,

"죄송합니다. 제수를 준비하다가 이 요플레가 보이기에 아무 생각없이 샀는데, 상을 바쁘게 차리다 보니 저도 모르게 올려놨네요." 하고 곧 치우겠다고 했다.

그랬더니, 그 유족이,

"아주머니, 치우지 마십시오. 이거 우리 아버님이 살아생전에 굉장히 좋아하셨던 것입니다. 우리 아버님은 이 요플레를 살 때, 한 두 개가 아니라 꼭 열두 개 씩 사셨습니다." 하더란다. 그리고,

"돌아가신 아버님이 이렇게 현신 하는구나." 하며, 사진을 붙잡고 한없이 울더라는 것이다.

그래서 그 제가 끝난 후, 사실은 49제가 들어 올 줄 알고 있었다는 말과 함께, 좋은 인연으로 좋은 곳으로 가셨을 거라고 위로를 해드렸다. 그렇게 49제가 끝내고 며칠 후 또 꿈을 꾸었더니, 머리가 듬성듬성 대머리가 되어가는 어떤 노인네가, 털털한 검정색 점퍼에 꽃을 한 다발 가지고 나타났다.

"저번에 고생하셨지요? 여러 가지로 고마웠습니다." 하면서, 꽃을 제단에 꽂은 다음 여기저기 절 경치를 구경하고, 상념에 잠겨 절을 한 바퀴 둘러보는데, 깨고 보니 너무나 꿈에서의 인상이 또렷해 연결시켜준 스님께 돌아가신 분 인상을 자세히 물었더니 그대로 일

치하더라는 것이다.

그래서 그 꿈에 본 인상과 유언 등 나머지 사실을 다시 유족들에게 전했는데, 유족들은 '평소에 아버지가 그렇게 말씀하셨다.'면서, 다시 한 번 감격에 젖어 눈물을 흘리더라고 한다.

그 후 내게 들려준 꿈 이야기가 하도 신기해 몇 년 후에 집사람에게 다시 물어보니, '정신병자 아니면 신들렸다고 할까봐 나에게 말을 안 해서 그렇지, 이런 꿈은 하도 많이 꾸어서 일일이 기억을 다 하지 못 한다'고 했다.

훗날 이런 사실을 포천에 사는 연세가 많이 든 스님께 얘기 했더니, 그 스님이 빙그레 웃으면서,

"글쎄 말이오. 아무리 그런 것을 사실이라고 말해도 그걸 누가 믿기나 하겠습니까? 우리 같은 사람이나 믿지. 보살님도 이제 절 식구가 다 되어 가는 것 같습니다." 하며 너털웃음을 터뜨리셨다.

친구들에게 이런 말을 했더니 어떤 친구는,

"야, 니 집사람이 무당 끼가 있거나, 영혼이 무척 맑은가 보다. 영혼이 맑으면 그런 게 보인다더라." 하는 친구도 있었다.

참으로 기가 막힌다. 이런 일이 있다니!

펄 벅 여사와 밀짚모자

난 계절에 상관없이 밀짚모자를 아직도 애용하는 편이다. 물론 밀
짚모자 덕분에 누리게 되는 시원함 때문이기도 하지만, 그보다 뭘
한번 지니기 시작하면 마르고 닳도록, 아니 그것이 없어지거나 잃
어버리기 전에는 퇴退할 줄 모르는, 지독한 게으름 때문이다. 그래
서 재작년에 차 뒷좌석에 놓아두었던 밀짚모자를 2년이 다 되도록
지금도 싣고 다닌다.

얼마 전에 동료 직원들과 가을 정취도 구경할 겸, 설악산으로 해
서 소금강 쪽으로 한 바퀴 휘익 돌아왔다. 그 쪽으로 지나오다 보니
길거리 여기저기에서 감을 팔고 있었다. 저 멀리 보이는 나무에 감
이 주렁주렁 열린 것이 보기에도 좋고 먹음직스러웠다. 그대로 한
폭의 수채화였다.

까치가 그 밥을 몇 개나 먹는지 알 수 없지만, 감나무 주인들은 감
을 다 따지 않고, 한 그루에 서너 개씩 까치밥을 남겨놓곤 한다. 그
리고 과일이 많이 열리면 나무가 몸살을 한다고 솎아준다. '대지'라
는 소설로 노벨 문학상을 수상한 펄 벅Pearl Buck 여사가 이 까치밥에

대한 일화를 소개한 적이 있다.

그리고 그녀가 한국에 와서 보니, 나뭇짐을 잔뜩 실은 소 등에 사람이 타지 않고, 소를 몰고 따라가더란다. 그녀는 나무꾼이 등에 나무를 또 한 짐 진 것을 보고, '한국 사람이 참 자연 친화적이로구나' 생각했으며, 길을 걷는 사람들이 태양의 빛을 차단하지도 못하는 갓을 쓴 것을 보고, '저렇게 어리석은 사람이 있나' 하며 고개를 갸웃거렸지만, 그 또한 한국적인 멋이라는 것을 깨달았다고 했다.

그뿐인가. 한겨울에 잠 못 들게 하는 문풍지 소리를 듣고 '저리 잠 못 자게 시끄러운 바람소리는 도대체 뭐란 말이냐?'고 했다가 '아하! 자연친화적인 또 다른 일면이었구나.' 생각했다고 한다.

눈 내린 밤길을 걷는 부부를 묘사한 부분도 있다. 남자는 앞서고 여자는 뒤에서 따라가며 두런두런 이야기를 하는데, 아무도 없는 넓은 들판을 단 둘이 가면서도 지켜지는 남녀의 유별함을 보고, 또 다른 '한국인의 멋'을 느꼈다고 했다.

한국 사람의 멋이 어디 그 뿐이랴. 다산초당에서의 물받이를 보아도 그 멋에 소리 없이 감탄하게 되고, 주변에 흩어져 있는 맷돌을 보거나, 민속촌에서 소의 코뚜레를 보아도 멋이 있어 보인다. 우리 소리를 연주하며 '얼씨구' 돌아가는 농악은 또 얼마나 멋진가.

여자들은 목욕재계를 하고, 온 동네 사람들이 모여 돌에다 마을의 안녕, 풍년, 질병예방, 만수무강을 위한 제사를 지내며 두레패를 동원해 신나게 노는, 고양의 '백석제'도 그런 멋이 아닐까 싶다. 그래서 나는 밀짚모자를 지금도 자주 쓴다.

산산이 부서진 이름이여

옛날 이름을 보면 여자들의 경우 '순' 아니면 '숙', 그도 아니면 '희'나 '자' 자字로 끝나는 이름이 엄청 많았는데, 가끔 '옥' 자로 끝나는 이름도 볼 수 있었다.

이를테면 영순이나 미순이, 금순이를 비롯하여 영숙이, 미숙이, 금숙이, 병숙이, 영희, 미희, 금희, 영자, 미자, 금자, 영옥이, 미옥이, 금옥이, 이렇게 끝에 돌림자만 쓰면 전부 다 그럴 듯한 이름이 되었다. 그도 아니면 혜경이, 숙경이, 보경이, 윤경이, 이렇게 '경' 자를 붙이기도 했다. 초등학교를 다닐 때는 혜숙이라는 이름을 가진 학생도 열 댓 명은 되었다.

그때는 가수들의 이름도, 우리가 잘 아는 '이×자'나 '김×희', '정×희' 같은 평범한 이름으로 끝났는데, 노랫말에서 나오는 이름도 '굳세어라 금순아'라던가, '갑순이 시집가네' 하는 식이었다.

남자들은 좀 덜한데, '식'이나 '복' 아니면, '남' 자로 끝나는 경우가 많았다. 우리 어릴 때 교과서에 등장하는 아이의 이름이 '영희' 아니면 '철수'였고, 복남이라는 이름도 가끔 있었다. 우리 형

이름은 영식이었고, 친구 이름으로 영복이나 복남이도 흔한 이름이었다.

지엄하신 제5공화국 대통령 영부인 이름은 순자이다. 그 영부인께서 전국의 여성들을 모아놓고, 뭔 발표회인가를 할 때였다. 지방에서 참석한 여자들이 일어나 발표를 할 순서가 되었다. 그런데 하나 같이 이름이, ×순자, ○순자, △순자라고 해서, 웃은 적이 있었다고 한다. 그렇게 이름이 천편일률적이었는데, 워낙 아이들을 많이 낳다 보니, 대충 붙여주어 그런 건지 모르겠다.

그런데 요즈음은 어떤가? 요즈음 같은 개성시대에 무슨 그런 게 있겠느냐고 말할지 모르지만 요즘 이름도 별다를 게 없다고 본다.

요즈음 아이들 이름을 보면 '보라'라는 이름과 '소라'라는 이름이 어찌 그리도 많은지, 한 학교에 서너 명 씩 소라와 보라다. '아람'이나 '아름'이 아니면 '보람'이가 또 한 자리를 차지하고 있으며, 또 '×빈, 빈×' 하는 이름과 '이슬' 아니면 '예슬'이라는 이름에, '슬기' 또는 '슬비' 하는 이름이 널려 있고, '솔' 자가 들어가는 이름과, '다미', '다빈', '다혜'처럼 '다' 자가 들어가는 이름이 장마철 빗방울처럼 많다. 이런 이름은 크게 눈에 띄지 않는다. 그저 흔하다고 할 뿐.

내 친구 중에 허남근이라는 이가 있다. 게다가 성이 허 씨라니, 술만 마시면 '헛× 선생!' 하고 부르며 함께 웃던 생각이 난다.(허 선생님! 죄송합니다) 함께 근무하던 어떤 선생은 술 한 잔이 들어가면 '허물건!' 하고 불러 더욱 친하게 지냈던 기억이 난다. 그런데 이 양반은 한술 더 떠 '어허! 모르는 말씀 마시오. 나야말로 플레이 보이요. 허虛 자字를 허락할 허許로 읽어야 한다는 것은 왜 모르셔?' 하며 자기 이름이 세상에서 제일 비싸고 좋은 이름이라고 너스레를 떠는 것이었다.

그런데 하루는 그 소리를 듣던 어느 선생이 술을 먹는 자리에서, "그래도 그런 이름은 양반이야. 내가 아는 사람은 여자인데 이름이 '허지자'라는 사람이 있어요. 그걸 거꾸로 불러 봐." 하고 해서 크게 웃은 적이 있다. 이름을 왜 그렇게 지었는지 모르겠다.

우리 집 큰 아들 이름이 통재인데 이게 또 웃기는 이름이다. 사실 '통이 크게 커라'라는 의미에서 가운데 '통' 자는 한글로, '재' 자는 돌림자로 그렇게 지어 주었는데 작은 아들 이름은 글재이다. 그런데 이 녀석이 아들이니 다행이었지 딸이었다면 통숙이로 지으려 했다.

내가 아는 사람 중에 이순종 선생이 있다. 생긴 모습이 전형적인 한국인을 연상케 하는 잘 웃는 얼굴에 덩치도 크고 얼굴이 좀 검고 순하게 생겼다.

그의 부인 이름이 지호순인데, 결혼식을 앞두고 두 사람과 여럿이 술을 하는 자리에서, 어떤 선생 하나가 순종이를순 지독히지 좋아하는호好사람이라고 그럴 듯하게 풀이를 해서, 천생연분이라고 하며 다들 즐거워했다.

나의 고교 동창생 중에 이름이 신병순이라는 친구가 있었는데, 가끔씩 기분이 좋으면 우리들이, '야! 병×아! 순병×!' 하고 이름을 거꾸로 불렀었다.

평소에 나와 잘 아는 친구가 말하기를, 그의 친구 성이 황 씨였는데, 딸을 낳았기로 이름을 '홀'로 지으면, 한글로 풀이를 해도 그럴 듯할 것 같아 '홀'로 지어서, 처음에는 '황홀' 하고 부르면 정말 마

음까지도 황홀해 지는 것이었다는데, 얼마 지나지 않아 어떤 이가,

"아니, 무슨 이름을 그렇게 지었답디까? 생각해 보시오. 남들이 그러면 그 애를 맨날 황홀로 잘도 불러 주겠다. '구멍!' '황구멍' 그러지!" 하고 말해서, '앗차!' 하고 이름을 취소시키고 다시 지었다고 한다. 홀을 영어로 쓰면 hole 아닌가?

그런데 우리가 들었을 때 외국의 지명이나 사람들은 좀 이상한 이름이 없을까?

내 기억으로는 고등학교 다닐 때 미얀마 축구 선수들이 우리나라에 와서 경기를 했는데, 그 이름이 멍멍틴이던가? 몽몽탕이던가. 그래서 당시에 그 경기를 보던 사람들이, '저 선수들은 삼복더위가 기다려지는 모양이지?' 하고 웃은 적이 있는데, 훗날 알고 보니 그 나라에서는 총각들은 전부 다 '멍몽?'이라는 낱말이 이름 앞에 붙는다는 것이었으며, 그 말고도 어느 나라인지 기억에서는 아리송하지만 '땀띠'라는 이름을 가진 선수가 있어서 나를 즐겁게 한 적이 있다.

또 한 번은 브라질(?) 축구팀이 우리나라로 원정경기를 왔는데, 그 팀의 골키퍼 이름이 '해자지'라고 해서, 당시에 중계방송을 하던 아나운서가, 중계방송 내내 곤욕(?)을 치르는 것을 본 적이 있는데, 2009년 한국에서 열린 6월의 월드컵 예선 경기에서는, 사우디아라비아 선수 이름이 '하자지'였는데, 그와 비슷한 이름이 생각나, 경기 내내 즐겁게(?) 웃은 적이 있다.

또 미국의 헤비급 권투 선수는, 이름이 '조지 포맨'이어서 낄낄거린 적이 있는데, 그 선수는 같은 체급의 '조 프레이저' 선수를 KO 시켰다. 미국 대통령들도 이상한 이름을 가진 이가 많은데, 조지 워

싱턴이나 지미 카터, 조지 부시도 우리에게는 재미있는 이름이다.

텔레비전을 보니 영화배우 이름이 조지 레프트여서 '남자들은 원래 다 왼쪽에 모셔져 있는데, 굳이 레프트라고 알릴 게 뭐 있나' 하며 웃었다. 어떤 사람은 이름이 조지 베스트였다. 우리가 잘 아는 전설 속의 록 그룹에는 조지 헤리슨이 있다. 또 한 번은 텔레비전을 보니 조지 스몰이라는 사람도 있었다. 어딘가에 있는 섬은, '킹 조지' 섬이어서 우리를 웃게 하는데, '조지나'라는 지명도 그와 비슷한 뜻일 거라고 낄낄거린 적이 있다. 그뿐이 아니다. 중동지역 방송국 이름은 '알 자지라'이다.

중학교에 들어가면 지리시간이 있다. 지브롤터 해협인가 뭔가를 얘기하다가 형이, '쥐불알 털'이라고 해서 크게 웃은 적이 있다.

어쨌든 이름을 짓는 거야 짓는 사람 마음이지만, 지을 때는 듣는 사람 입장에서, 한 번 더 숙고한 다음에 지어야 할 것 같다. 하지만 요즈음의 세련된 이름보다는 구수한, 그래서 가끔 놀려 먹었던 이름들이 더 마음에 든다.

중풍

1990년 무렵이었다. 50도 안되었을 때라, 건강에 크게 신경을 쓰지 않고 지냈는데 언제부터인지 팔이나 다리 같은 데가 가끔씩 저리곤 했다. 그래도 '이게 혹시 신문에서나 보았던 대로, 젊은 나이에도 오는 동맥경화는 설마 아니겠지! 무슨 큰 일이 있을라구⋯⋯.' 하며 그리 크게 걱정을 하지는 않았다.

그랬는데 그해 여름방학 때인지 하루는 반바지를 입고 자전거를 타고 시내를 나갔다가, 일을 보고 서점을 들러 책을 보고 있는데 아니, 사타구니가 '바르르—' 떨리는 게 아닌가?

'이상하네! 이게 무슨 조화란 말이냐?' 아닌 게 아니라 언제부터인지는 몰라도 글을 쓰거나 냉수를 마시려면, 가끔 손끝이나 팔이 떨린 적이 있었다. 그런데 풍風이 오기에는 좀 이른 나이라 별로 심각하게 생각해 보지 않았는데, 이번에는 그런 것들과는 질적으로 상황이 달랐다.

어쨌든 겉으로는 책을 보는 척하며 태연하게 굴었지만, 머릿속은 복잡하기 짝이 없었다. '이게 무슨 낭패란 말이냐, 이 나이에 벌써 풍일 리가? 그리고 다른데도 아니고 하필이면 거기라니…….' 남자들은 아랫도리가 자존심을 잘 지켜주기만 해도 어디 가서 기가 죽지는 않기 때문이다. 그런데 아무리 생각해 봐도 팔이나 다리, 혹은 얼굴부터 풍으로 어떻게 됐다는 소리는 들어 본 적이 있는데, 그곳부터 풍이 온 얘기는 들어본 적이 없다.

만약 이것이 사실이라면 정말 큰일 중에 큰일이다. 주변에서 이런 얘기를 들어본 적이 없는 터라 찜찜하기 짝이 없었다. 그런데 재수에 옴이 붙었는지, 몇 분 간격으로 이게 한참을 그러다가 멈추고, 그러다가 멈추고를 반복하는 것이다. 그래서 책이고 뭐고 다 때려치우고 집으로 올라가는데, 집에 가는 도중에도 그러기를 멈추지 않았다.

시원한 물로 샤워나 하고 누워 일단 원인이 무엇인지 생각을 좀 해보고, 누구한테 물어나 봐야겠다.'며 집에 들어서서 샤워를 하려고 옷을 벗으며 바지 속에 있는 것들을 꺼내는데, 세상에! 바지 속에서 며칠 전에 산 핸드폰이, 진동으로 계속 울리고 있었다. 아내에게 물어 보니, 급한 일로 나를 찾느라 계속 전화를 했는데 도통 안 받더라는 것이었다.

핸드폰을 진동으로 해놓은 줄도 모르고 책을 읽다 보니 집에서는 계속 전화를 걸었고, 나는 그것도 모르고 세계 의학사상 초유의 사례가 벌어진 줄 알았으니…….

한번 크게 혼이 났으니 진동이 아닌 벨로 바꿔놔야 하는데, 사람 마음이 그게 아니었다. 그 후로는 일부러 더 진동으로 해놓고 전화를 기다리는(?) 것이다. 이것이 일체유심조一切唯心造이던가.

아, 가을이여!

아침에 일어나니 날씨가 흐릿하고 몸이 찌뿌둥한 게, 어제 퇴근할 때의 기분이 아니다. 어제는 그렇지 않더니 날씨 탓인지, 모든 게 겨울로 돌아가는 길목에서 삶을 다시 생각해 보라고 몸이 그렇게 느끼게 해준 것인지도 모른다.

끝인 듯 지고 있는 풀꽃이며 나뭇잎들이 내년을 기약하며 갈 길을 재촉하고 있다. 그러나 그건 또 내년의 풀꽃이지 지금의 풀꽃일 수 없는 게 아닌가. 그 형상은 같을지언정 그 숨결을 주재하는 정령精靈은 옛것이 아니기 때문이다.

이 우주에 있는 모든 것은 돌아간다. 그것이 살아생전 쌓았던 행적을 그대로 받아, 다음 우주의 운행을 안내받는다. 그걸 업業이라고 하는 건지 잘 모르지만, 어쨌든 거기에는 숨을 곳이 없다는 게 내 생각이다.

영이고 육신이고 영원한 존재는 없는 것 같다. 그렇다고 물질은 가고 영혼만 남는, 이분법적인 철학으로 한계를 짓자는 것은 아니다. 우리가 어디서 태어나 어디로 가는지, 그 답을 구태여 구할 필요가 없는 게 아닐까 싶다.

무릎 꿇고 신에게 기도해, 도깨비 방망이처럼 그 죄를 없앨 수 있다면 좋겠지만 글쎄……, 나는 그런 기적을 믿을 수가 없다. 그렇다면 평생을 제멋대로 살다가 마지막 순간에 도깨비 방망이를 휘두르면 되지 않나 하는 생각이 들기 때문이다. 그렇다면 그건 너무 불공평하다.

이건 어디까지나 나 혼자만의 생각이지만 창조주의 설정도, 중생의 죄를 일시에 사해주는 전능자의 손길도, 그다지 필요 없는 게 아닐까 싶다. 타력他力을 숙명으로 한다손 쳐도 어떤 일을 이루는 것은 정말 혼자 할 수 밖에 없기 때문이다.

그저 내가 착하게 살면 사는 만큼, 어둠을 털면 턴만큼, 어떤 알지 못할 원리에 의해 다음의 행로가 결정되는 것이 아닐까 하는 것이 내 생각이다.

우리는 흐르는 물 한 방울에 지나지 않는다. 그런 우리가 하류에 재빨리 도착하기 위해 거대한 손을 빌어 바가지에 담겨져 남보다 먼저 이동을 했다고 치자. 그게 무슨 의미가 있는가. 그래서 오늘도 나는 최선을 다해 내 힘으로 열심히 살아가는 것이다.

신비로운 인체

누가 만들었는지 모르지만, 인체는 참으로 신비하게 만들어졌다.

우선 눈을 보자. 눈 위에는 땀을 흘리거나 비가 올 때 땀방울이나 빗방울이 들어가지 않게, 1차적으로 그것을 걸러주는 윗눈썹이 있다. 윗눈썹이 없었다면, 우리가 운동을 하거나 일을 할 때, 땀이 흘러 들어가 눈뜨기가 거북했을 것이다.

그리고 속눈썹이 아래위에서 눈을 보호하고 있는데, 눈이 가끔씩 깜빡거려 물기로 눈 속의 먼지를 제거해준다. 눈은 좋은 곳에 자리잡고, 시원하게 이 세상을 보고 있다.

그 다음에 코가 있다. 코는 구멍이 아래를 향하여 뚫려 있어서, 이 역시 빗방울이나 먼지가 들어가는 것을 막아준다. '냄새만 맡으면 되는데 뭘 그리 심각하게 생각하나' 할지 모르지만 그건 천만의 말씀이다.

수영을 하거나 냄새를 맡을 때 콧구멍이 위로 뚫렸다면 얼마나 불편했을지 생각해 보라. 물속에서 나와 참았던 숨을 쉬기가 얼마나 거북했을까. 냄새를 맡기 위해서는 고개를 숙여야 할 것이고, 비가 올 땐 고개를 숙이고 걸어야 하니 머리를 부딪치기 십상이었을 것이다. 그리고 감기라든가 하는 게 걸렸을 때도 여벌로 구멍이 하나 더 있어서, 한 쪽이 막혀도 나머지 한 쪽으로 숨을 쉴 수 있으니 얼마나 다행인가. 그 뿐인가. 미美적인 감각으로도 빵점이었을 것이다. 참으로 코가 자리를 잘 잡고 앉았다는 생각이 든다.

그 옆에 귀가 있는데 이게 또 조개처럼 꼬부라져 있어서 소리를 모아주는 안테나 구실을 해주고 있다. 구멍만 뚫렸다가는 먼지가 많이 들어갈 뿐만 아니라 위험하기도 했을 것이다. 또 안경을 쓰는 사람 입장에서는 얼마나 고마운지 모른다. 참고로 귀를 뒤로 젖힌 다음 소리가 잘 들리나 안 들리나 들어보라.

어릴 때 집안어른한테서 들었는데 그 어른 발에 무좀이 생겼더란다. 가려우니 긁어야 하고, 약도 발라줘야 하니 몹시 귀찮았다고 한다. 그런데 막상 무좀이 다 나으니 심심해서 견딜 수가 없다며 '무좀이 있는 게 없는 것 보다 낫더라니까. 여기도 긁고 저기도 긁고……' 하며 눈까지 스르르 감으며 말했다.

귀지가 생겼다며 귀를 후비고는 하는데 그게 그리 귀찮은 작업도 아니고, 귀를 후비면 시원하기도 하고 연인이나 부부사이에 이 귀지를 파주면서, 사랑을 키우거나 오붓한 시간을 보내기도 하지 않는가. 귀도 좋은 곳에 자리를 잡았다는 생각이 든다.

얼굴 아래 입이 있는데 만약 입이 머리 꼭대기에 달렸다고 생각해 보라. 그럼 음식을 먹을 때마다 머리를 쳐박는 일이 다반사이며, 앞으로 고개를 숙이고 말을 했을 것이고, 이를 닦기가 불편해 치아는 다 썩어 없어졌을 것이다. 그리고 잠을 잘 때도 불편했을 것이다.

입안에는 맷돌 같은 어금니가 있고, 송곳 같은 송곳니가 있으며, 음식물이 다른 데로 새나가지 못하게 앞니가 있다.

입이 제 위치를 잘 찾았다는 생각이 든다. 물론 이어령 박사님은, 입 하나에 눈 두 개, 귀도 두 개인 이유가 따로 있다고 하셨지만…….

그리고 짐을 많이 들려면 손이 세 개 달려 있는 게 더 좋다고 생각할지 모른다. 그러나 만약 팔이 하나 등 쪽에 달렸다고 생각해 보라. 잠잘 때 얼마나 불편하겠는가. 그럼 이번에는 배 쪽에 달렸으면 어떨까 싶지만 그것도 안될 소리다. 그렇게 되면 사랑하는 사람끼리 안아줄 수가 없다.

그리고 손가락이 다섯 개가 아니라면 쇼팽이나 모차르트, 베토벤도 없었을 거고 그들이 작곡한 아름다운 곡을 들을 수도 없었을 것이다. 손과 손가락은 그 자리가 제자리라는 생각이 든다.

언젠가 책에서 읽은 것인데 혓바닥도 그렇다. 우리가 '말만 하면, 되지 혓바닥이 뭐 그리 중요한가.' 할지 모르지만, 그거야 말로 1차원적인 이야기다. 혓바닥이 있음으로 해서, 잇몸 사이에 있는 음식 찌꺼기가 어디 있는지 알고, 그를 이용해 빼내기도 한다. 그리고 애인에게 프랜치 키스도 할 수 있으니, 이 아니 좋으냐.

이렇게 인체는 신비로 가득 차 있다. 그리고 마지막으로 항문이 있는데, 그게 우리 몸의 끝이며 뒤에 있다는 걸 생각해 보라. 요즈음도 냄새나는 쓰레기통은, 집 뒤의 한쪽 구석에 보일 듯 말 듯 하게 자리 잡고 있다.

의사가 아니니 잘은 몰라도, 인척 중에 쓸개를 수술하여 없앤 사람이 있다. 정확한 이유는 모르지만, 쓸개가 없어도 살아가는데 조금도 불편하지 않다고 한다. 내 친구 중에 위장암으로 죽은 친구가 있는데, 병원에서 위장의 2/3를 잘라내는 수술을 받고도, 한동안 살아가는데 지장이 없다고 했다. 결국 죽었지만 암이 사인死因이지, 잘라낸 위장이 사인은 아니었다.

또 우리에게는 마음이라는 것이 있어 논쟁도 하고, 유물 · 유신론적인 싸움도 하며, 인간의 기원을 들추어내기도 하는 한편 저 먼 별나라로 여행도 한다.

이렇게 인체와 정신은 신비하게 이루어져 있는데, 우리는 그 신비와 고마움을 잘 모르고 살아가는 경향이 있다.

하나님! 우리 하나님!

평소에 법정스님을 존경할 뿐만 아니라, 신문지상에 오르내리는 목사들도 좋아한다. 그들은 한결같이 공통점이 있는데, 종교의 벽을 곧잘 뛰어넘는다는 점이다.

얼마 전에 신문을 보니 예수도원과 열린 선원의 목사와 스님이, '스님이다, 목사다 하고 나눌 게 아니라 종교인이라는 큰 틀에서 영성靈性과 불성佛性을 회복해야 할 때'라고 말하는 것을 보고 큰 감명을 받았다. 나는 그 말에 적극 동감하지만, 우리 주위에는 그렇지 않은 사람들이 많아서 나를 슬프게 한다.

1993년 무렵 수원에서 살다가 전곡으로 이사를 올 때였다. 우리가 이사 오려는 집에 살던 사람이 자기는 그 날이 일요일이라 이사를 못하겠다며, 다음 날로 하자는 것이었다.

그 집도 교사였는데, 일요일이 안 되면, 언제 이사를 하겠다는 말인지 이해를 할 수 없었다. 그러면서 일요일에는 다른 것을 일절 할 수 없다는 것이다. 아니! 그럼 다음 날이사 하면 학생들은 언제 가르친단 말인가? 요즈음처럼 토요일이 공휴일이 아니던 시절, 일요일은 일요일이어서 놀고 다음 날 이사를 해서 학생을 가르치지 말라는 것 아닌가. 참, 기가 막힐 노릇이었다. 그 사람은 계명이 사람을 위해서 생겼다고 예수가 말 한 사실을 알고나 있을까? 또 한 번은 이웃하여 사는 스님이 이런 이야기를 들려주었다. 그 스님이 옷을 세탁소에 맡겼다가 찾아 입기를 몇 년 했는데, 어느 날 그 세탁소 주인이 '앞으로는 우리 그런 옷 더 이상 세탁 하지 않겠습니다. 그 옷은 사탄들이 입는 옷이니까요' 하더라는 것이다.

이런 종류의 이야기를 숱하게 많이 들었다. 초파일 날 어느 부대에서 절 쪽에 인분을 퍼부은 사건, 연등행렬이 저쪽 분들의 적극적인 저지 아래 무산된 일 하며…….

알고 보면, 무명이나 어둠에서 헤매는 인간을 밝은 곳으로 이끄는 동업자나 다름없는 사이가 아닌가. 그런데 왜들 그러는지 알 수가 없다.

연천에 살던 내가 잘 아는 법사님이 한 분 계시다. 이 분이 밤에 차를 몰고 오는데, 맞은편에서 오던 차가 중앙 분리선을 넘어 법사님의 차를 들이받았다. 마침 그 맞은 편 차에는 목사님과 신도 부자가 타고 있었는데, 목사님과 신도 아버지는 현장에서 돌아가시고, 아들이라는 사람은 상처를 별로 입지 않고 멀쩡한 편이었다.

내가 잘 아는 법사님도 그때의 충격으로 중상을 입고 병상에 누워 있는데, 그 아들이라는 사람이 찾아와 다짜고짜 법사님께 이렇게 말하더란다.

"아저씨! 며칠 전이 초파일이니까 아저씨가 살았지, 만약 크리스마스 때 이 사고가 났다면 아저씨가 죽었을 거요. 운 좋은 줄 아시오!"

그 얘기를 듣고 '저런! 가해자가 무슨 염치로…….' 하며 혀를 찬 적이 있다.

15년 전에 고향에 사는 친구 ㅁ 집에 놀러간 적이 있다. 그 친구의 아내가 어디 갔다가 저녁 늦게 들어오기에 어디 다녀오느냐고 물으니, 경찰서에서 데모를 하고 오는 길이란다. 경찰서에서 불교인 모임을 만든다고 해서 원주에 있는 모든 교회 신도들과 대대적으로 데모를 하고 오는 중이라는 것이다.

우리 주위에는 허구한 날, 절 아니면 교회가 우뚝우뚝 잘도 들어선다. 하지만 석가모니는 자기의 고귀한 신분도 포기하고 출가사문이 된 사람 아니던가? 예수님도 마구간에서 태어나지 않았던가? 그런데도 사람들은 절이나 교회를 돈이나 권력으로 치장하고 있다.

그런데 들여다보면 종교라는 것은 서로 비슷한 점이 참 많다. 메시아와 미륵, 빛과 소금과 빛과 향, 염주와 묵주, 예수 어머니 마리아와 석가 어머니 마야, 천당과 지옥 극락과 지옥, 거기다가 출생 시의 잉태론. 쉽게 말하면 선과 악, 사후의 세계, 최후의 심판 같은 점이 불교와 닮은 부분이 너무 많아서 다 적을 수가 없을 지경이다.

그뿐만 아니라 죽은 지 사흘 후의 예수 부활, 열두 사도, 예수의 출생일이라는 12월 25일과 십자가, 동정녀와 동방박사……등등.

그런데 이런 점들을 근동지방의 다른 종교, 이집트의 이시리스 신, 로마의 미트라태양 신, 페르시아의 종교 조로아스터교 같은 데에도 쉽게 찾아볼 수 있으며, 거기서 영향을 받았다는 것을 그들은 알고 있는지 궁금하다.

무엇보다 교회와 절은 이렇게 늘어나는데 그와 반비례하여 세상은 왜 점점 더 각박해져 가는 것일까. 그것은 사랑이 메말라가고 이기심이 판치는 종교심이 그 원인이라고 생각한다. 우리가 남을 위하는 종교심, 남을 위하는 마음만 갖고 있어도 이렇게 각박하지는 않을 것이라는 생각이 든다.

나의 종교관

신문을 보면 굶는 이를 위해 밥을 지어주는 어느 목사의 이야기나, 노숙자를 위한 쉼터에 관한 이야기가 나온다. 그런 걸 볼 때마다 참 대단한 사람이라는 생각이 절로 든다. 내 동창생 한 명도 원주 가까운 곳에 불우노인시설을 지었는데, 사회가 각박할수록 이런 사람들이 더 많이 생기면 좋겠다. 지금 내가 할 수 없는 어려운 일을 기쁘게 하고 있는 기독교 목사들을 보면, 질투심(?)도 들고, 존경하는 마음이 절로 우러난다.

그런데 가끔 종교 문제로 다툴 때가 있다. 많은 사람들이 '내가 믿는 종교가 진짜다. 다른 건 사이비이거나 우상숭배를 하는 거다. 그러니 꼭 이걸 믿어야 돼.' 하는 식이기 때문이다. 기가 막힐 노릇이다. 아니, 지금이 어느 때인가. 중세기인가, 제정로마시대인가.

우리가 중세기를 왜 암흑시대라고 하는가. 지금은 그런 시대와는 달리 자유로운 사상을 필요로 하는 시대이다. 달나라로 여행을 가고 태양계 밖의 우주로 나가는 시대 아닌가. 그런데 '이것 밖에 없다. 안 믿으면 지옥 간다. 천당에 가려면 이걸 꼭 믿어라.' 하고 있으니 답답하다.

애초에 예수는 사랑만 말씀하셨다. 그런데 기복신앙에 치우쳐 종교적인 아집과 독선에 빠져 자신의 교리만 내세우고 타인을 비판하니 듣기 거북하다. 소개를 하거나 권장을 하면 좋을 텐데, '뭐 하러 우상을 숭배하느냐'는 식으로 자기네 종교를 강요하니, '이건 아닌데.' 하는 생각이 든다. 종교가 없는 것보다, 잘못된 신앙이 더 해롭다.

내 생각과 네 생각이 똑같을 수는 없다. 그건 틀린 것이 아니라, 다른 것이다. 달라이 라마도 '종교가 다양하면 인생이 풍요로워진다.'고 했는데, 바로 거기 정답이 있다.

그런데 혹자或者들이 말하는 신神은 너무 이기적이어서 좀스럽기 짝이 없어 보인다. 자기를 믿느냐 안 믿느냐에 따라 천당으로, 혹은 지옥으로 보내는 분이라면, 웬만큼 맘씨 좋은 시골영감보다 나은 게 무엇인가. 내게는 이러한 모습이 옛날 우리 조상들이 그랬던 것처럼 정령숭배이거나 샤머니즘의 또 다른 형태로 보인다.

외국에서 다양하게 연구 중이지만, 예수가 역사적인 인물이 아닐지도 모른다고 한다. 그리고 성경은 예수의 당대에 쓴 글이 아니라 그의 사후 70년부터 150년 사이에 쓴 글이라고 알고 있다.

이왕 말이 나왔으니 좀 더 얘기해보려고 한다. 아메리카 대륙에서 16세기부터 시작된 이교도 사냥은 어떻게 된 건가. 유럽인들이 배를 타고 강가를 거슬러 올라가며, 인디언들을 총으로 무차별 사살한 사건 말이다. 그들은 매일 교회 십자가 앞에서 성스러운 마음으로, '신이여! 오늘 제가 이교도를 죽였습니다. 기뻐해 주십시오. 내일은 더 많이 지옥으로 보내겠습니다.' 하며 감사기도를 드렸다.

그들은 인디언들에게 전염병을 전파시키고, 또 총으로 사살했는데, 자그마치 1억 명이 넘는 인원을 16세기부터 죽였다. 16세기에 1억 5천만 명이던 인디언은 19세기 말에 25만 명이었다.

16세기에 아메리카 대륙에 쳐들어간 유럽인들은, 원주민 종교의 지성소를 마구 짓밟았다. 우리는 체로키 족의 슬픈 역사를 잘 알고 있다. 미국 대통령의 지시에 의해, 그들은 살을 도려내는 듯한 추운 겨울에 맨발로 담요도 없이, 수천 개의 무덤을 만들며 사천리 길을 쫓겨났다. 그때 희생된 인디언이 5천여 명이었다. 인디언들이 거의 다 이와 비슷한 슬픈 역사를 갖고 있다.

또 아프리카 사람들을 잡아와 목화농장의 노예로 팔았는데, 그 숫자가 대략 1500만 명이었다. 노예로 잡혀가다가 죽은 사람의 숫자는 그보다 몇 배나 더 된다고 한다.

또 호주에는 100만 명쯤 원주민이 살고 있었는데, 지금은 50만 명도 안 된다. 특히 테즈메니아 섬사람들은 백인들의 정벌과 병원균으로 전멸 당했다. 그 외 태평양의 여러 섬에 살던 원주민들도 백인들에 의해 엄청난 피해를 입었다.

기독교를 믿는 백인들에 의해 수많은 사람들이 몰살당하다시피 했는데 그때 그 신은 옆에서 빙긋이 웃으며, '그래? 나를 믿지 않고 다른 신을 믿다니 그것 참으로 괘씸한지고! 어서 더 많이 죽여라! 그리고 더 잡아 오너라!' 그랬을까. 그리고 이교도들을 죽인 백인 기독교도들은, 신에게 상을 받아 천당에 갔을까. 그런데 신은 예나 지금이나 아무런 말이 없다.

마녀사냥은 또 어떤가? 멀쩡한 사람을 마녀로 몰아, 체모를 면도

칼로 다 민 다음 발가벗겨놓고 갖가지 고문을 했다. 이를테면 물에 빠뜨리면서, '물에 가라앉으면 마녀가 아니고 물에 뜨면 마녀', 사람을 묶어 놓고 바늘로 찔러 피가 나오면 마녀, 안 나오면 마녀가 아니라는 하는 식으로 고문을 했다. 마녀를 심판하기 위한 숱한 도구들이 지금도 남아 있다. 각종 톱과 도르레, 안쪽에 쇠바늘을 촘촘히 꽂아 놓은 철갑옷을 사용했다고 하는데, 그렇게 마녀 재판을 받고 죽은 사람이 적어도 50만 명이라고 한다.

우리가 세계사 시간에 배운 백년전쟁의 영웅이었던 프랑스의 잔다르크도 영국군에 잡혀 마녀라는 이름으로 처형을 당했다. 그때는 신神이 전쟁을 일으키며, 신의 부름에 의해 전쟁을 했다. 그리고 패하게 되면 신과 같은 능력을 가진 저쪽 편 악마의 소행이라고 생각했다.

그리고 믿음이 의심스럽거나 당시 사회나 종교제도에 불만을 갖고 있는 사람들, 개인적으로 좋지 않은 감정을 갖고 있었던 사람은 마녀로 몰아 죽였다.

그러면 A.D 70년에 예루살렘에서 있었던 유태인들의 성전 함락은 어떻게 설명을 해야 할까? 당시 로마제국에 항거하던 사백만 명이 목숨을 잃었다. 그리고 최후까지 남아있던 마흔 여 명의 신자들은 스스로 목숨을 끊었다.

그들이 지극히 성스럽게 여기는 지성소가 로마 군인들의 구둣발에 밟혀 무너지는 순간, 신의 개입을 기대했던 그들은 완전히 허탈감에 빠졌을 것이다.

신이 진노해 하늘이 갈라지고 땅이 꺼질 것이라는 생각했는데,

지성소에는 애꿎은 먼지만 풀풀 날릴 뿐이었다. 로마 군인들은 신을 믿는 사람들이 뱃속에 보물을 감추었을지 모른다며 배를 가르기도 했다.

마지막에 마가다 요새가 함락되었는데, 그 요새 안에 있던 사람들은 전부 다 스스로 목숨을 끊음으로써 믿음을 증거 했다. 지금쯤 그들은 신의 선택을 받아 천당에 가 있을까? 아니면 지성소를 짓밟고 약탈과 살인을 저질렀던 로마 군인들만 지옥에 가 있을까? 문득 궁금해진다.

학교에 다니며 세계사 시간에 유럽에 대해 배운 것이 또 있다. 중세기에는 유럽에 살고 있던 거의 대부분의 사람들이 기독교를 믿었는데, 사람들이 병에 걸리기만 하면 죽었다. 사람들은 교만하게 사는 인간에게 신이 천벌을 내리는 것이라 생각하고, 교회에 모여 자기들의 교만과 잘못을 빌고 또 빌었다. 그런데도 여전히 사람들은 죽어갔다. 몇 백 명씩 집단을 이루고 있던 광신적인 참회자들은, 이 병이 유대인 때문이라며 그들을 무차별로 살해하기도 했다.

이 무서운 전염병은 14세기와 16세기에 유럽을 휩쓸었다. 교황을 포함한 성직자들도 죽음에 대한 두려움과 이기심으로 사람들이 죽어가는 순간, 옆에서 기도해주기를 거부하며 도망쳤다.

그리고 19세기 말에 비로소 그 원인이 밝혀졌다. 흑사병페스트이었다. 그렇게 유럽 인구의 1/3이 죽었다. 그런데도 그들이 모시던 신은 어떤 계시도 하지 않았다.

중세는 모든 사람이 신을 찬양하고, 건물을 짓고, 시를 썼다. 그리고 정치 경제 문화 등, 모든 분야에 종교가 영향을 끼쳤던 시기이다. 인간의 자연적인 본능조차 신앙으로 억누르며 철저히 신이 인간을 지배하던 시대가 아니었던가.

자신의 권능을 나타내야 할 때 나타나지 않고 꼭꼭 숨어 있다면, 그런 신이 도대체 왜 필요한지 나는 잘 모르겠다. 나투셔야 할 때 나투시지 않는다면 그런 신이 무슨 소용이 란 말인가.

그런 저런 이유로 2차 대전 때 죽은 유대인이 육백만 명쯤 된다고 한다. 거기서 살아남은 한 유대인은, 다른 유대인이 연기로 화하는 장면을 보고, '우리가 찾는 신이 어디 있는가. 만약 그런 신이 있다면 신은 피고이며, 나는 원고'라 절규하며 신의 존재를 거부했다.

유대인이 누구인가? 평생 신을 그리워하고 신을 자신의 주인으로 모시고 살며 명령에 복종하는 그의 종들이 아닌가.

난 아무리 생각해 봐도 그런 신은 없다고 생각한다. 인간 역사의 수레바퀴는, 인간이 굴리는 것이다.

그리고 고등학교 때 배웠는데, 유럽 역사에 '계몽주의'라는 것이 있었다고 했다. 계몽주의는 신을 믿었던 무지에서 탈피하자는 데서 출발했다. 백년전쟁이나 십자군전쟁 등, 유럽이 암흑에 빠진 이유가 신을 믿었기 때문이라고 본 것이다. 그래서 그 드세던 유럽 기독교 교세가 오늘날 껍데기만 남게 된 것이다. 그런데도 우리나라 기독교 신자들은 여전히 그 신을 믿고 있다. 그들은 인디언들에게, 마녀라는 억울한 누명을 쓰고 죽은 이들에게, 모슬렘들에게,

'우리의 믿음이 잘못 되어 그리 했으니 용서하여 주십시오.' 사과를 해야 한다.

해마다 태평양 연안의 나라에서 지진이 일어나고 있다. 환태평양

고리대는 지진다발지역이라는 사실은 중학생이면 다 아는 사실인데도 그것을 자연의 현상으로 해석하지 않고, 신의 섭리와 연결을 시키는 목사들이 있어 구설수에 오르고 있다. 그들의 단순한 논리가 부럽기만(?) 하다.

어떤 교리를 따르던 진리의 길은 하나일 수밖에 없다. 전도사나 대학생, 혹은 ○○○○ 증인들이 가끔 우리 집을 방문한다. 내가 이런 얘기를 하려고 하면, 알려고 하지 않고, 무조건 우리 교회는……. 하며 성경에 있는 구절을 들이댄다. 성경도 사람이 쓴 역사의 산물이다. 자기 생에서 모든 게 시작되어 끝나는 것처럼 '예수 천당 불신 지옥…….' 하며 더 이상 발버둥치지 않으면 좋겠다.

'예수는 없다' 책에서 오강남 교수는, '그 이야기성경가 나에게 주려는 더 깊은 뜻이 무엇인가를 헤아려라.'고 말하면서, '엄청나게 신비스런 힘 앞에서 겸허하게 옷깃을 여미는 태도를 배워야 한다.'고 했다.

얼마 전에 신문에 난 '종교간 소통의 문 열자'는 기사를 보았다. 거기서 이 모 원장이 '이웃 종교에 대한 내면적 관찰 없이, 형식적 차이만을 들어 자신의 종교를 고수하려 해서는 안 된다'는 말을 했는데, 그는 기독교 신자이면서 불상에 절을 했다고 하여, 기독교계 대학교에서 교수 재임용에 탈락했다.

그는 절에 대해서도 '조상을 경외하는 표현 방식 중의 하나로 절을 이해한다면, 기독교인이라고 절을 무조건 꺼릴 이유가 없다'며, '이런 과민반응이 불상을 훼손하고 단군상의 목을 자르는 폭력적인 행동으로 발전한다'고 말했다.

그런데 많은 사람들이 자기네 종교만 진리라고, 멀쩡한 사람들을 정신병자로 만들고 있다. 이 얼마나 시대착오적인 발상인가. 목사였던 고 변선환 교수는, 종교의 벽을 허물어야 한다고 말하다가, 결국 기독교인들에게 죽임을 당했다.

그러한 기독교도가 과연 참다운 기독교도일까? 나는 단호히 아니라고 본다. 그들은 자기들의 믿음이 저급하다는 것을 모를 뿐만 아니라 잘못 들어 잘못 알고 있는 사람들이거나, 그들 자신이 '이단'일 수도 있다는 모르고 있는 것 같다.

나는 어려운 책은 읽지 않아서 잘 모르지만, 니체가 '신은 죽었다' 고 한 것은, 아무런 반성도 하지 않고 습관적으로 믿는 사람들의 소원을 들어주고 자기를 믿는 사람들만 사랑하는 그런 신은, 이미 죽고 없다는 뜻일 게다.

우리가 잘 아는 뉴턴도 신을 찾다가 끝내 못 찾았다. 아인슈타인도 '나는 자신의 창조물을 심판한다는 신을 상상할 수가 없다.'고 했다. 21세기에 가장 우주의 비밀에 근접했다는 스티븐 호킹 박사도 사람들이 습관적으로 믿고 있는 그런 인격적인 신의 존재를 부정했다. 그리고 노벨상을 받은 대부분의 과학자들이 한결같이 신을 부정하고 있다는 사실을 저들이 알고 있는지 궁금하다.

'종교는 신앙이 아니라 윤리로 가야 한다. 우리는 종교를 버려야 한다. 2000년대인데 인간이 여전히 종교에 집착하는 것은 어리석은 일이다'라는 어느 스님의 말처럼 종교는 어제보다 더 나은 오늘을 살기 위해, 깊이 성찰하며 자신을 되돌아보아야 할 것이다. 그리고 나의 종교가 좋다면 남의 종교도 존중할 줄 알아야 한다. 용서

하고 화해하고 화합하며 상생해야 한다. 말만 하지 말고, 실천하는 종교가 되어야 한다. 노숙자를 위해 일하고, 밥을 퍼주는 그런 목사가 그래서 훨씬 더 위대하게 보이는 이유가 바로 여기 있다.

'주머니 속의 작은 추억들'을 읽고

한용태(백학중학교 교장)

그 나무에 그 열매라는 말이 있다. 우리는 잘 알려진 지은이의 이름을 보고 책을 선정하거나, 뒷면 판권지에 초판인지 몇 번째로 인쇄한 책인지 보고 나서 결정하는 경우가 있다.

그가 연습 삼아 쓴 글이라며 겸손하게 나에게 평을 해달라고 했으나, 난 그렇게 훌륭한 비평가도 아니고 그저 지은이를 지근거리에서 가까이 대한 인연 밖에 없다.

수필을 흔히 개인의 사상과 감성이 가장 잘 드러난 글이라고 한다. 이 글을 읽고 나는 낭중지추囊中之錐라는 말이 생각났다. 그는 어느 주머니에 있어도 송곳처럼 솟아날 사람이었다.

그는 한반도 남도 끝자락에서 체육교사로 첫 출발을 해 북쪽의 포천에서 학교 교감으로 재직하다가, 최근에 연천군의 한 중학교에서 교장으로 퇴임을 했는데, 그래서인지 이 글은 인고의 세월 속에서 묻어나온 글임을 알 수 있었다. 동갑내기들이 모이는 자리에서 그가 해학적 분위기로 주변을 평정했던 순간들이 이 글과 함께 돋아난다.

그가 보낸 원고의 초안을 받아보고, '늘 책을 달고 다니던 그의 모습에서 비롯된 해박한 글 솜씨가 독서를 통해 쌓인 지적인 소양의 결실'이라는 생각이 들었다.

　그가 아무도 모르게 숨겨 논 일기를 몰래 훔쳐보는 것 같은 재미에 빠져 들어 그의 어린 시절 추억을 함께 떠올리며 '아! 그땐 그랬지' 하고 무릎을 쳤다.

　설령 포스트모던이 자리하고 있는 예술적인 모습은 아니라 하더라도, 그의 글 속에는 섬세한 감각이 군데군데 더덕이로 모여 있어 그 재미를 더한다.

　특히, 「중풍」에서는 배꼽을 잡고…….

　[그해 여름방학 때인지 하루는 반바지를 입고 자전거를 타고 시내를 나갔다가, 일을 보고 서점을 들러 책을 보고 있는데 아니, 사타구니가 '바르르—' 떨리는 게 아닌가?

　'이상하네! 이게 무슨 조화란 말이냐?' 아닌 게 아니라 언제부터인지는 몰라도 글을 쓰거나 냉수를 마시려면, 가끔 손끝이나 팔이 떨린 적이 있었다. 그런데 풍風이 오기에는 좀 이른 나이라 별로 심각하게 생각해 보지 않았는데, 이번에는 그런 것들과는 질적으로 상황이 달랐다.

　어쨌든 겉으로는 책을 보는 척하며 태연하게 굴었지만, 머릿속은 복잡하기 짝이 없었다. '이게 무슨 낭패란 말이냐, 이 나이에 벌써 풍일 리가? 그리고 다른데도 아니고 하필이면 거기라니…….' 남자들은 아랫도리가 자존

심을 잘 지켜주기만 해도 어디 가서 기가 죽지는 않기 때문이다.]

「부조扶助 유감」에서는, 우리의 풍속에 대해 꼬집고 있다.

[가까이 지내는 윤 모某라는 이웃분이, 어머님의 칠순잔치가 있으니 꼭 오라고 해서 봉투를 준비해 간 적이 있다. 사람이 미어터지게 많았다. 기다리다 접수를 하려고 했더니, 그제야 커다란 안내문이 눈에 띄었다. '접수는 일절 안 받습니다. 오셔서 재미있게 놀다 가십시오.'
쉽지 않은 결정이었을 텐데, 어쨌든 그날 나는 큰 감동을 받았다. 그리고 그 사람이 정말 우리 이웃이라는 느낌을 갖게 되었다.]

「펄 벅 여사와 밀짚모자」에서는, 그의 해박함을 엿볼 수 있었고,

[한국 사람의 멋이 어디 그 뿐이랴. 다산초당에서의 물받이를 보아도 그 멋에 소리 없이 감탄하게 되고, 주변에 흩어져 있는 맷돌을 보거나, 민속촌에서 소의 코뚜레를 보아도 멋이 있어 보인다. 우리 소리를 연주하며 '얼씨구' 돌아가는 농악은 또 얼마나 멋진가.
여자들은 목욕재계를 하고, 온 동네 사람들이 모여 돌에다 마을의 안녕, 풍년, 질병예방, 만수무강을 위한 제사를 지내며 두레패를 동원해 신나게 노는, 고양의 '백석제'도 그런 멋이 아닐까 싶다.]

「귀에 아름다운 소리」에서 소리에 대한 운치있는 해석을 내렸다.

[훨씬 전에 살았던 조선시대의 어느 대감은, '달밤에 뜨락에 오동잎 지는 소리'를 좋다고 했고, 또 어느 대감은 '월야삼경에 여자가 옷 벗는 소리가 제일 듣기 좋은 소리'라고 했다. 이 얼마나 운치 있는 얘기인가.

이렇게 모든 소리에는 운치가 있는데, 그래서 그런지 깊어 가는 이 가을 에는, 뜨락에 있는 나무의 낙엽 지는 소리며, 귀뚜라미의 울음소리가 한결 운치 있는 소리임에 틀림이 없다.

늦은 겨울밤에 어디론가 떠나는 기적소리도 좋고, 군인들의 취침 나팔소 리도 좋고, 특히 고즈넉한 산사의 풍경소리는 더더욱 좋으며, 어린 아기가 쌔근쌔근 코를 골며 자는 소리도 나는 좋다.]

「소인배」에서는 그의 특유한 성품이 드러난다.

[바둑을 좋아해서 직장 동료와 바둑을 둔 적이 있는데, 곁에 있는 사람이 상대편에게 자꾸 훈수를 해주는 게 아닌가. 급기야 내가 밀리게 되자 '나 보다 잘 두지도 못하면서 훈수를 두다니, 이 나쁜 놈! 바둑 끝나면 어디 두 고 보자!' 하고 속을 끓였다. 그런데, 막상 그 판을 이기고 나자 '두고 보자' 는 마음이 싹 가셨다.

바둑이 끝난 다음에는 특유의 너털웃음을 터트리며, 점잖고 위엄 있게 훈계를 했다. '둘이 암만 머리를 써봐라. 나한테 바둑이 되나.' 자! 나는 소 인인가, 대인인가. 이 정도면 충분히 소인배 자격이 있는 것 아닌가.]

「존경하는 사람」에서는,

[얘기는 이렇다. 월남 이상재 선생과 장기를 뒀는데 월남의 장기 알이 다 죽고 '궁'만 남았는데, '졌다'는 말씀을 하시지 않았다.

그래서 '선생님! 졌지 않습니까? 그런데 왜 항복을 안 하시는지요?' 했더니 '지다니! 이렇게 넓은데 판이 벌써 끝났단 말인가?' 하시더란다. 그래서 별 수 없이 '차'를 가지고 입궁하여 '장군'을 부르니 그제야 씨익 웃으시면서 '그럼, 졌네!' 하고 항복하셨다고 한다.]

근 280여 쪽에 걸친 이야기들은, 어린 시절의 추억과, 살아온 멋스러운 옛일들을 회상하며 바라본 철학적 화두의 귀결은, 역시 종교를 바라본 세계관이 아닌가 생각되며, 우리에게 전해준 메시지는 올바른 가치관을 통한, 참된 삶의 모습이라고 본다.

이뤄야 한다는 부담감은 또 다른 부담으로 다가오기 때문에, 즐겨 읽을 만한 한 편의 수필로 주위에 권하고 싶은 마음이며, 다음 편의 수필을 기대하며 낭중지추의 모습을 본 것 같아 기분 좋게 책장을 덮는다.

국립중앙도서관 출판예정도서목록(CIP)

주머니 속의 작은 추억들 : 이 시대의 아버지가 전하
는 가슴 뭉클한 이야기 / 지은이: 안영해. -- 광주 :
우리글, 2016
    p. ; cm

ISBN 978-89-6426-076-0 03810 : ₩13500

자전적 수필 [自傳的隨筆]

818-KDC6
895.785-DDC23   CIP2016006927

주머니 속의 작은 추억들

1판 1쇄 인쇄 2016년 3월 15일
1판 1쇄 발행 2016년 3월 20일

지은이 안영해
발행인 김소양
편집 권효선
마케팅 이희만, 장은혜

발행처 ㈜우리글
출판등록번호 제321-2010-000113호
출판등록일자 1998년 06월 03일

주소 경기도 광주시 도척면 도척로 1071
마케팅팀 02-566-3410 **편집팀** 031-797-3206 **팩스** 031-798-3206 / 02-6499-1263
홈페이지 www.wrigle.com **블로그** blog.naver.com/wrigle
대표메일 wrigle@hanmail.net

이 책은 저작권법에 따라 보호받는 저작물이므로 무단전재와 무단복제를 금합니다.
이 책의 전부 또는 일부를 이용하려면 반드시 저작권자와 (주)우리글의 동의를 받아야 합니다.

값은 표지에 있습니다.
ISBN 978-89-6426-076-0 03810
잘못 만들어진 책은 구입하신 서점에서 교환해드립니다.